Stephanie Laurens

Trampa de amor

Editado por Harlequin Ibérica.
Una división de HarperCollins Ibérica, S.A.
Núñez de Balboa, 56
28001 Madrid

© 1996 Stephanie Laurens. Todos los derechos reservados.
TRAMPA DE AMOR, Nº 30
Título original: An Unwilling Conquest

Publicada originalmente por Mills & Boon®, Ltd., Londres.

Traducido por Victoria Horrillo Ledesma.

Todos los derechos están reservados incluidos los de reproducción, total o parcial. Esta edición ha sido publicada con permiso de Harlequin Enterprises II BV.
Todos los personajes de este libro son ficticios. Cualquier parecido con alguna persona, viva o muerta, es pura coincidencia.
TOP NOVEL es marca registrada por Harlequin Enterprises Ltd.

®™ son marcas registradas por Harlequin Enterprises Limited y sus filiales, utilizadas con licencia. Las marcas que lleven ™ están registradas en la Oficina Española de Patentes y Marcas y en otros países.

I.S.B.N.: 84-671-4447-5

1

—Entonces, ¿vamos huyendo del diablo?

La pregunta, formulada en tono suavísimo, hizo dar un respingo a Harry Lester.

—Peor —le respondió por encima del hombro a Dawlish, su ayuda de cámara y factótum—. De las madres casamenteras... y de sus aliadas, esas arpías de la alta sociedad —Harry tiró un poco de las riendas al tomar a gran velocidad un recodo del camino. No veía razón para aflojar el paso. A sus caballos, bellos y poderosos, les gustaba tener el bocado entre los dientes. El carrocín corría tras ellos. Newmarket quedaba delante—. Y no vamos huyendo. A esto se le llama una retirada estratégica.

—¿De veras? Pues no puedo reprochárselo —repuso Dawlish con acento severo—. ¿Quién iba a imaginar que el señorito Jack acabaría sentando la cabeza... y sin rechistar, si lo que dice Pinkerton es cierto? Pasmado, está Pinkerton —al ver que Harry no respondía, añadió—: Teniendo en cuenta su puesto, naturalmente.

Harry soltó un bufido.

—Nada conseguirá separar a Pinkerton de Jack..., ni siquiera una esposa. Se tragará ese sapo cuando llegue el momento.

—Sí..., puede ser. Aun así, a mí no me gustaría tener que responder ante una señora..., después de tantos años.

Harry tensó los labios. Al darse cuenta de que Dawlish, que iba tras él, no podía verlo, cedió al deseo de sonreír. Dawlish llevaba toda la vida con él; cuando tenía quince años y era mozo de cuadras, entró al servicio del segundo hijo de la familia Lester en cuanto dicho hijo se montó a lomos de un poni. Su viejo cocinero aseguraba que se trataba de un caso claro de afinidades comunes. Los caballos eran la vida de Dawlish: había reconocido a un maestro en ciernes y había resuelto seguir su estela.

—No te preocupes, viejo cascarrabias. Te aseguro que no tengo intención de sucumbir a los cantos de sirena, ni de grado ni por fuerza.

—Decirlo está muy bien —rezongó Dawlish—, pero estas cosas, cuando pasan, parece que no hay modo de oponerse a ellas. Fíjese en el señorito Jack.

—Prefiero no fijarme —contestó Harry en tono cortante. Detenerse a pensar en la rápida caída de su hermano mayor en las redes del matrimonio era un método infalible de minar su confianza. Jack y él se llevaban dos años y habían llevado vidas muy semejantes. Se habían trasladado a la ciudad hacía más de diez años. A decir verdad, Jack tenía menos razones que él para dudar del verdadero valor del amor, pero aun así su hermano había sido, tal y como insinuaba Dawlish, una presa fácil. Y aquello ponía nervioso a Harry.

—¿Piensa pasar el resto de su vida alejado de Londres?

—Espero de todo corazón no tener que llegar a ese extremo —Harry frenó a los caballos para bajar una pequeña pendiente. Los páramos se extendían ante ellos como un puerto de abrigo, libre por igual de casamenteras y arpías–. Sin duda mi falta de interés llamará la atención. Con un poco de suerte, si no doy que hablar, la temporada que viene se habrán olvidado de mí.

–Nunca hubiera creído que, con el empeño que ha puesto en ganarse su reputación, se mostrarían tan ansiosas.

Una sonrisa se dibujó en los labios de Harry.

–El dinero, Dawlish, sirve para excusar cualquier pecado.

Aguardó, confiando en que Dawlish remachara la conversación comentando sombríamente que, si las señoras de la alta sociedad eran capaces de pasar por alto sus pecados, nadie estaba a salvo. Pero Dawlish no dijo nada. Harry, que tenía la mirada fija en las orejas del primer caballo, se dijo con fastidio que la riqueza que, como un regalo providencial, sus hermanos Gerald y Jack y él mismo habían recibido hacía poco tiempo bastaba para redimir, de cara a la galería, una vida entera de pecado.

Apenas se hacía ilusiones. Sabía qué y quién era: un crápula, uno de los lobos de la alta sociedad londinense, un demonio, un libertino, un magnífico jinete y un criador excepcional de caballos de primera clase, una boxeador aficionado de cierta fama, un excelente tirador, un cazador afortunado y preciso, tanto en el monte como fuera de él. Desde hacía más de diez años, los círculos de la alta sociedad londinense habían sido su patio de recreo. Aprovechando sus talentos naturales y la posición que le procuraba su cuna, había dedicado aquellos años al placer hedonista, catando mujeres como cataba vinos. Y en todo aquel tiempo nadie le había contradicho, nadie se había interpuesto en su camino, nadie había puesto en solfa sus aires de derrochador.

Ahora, naturalmente, con una fortuna de dudoso origen a su espalda, la gente haría cola para criticarlo.

Soltó un bufido y volvió a concentrarse en la carretera. Las dulces damiselas de la alta sociedad podían ofrecerse hasta que se les pusieran las caras azules, pero él no pensaba comprar.

El cruce de la carretera de Cambridge se acercaba. Harry refrenó a los caballos, que seguían avanzando a toda velocidad a pesar de que habían salido de Londres como un relámpago. Les había dado de comer a lo largo de la carretera principal y sólo les había dejado correr a su gusto tras pasar Great Chesterford, al tomar la carretera, menos transitada, de Newmarket. Habían adelantado a unos cuantos carruajes por el camino; la mayoría de los caballeros que pensaban asistir a las carreras ya estarían en Newmarket.

A su alrededor, el páramo se extendía, llano y parejo, salpicado únicamente por algunas arboledas, setos y extraños matorrales cuya vista producía cierto alivio. Ningún coche se acercaba por el camino de Cambridge. Harry dirigió a los caballos hacia el camino de tierra y le dio un leve latigazo al animal que iba en cabeza. Newmarket —y la comodidad de sus aposentos en la posada Barbican Arms— aguardaba unas pocas millas más adelante.

—A su izquierda.

La advertencia de Dawlish saltó sobre su hombro en el mismo instante en que Harry vislumbraba movimiento en una arboleda que bordeaba el camino, delante de él. Azotó a ambos caballos en la cruz; mientras el látigo retrocedía siseando hacia su empuñadura, Harry aflojó las riendas y se las cambió a la mano izquierda. Con la derecha agarró la pistola cargada que llevaba bajo el asiento, justo detrás del pie izquierdo. Pero, al asir la culata, advirtió lo rocambolesco de la escena.

Dawlish, con un pesado pistolón en las manos, dijo:

—En la carretera real y a plena luz del día... ¡lo que hay que ver! ¿Adónde iremos a parar?

El carrocín pasó de largo.

A Harry no le extrañó del todo que los hombres que merodeaban entre los árboles no hicieran intento alguno de detenerlos. Iban a caballo, pero aun así le habría costado Dios y ayuda alcanzarlos. Harry contó de pasada al menos cinco, todos ellos embozados en gruesos mantos. El sonido sofocado de los improperios se oyó tras ellos.

Dawlish siguió rezongando, malhumorado, mientras guardaban las pistolas.

—Cielo santo, si hasta tenían un carro entre los árboles. Muy seguros del botín deben estar.

Harry frunció el ceño.

Allá adelante, la carretera describía una curva. Recogió de nuevo las riendas flojas y frenó un poco a los caballos.

Tomaron la curva... y Harry se quedó de una pieza.

Tiró de las riendas con todas sus fuerzas, atravesando a los caballos en mitad del camino. Las bestias se detuvieron piafando. El carrocín se tambaleó peligrosamente y luego se asentó sobre sus ejes.

Los exabruptos enturbiaron el aire alrededor de sus orejas, pero Harry no hizo caso. Dawlish seguía tras él, no se había caído a la cuneta. Delante de él, en cambio, se desarrollaba una escena dantesca.

Un coche de posta yacía de costado, bloqueando gran parte de la carretera. Una de las ruedas traseras parecía haberse desintegrado; el pesado vehículo, cargado de equipaje, había volcado. El accidente acababa de ocurrir: las ruedas superiores aún giraban lentamente. Harry parpadeó. Un muchacho, seguramente un mozo, luchaba a brazo partido por sacar a una joven histérica de la cuneta.

Un hombre entrado en años que por su atuendo parecía el cochero, merodeaba nervioso alrededor de una mujer de pelo gris, tumbada en el suelo. Los caballos del carruaje estaban aterrados.

Sin decir palabra, Harry y Dawlish saltaron al suelo y corrieron a calmar a los caballos.

Tardaron cinco minutos en apaciguar a las bestias, buenos caballos de tiro, fuertes y poderosos, provistos de la terquedad y las pocas luces propias de su raza.

Una vez desenredados los jaeces, Harry dejó a las bestias en manos de Dawlish. El mozo seguía atareado con la muchacha llorosa mientras el cochero revoloteaba, asustado, alrededor de la anciana, obviamente dividido entre el deber y el deseo de prestar socorro, si hubiera sabido cómo.

La mujer gimió al acercarse Harry. Tenía los ojos cerrados; estaba tumbada en el suelo, muy tiesa y rígida, con las manos cruzadas sobre el pecho plano.

—Mi tobillo... —un espasmo de dolor contrajo su rostro anguloso y tenso bajo moño color hierro—. Maldito seas, Joshua... Cuando consiga levantarme, me haré un escabel con tu trasero —exhaló el aire con un siseo—. Si es que alguna vez me levanto.

Harry parpadeó. La forma de hablar de aquella mujer se parecía extrañamente a la de Dawlish cuando se ponía quejumbroso. Levantó las cejas mientras el cochero se incorporaba y se tocaba la frente.

—¿Hay alguien en el carruaje?

El cochero palideció. La anciana abrió los ojos de golpe y se sentó, muy tiesa.

—¡Ay, Dios mío! ¡La señora y la señorita Heather! —su mirada sorprendida se clavó en el carruaje—. Maldito seas, Joshua... ¿qué haces ahí parado como un pasmarote mientras la señora está en apuros? —comenzó a golpear frenéticamente las piernas del cochero, empujándolo hacia el carruaje.

—Que no cunda el pánico.

Aquella orden serena y firma provenía del carruaje.

—Estamos perfectamente..., sólo un poco temblorosas —la voz, clara y muy femenina se detuvo antes de añadir con cierto titubeo—: Pero no podemos salir.

Harry masculló una maldición y se acercó al carruaje, deteniéndose sólo un instante para quitarse el gabán y lanzarlo hacia el carrocín. Se agarró a la rueda trasera y se encaramó al carruaje. De pie sobre el costado del vehículo, se inclinó, asió el tirador y abrió la portezuela. Luego plantó los pies a ambos lados de la escalerilla y miró hacia el interior en sombras.

Y pestañeó.

La visión que asaltó su mirada le deslumbró por un instante. Una mujer aguardaba en el rayo de sol que entraba por la portezuela. Su cara, vuelta hacia arriba, tenía forma de corazón; la alta frente parecía engarzada bajo el cabello oscuro, recogido severamente hacia atrás. Sus facciones eran bien definidas: una nariz recta y firme y unos labios curvilíneos sobre un mentón delicado, pero tenaz.

Su tez era marfileña y clarísima, del color de las más puras perlas. Los ojos de Harry vagaron inconscientemente sobre sus mejillas y sobre la esbelta curva de su cuello antes de detenerse en el promontorio de sus pechos. De pie sobre ella, tal y como estaba, sus senos quedaban ampliamente expuestos a su escrutinio, a pesar de que el elegante vestido de viaje que llevaba la joven no era en modo alguno indecoroso.

Harry notó un cosquilleo en las palmas de las manos.

Unos ojos azules muy grandes, bordeados de largas y negras pestañas, lo miraban parpadeando.

Durante un instante, Lucinda Babbacombe pensó que tal vez se hubiera dado un golpe en la cabeza. ¿Qué, si no, podía explicar aquella aparición surgida de sus sueños más íntimos?

Alto y delgado, de hombros anchos y estrechas caderas, aquel hombre se cernía sobre ella con las piernas musculosas y largas apoyadas a ambos lados de la portezuela. El sol formaba un halo alrededor de su cabello rubio. A contraluz, Lucinda no lograba distinguir sus rasgos, pero sentía la tensión que lo atenazaba.

Parpadeó rápidamente. Un ligero rubor tiñó sus mejillas. Apartó la mirada, pero no sin antes percatarse de la discreta elegancia de sus ropas: la levita gris bien ceñida, de magnífico corte, y las ajustadas calzas de color marfil, bajo las que se insinuaban sus muslos poderosos. Llevaba las pantorrillas enfundadas en bruñidas botas de Hesse, y su camisa era blanca y almidonada. Notó que no llevaba ni leontinas ni sellos colgando de la cintura y que sólo lucía un alfiler de oro en la corbata.

La opinión dominante sugería que un atuendo tan severo volvía a un caballero falto de interés y anodino. Pero la opinión dominante se equivocaba.

Él se movió, y una mano grande, de largos dedos y extremadamente elegante descendió hacia ella.

—Deme la mano y la sacaré de ahí. Una de las ruedas se ha hecho pedazos. No es posible enderezar el carruaje.

Su voz era grave, parsimoniosa, y bajo su tono sedoso parecía discurrir una corriente subterránea que Lucinda no lograba identificar. Miró hacia arriba a través de las pestañas. Él se había movido hacia un lado de la portezuela, apoyándose en una rodilla. La luz le daba ahora en la cara e iluminaba unas facciones que parecieron endurecerse al sentir el roce de su mirada. Movió la mano con impaciencia. Un zafiro negro, engarzado en un sello de oro, despidió un brillo opaco. Tendría que ser muy fuerte si pretendía sacarla de allí con un solo brazo.

Lucinda ahuyentó la idea de que su rescate podía convertirse en una amenaza aún más temible que el apuro en que se hallaba y le dio la mano.

Sus palmas se tocaron. Los largos dedos del caballero se cerraron sobre su muñeca. Lucinda levantó la otra mano y se asió a su brazo. Luego, se sintió volar.

Aspiró una rápida bocanada de aire. Un brazo de acero rodeó su cintura. Parpadeó. Y se halló de rodillas, sostenida entre sus brazos, con el pecho pegado al de su impasible salvador.

Sus ojos quedaban a la altura de los labios de aquel hombre. Eran éstos tan severos como sus ropas, cincelados y firmes. Su mandíbula era cuadrada y el aristocrático perfil de su nariz atestiguaba su abolengo. Sus rasgos eran duros, tan duros como el cuerpo que la sostenía en equilibrio al borde del marco de la portezuela del carruaje. Le había soltado las manos, que ella había dejado caer sobre su torso. Lucinda tenía apoyada una cadera sobre la de él, y la otra sobre su recio muslo. De pronto se olvidó de respirar.

Levantó los ojos con cautela hacia los suyos... y vio el mar, calmo y límpido, de un verde claro, fresco y cristalino.

Se sostuvieron la mirada.

Hipnotizada, Lucinda se sumió en aquel mar verde y sintió que cálidas oleadas lamían su piel. Sintió que sus labios se esponjaban, notó que se inclinaba hacia él... y parpadeó frenéticamente.

Un temblor se apoderó de ella. Los músculos que la rodeaban se tensaron y luego permanecieron inmóviles.

Lucinda le notó respirar.

—Tenga cuidado —dijo él mientras se erguía lentamente, levantándola hasta que sus pies tocaron el carruaje.

Lucinda se preguntó contra qué peligro la advertía.

Harry se obligó a soltarla y luchó por refrenar sus impulsos.

—Tendré que bajarla al suelo.

Lucinda miró por encima del costado del carruaje y se limitó a asentir con la cabeza. Había más de dos metros de desnivel. Sintió que él se movía a su espalda y dio un respingo al notar que deslizaba las manos bajo sus brazos.

—No se mueva, ni intente saltar. La soltaré cuando el cochero la tenga bien agarrada.

Joshua esperaba en el suelo. Lucinda asintió con la cabeza. Se había quedado sin habla.

Harry la agarró con firmeza y la sostuvo en volandas sobre el borde del carruaje. El cochero le agarró rápidamente las piernas. Harry la soltó, pero no pudo impedir que sus dedos rozaran el costado de los pechos de la joven. Apretó los dientes e intentó borrar de su memoria aquel recuerdo, pero le ardían los dedos.

Una vez en tierra firme, Lucinda descubrió con agrado que volvía a ser dueña de sí misma. La extraña impresión que había empañado sus facultades por un momento había sido transitoria, gracias al cielo.

De un rápido vistazo comprobó que su salvador se disponía a prestarle idéntico servicio a su hijastra. Diciéndose que, a sus diecisiete años recién cumplidos, la susceptibilidad de Heather a aquella clase de embrujo era posiblemente mucho menor que la suya, Lucinda le dejó hacer.

Tras abarcar la escena con una sola mirada, se acercó con paso vivo a la zanja de la cuneta, se inclinó y le dio un bofetón a Amy, la criada.

—Ya basta —dijo como si estuviera hablando de masa para hacer bizcochos—. Vamos, ven a ayudar a Agatha.

Amy abrió de par en par los ojos llorosos y luego parpadeó.

—Sí, señora —se sorbió los mocos y a continuación le lanzó una sonrisa llorosa a Sim, el mozo, y salió a duras penas de la zanja, que por suerte estaba seca.

Entre tanto, Lucinda se había acercado a Agatha, que seguía tumbada en medio del camino.

—Sim, ayuda con los caballos. Ah, y saca esas piedras de la carretera —señaló con el pie un montón de grandes piedras aserradas que había en el camino—. Seguro que ha sido una de ellas la que ha roto la rueda. Será mejor que empieces a descargar el carruaje cuanto antes.

—Sí, señora.

Lucinda se detuvo junto a Agatha y se agachó para mirarla.

—¿Qué te pasa?

Agatha, que tenía los labios apretados, abrió sus ojos grises y la miró con los párpados entornados.

—Sólo es el tobillo…, pero enseguida estaré mejor.

—Sí, ya —dijo Lucinda, poniéndose de rodillas para examinar la pierna herida—. Por eso estás pálida como un muerto.

—¡Tonterías! ¡Ay! —Agatha contuvo el aliento y cerró los ojos.

—Deja de quejarte y deja que te lo vende.

Lucinda ordenó a Amy hacer tiras con sus enaguas y procedió a vendarle el tobillo a Agatha, haciendo caso omiso de los refunfuños de la criada. Mientras tanto, Agatha miraba con recelo más allá de ella.

—Será mejor que no se mueva de mi lado, señora. Y dígale a la señorita que venga. Puede que ese hombre sea un caballero, pero no me cabe duda alguna de que tiene que ser de cuidado.

Lucinda tampoco lo dudaba, pero se negaba a esconderse tras las faldas de su doncella.

—Bobadas. Nos ha rescatado muy educadamente y pienso darle las gracias como es debido. No hay por qué armar tanto escándalo.

—¡Escándalo, dice! —mientras Lucinda se bajaba las faldas hasta los tobillos, Agatha siseó—: Tú no lo has visto moverse.

—¿Moverse? —Lucinda frunció el ceño, se irguió y se sacudió las manos y el vestido. Al darse la vuelta, vio que Heather se acercaba a ella a toda prisa. Los ojos castaños de la joven brillaban, llenos de emoción a pesar del calvario que acababan de pasar.

Tras ella iba su salvador. Un hombre de más de metro ochenta cuyo paso elegante y ágil traía a las mientes la imagen de un gato cazador.

Un depredador grande y poderoso.

El comentario de Agatha quedó claro al instante. Lucinda intentó sofocar el impulso repentino de huir. Él la tomó de la mano —ella debía de habérsela ofrecido— y se inclinó con gallardía.

—Permítame presentarme, señora. Harry Lester..., a su servicio.

Se irguió y una sonrisa amable suavizó su semblante.

Lucinda advirtió, fascinada, cómo se curvaban ligeramente hacia arriba las comisuras de sus labios. Luego sus ojos se encontraron. Ella parpadeó y desvió los ojos.

—Mi más sincero agradecimiento, señor Lester, por su ayuda... y la de su ayuda de cámara —le dedicó una bella sonrisa a Dawlish, que estaba desenganchado los caballos del carruaje con la ayuda de Sim—. Ha sido un golpe de suerte que pasaran por aquí.

Harry frunció el ceño al recordar a los salteadores de caminos agazapados entre los árboles, más allá de la curva. Ahuyentó aquel recuerdo.

—Le ruego me permita acompañarla a usted y a su... —levantando las cejas, miró el rostro radiante de la muchacha y volvió luego a posar la mirada en su sirena.

Ella sonrió.

—Le presento a mi hijastra, la señorita Heather Babbacombe.

Heather hizo una rápida reverencia a la que Harry respondió con una leve inclinación de cabeza.

—Como le iba diciendo, señora Babbacombe —Harry se giró suavemente y volvió a atrapar la mirada de la dama. Tenía ésta los ojos de un azul suave y unas pinceladas de gris: un color brumoso. Su vestido de viaje, de color lavanda, realzaba el tono de sus ojos—. Espero que me permita acompañarlas hasta su destino. ¿Se dirigían ustedes a...?

—Newmarket —contestó Lucinda—. Gracias..., pero debo encontrar acomodo para mis sirvientes.

Harry no sabía qué respuesta le sorprendía más.

—Por supuesto —respondió, y se preguntó cuántas damas que él conociera, en semejantes circunstancias, se habrían preocupado tanto por sus criados—. Mi criado puede ocuparse de eso. Conoce bien estos contornos.

—¿De veras? Qué maravilla.

Antes de que Harry pudiera pestañear, aquella mirada azul se había posado en Dawlish. Un momento después, su sirena se alejó, acercándose a su sirviente como un galeón a toda vela. Harry la siguió, intrigado. Ella llamó a su cochero con ademán imperioso. Cuando Harry llegó hasta ellos, le estaba dando instrucciones que a él mismo ya se le habían ocurrido.

Dawlish le lanzó una mirada sorprendida y cargada de reproche.

—¿Cree usted que habrá algún inconveniente? —preguntó Lucinda, que se había percatado de la distracción del ayuda de cámara.

—Oh, no, señora —Dawlish inclinó la cabeza respetuosamente—. En absoluto. Conozco muy bien a la gente de la Barbican. Se harán cargo de todos nosotros.

Harry hizo un intento decidido de recuperar el control de la situación.

—Excelente —dijo—. Si está todo arreglado, creo que deberíamos ponernos en marcha, señora Babbacombe —en un rincón de su cabeza se agitaba el recuerdo de cinco hombres embozados. Le ofreció su brazo. Ella arrugó delicadamente las cejas y luego puso la mano sobre él.

—Espero que Agatha se ponga bien.

—¿Su doncella? —al ver que ella asentía, Harry añadió—: Creo que, si se hubiera roto el tobillo, tendría muchos más dolores.

Aquellos ojos azules lo miraron, acompañados por una sonrisa de gratitud.

Lucinda apartó la mirada… y advirtió la expresión recelosa de Agatha. Su sonrisa se convirtió en una mueca.

—Tal vez deba esperar aquí hasta que venga el carro a por ella.

—No —contestó Harry de inmediato. Ella lo miró con sorpresa. Él subsanó su error con una sonrisa encantadora, pero triste—. No quisiera alarmarla, pero se han visto salteadores de caminos por estos alrededores —su sonrisa se intensificó—. Y Newmarket está sólo a dos millas.

—Ah —Lucinda lo miró a los ojos, sin hacer esfuerzo alguno por disimular sus dudas—. ¿Dos millas, dice usted?

—Como máximo —Harry la miró con un leve aire de desafío.

—Bueno... —Lucinda se giró para mirar su carrocín.
Harry no aguardó nada más. Llamó a Sim y señaló el carrocín.
—Ponga el equipaje de la señora en el maletero.
Al girarse, se topó con una mirada fría y altiva, y arqueó una ceja con idéntica frialdad.
Lucinda se sintió de pronto acalorada, a pesar de que corría una brisa fresca que anunciaba la inminente caída de la noche, y miró a Heather, que estaba hablando alegremente con Agatha.
—Le pido disculpas por mi insistencia, señora Babbacombe, pero no creo que sea sensato que su hijastra o usted sigan su viaje de noche y sin escolta.
Aquella voz suave y parsimoniosa obligó a Lucinda a sopesar sus alternativas. Ambas se le antojaban peligrosas. Por fin inclinó un poco la cabeza y se decidió por la más estimulante.
—En efecto, señor Lester. Sin duda tiene usted razón —Sim había terminado de guardar su equipaje en el maletero del carrocín y estaba sujetando las sombrereras a los topes del coche—. ¿Heather?
Mientras su sirena se atareaba dando las últimas instrucciones a sus sirvientes, Harry ayudó a su hijastra a subir al carrocín. Heather Babbacombe, que era demasiado joven para dejarse turbar por sus encantos, esbozó una sonrisa luminosa y le dio las gracias gentilmente.
Sin duda, pensó Harry mientras se giraba para observar a la madrastra, la muchacha lo veía como una especie de tío. Sus labios se tensaron y se relajaron luego en una sonrisa mientras veía a la señora Babbacombe avanzar hacia él sin dejar de observar cuanto la rodeaba con mirada viva y calculadora.
Era esbelta y alta. Había en su porte elegante y sobrio algo que evocaba el adjetivo «matriarcal». Un aplomo, una seguridad en sí misma que se reflejaban en su mirada

franca y su expresión abierta. Su cabello era oscuro, de un castaño intenso en el que se adivinaban hebras rojas a la luz del sol, y lo llevaba recogido en un prieto rodete a la altura de la nuca. Su peinado era, en opinión de Harry, excesivamente severo, y sin embargo sentía en los dedos el cosquilleante deseo de acariciar sus mechones sedosos y liberarlos de sus ataduras.

En cuanto a su figura, a Harry le costaba un arduo esfuerzo disimular su interés. Aquella mujer era, en efecto, una de las criaturas más atrayentes que veía desde hacía años.

Ella se acercó y él levantó una ceja.

—¿Lista, señora Babbacombe?

Lucinda se giró para mirarlo cara a cara, intrigada porque una voz tan suave pudiera volverse acerada tan rápidamente.

—Gracias, señor Lester —le dio la mano; él la tomó y tiró de ella hacia el costado del carruaje. Lucinda parpadeó al ver el alto peldaño del carrocín, pero un instante después Harry Lester la agarró por la cintura y la depositó sin esfuerzo en el asiento.

Lucinda sofocó un gemido de sorpresa y se encontró con la mirada atenta de Heather, llena de cándida expectación. Logró por fin dominar su turbación y se acomodó en el asiento, junto a su hijastra. Apenas había tratado con caballeros de la posición del señor Lester. Quizás aquellos gestos fueran lo corriente.

A pesar de su inexperiencia, no se llamaba a engaño: sabía que su posición no era nada corriente. Su salvador se detuvo un instante para echarse sobre los hombros el gabán, adornado —notó Lucinda— con una corta capa de vuelo, y acto seguido montó tras ella en el carrocín, con las riendas en la mano. Naturalmente, se sentó a su lado.

Con una sonrisa luminosa pegada a los labios, Lucinda le dijo adiós a Agatha con la mano y procuró ignorar la presión que ejercía el recio muslo de Harry Lester sobre su pierna, mucho más fina, y el modo en que su hombro había buscado por fuerza acomodo contra la espalda de su salvador.

El propio Harry no había previsto aquellas apreturas, cuyas consecuencias le parecían igualmente inquietantes. Agradables, pero decididamente inquietantes. Mientras azuzaba a sus bestias, preguntó:

—¿Venía de Cambridge, señora Babbacombe? —necesitaba desesperadamente distraerse.

Lucinda se aprestó a responder.

—Sí. Hemos pasado una semana allí. Pensábamos emprender viaje justo después de comer, pero pasamos cerca de una hora en los jardines. Son muy hermosos, ¿sabe usted?

Su acento era refinado e imposible de rastrear. El de su hija lo era menos, mientras que el de los sirvientes era sin duda alguna del norte del país. Los caballos acompasaron su galope. Harry se consoló pensando que apenas tardarían un cuarto de hora en recorrer aquellas dos millas, incluso teniendo en cuenta que debían cruzar la ciudad.

—Pero ¿no son ustedes de por aquí?

—No, somos de Yorkshire —al cabo de un momento, Lucinda añadió con una sonrisa—: En este momento, sin embargo, creo que podría decirse que somos poco menos que cíngaras.

—¿Cíngaras?

Lucinda y Heather intercambiaron una sonrisa.

—Mi marido murió hace poco más de un año y la casa familiar pasó a manos de un sobrino suyo, de modo que Heather y yo decidimos pasar nuestro año de luto viajando por el país. Hasta entonces, apenas habíamos visto nada.

Harry sofocó un gruñido. Era viuda: una bella viuda recién salida del luto, sin ataduras, sin compromisos, salvo el pequeño obstáculo que representaba su hijastra. En un esfuerzo por olvidarse de su creciente curiosidad y de las suaves curvas que se apretaban contra su costado por cortesía de la figura, más robusta, de Heather Babbacombe, procuró concentrarse en lo que le había dicho ella. Y frunció el ceño.

—¿Dónde tienen previsto alojarse en Newmarket?

—En la posada Barbican Arms —contestó Lucinda—. Creo que está en High Street.

—En efecto —los labios de Harry se afinaron; la Barbican Arms estaba justo enfrente del Jockey Club—. Esto... ¿tienen ustedes habitaciones reservadas? —miró de soslayo su cara y vio una expresión de sorpresa—. Esta semana son las carreras, ¿sabe usted?

—¿De veras? —Lucinda frunció el ceño—. ¿Significa eso que estará todo lleno?

—Hasta la bandera —en Newmarket se habrían concentrado sin duda todos los juerguistas y buscavidas que podían permitirse el viaje desde Londres. Harry intentó alejar de sí aquella idea. La señora Babbacombe no era asunto suyo, se dijo. Nada tenía que ver con él. Tal vez fuera viuda y, en opinión de su ojo experto, estuviera en sazón para dejarse seducir, pero era una viuda virtuosa. Y ahí estaba el problema. Harry tenía experiencia suficiente como para saber que tales mujeres existían. En efecto, de pronto se le ocurrió que, si quería cavarse su propia tumba, elegiría sin dudarlo a una viuda virtuosa como emisaria de Cupido. Pero había advertido la celada... y no tenía intención de caer en ella. La señora Babbacombe era una bella viuda a la que haría bien dejando en paz, sin llegar a catarla. Un deseo extrañamente intenso se apoderó de él de pronto. Harry intentó encadenarlo mientras maldecía para sus adentros.

Las primeras casas aparecieron a lo lejos. Harry hizo una mueca.

—¿No tienen ningún conocido en la ciudad en cuya casa pueda alojarse?

—No, pero estoy segura de que encontraremos acomodo en alguna parte —Lucinda hizo un gesto vago mientras se esforzaba por concentrarse en lo que estaba diciendo y fijar sus sentidos en el paisaje crepuscular—. Si no es en la Barbican Arms, puede que sea en la Green Goose.

Notó que Harry daba un respingo. Se giró y se encontró con una mirada incrédula y casi horrorizada.

—En la Green Goose, no —dijo Harry sin hacer esfuerzo alguno por suavizar sus palabras.

Lucinda frunció el ceño.

—¿Por qué no?

Harry abrió la boca…, pero no supo qué decir.

—El motivo no tiene importancia…, pero hágase a la idea que no puede alojarse en la Green Goose.

Una expresión intransigente se apoderó del semblante de Lucinda. Luego levantó al aire su linda nariz y miró hacia delante.

—Si hace el favor de dejarnos en la Barbican Arms, señor Lester, estoy segura de que todo se arreglará.

Sus palabras evocaron en la imaginación de Harry el recuerdo del patio y el salón principal de la posada tal y como estarían en ese momento y como él los había visto en muchas otras ocasiones. Atestados de hombres de anchas espaldas, de caballeros elegantes de la alta sociedad, a la mayoría de los cuales conocía por su nombre. Y, ciertamente, también por su carácter: podía imaginarse sus sonrisas cuando vieran aparecer a la señora Babbacombe.

—No.

Los adoquines de High Street repiqueteaban bajo los cascos de los caballos.

Lucinda se giró para mirarlo.

—¿Se puede saber qué quiere decir?

Harry apretó los dientes. A pesar de que tenía la mirada fija en las bestias mientras se abría paso entre el trasiego de la calle principal de la capital hípica de Inglaterra, notaba las miradas curiosas que les lanzaba la gente... y la expectación que levantaba la mujer sentada a su lado. El hecho de llegar con él, de dejarse ver a su lado, había concentrado de inmediato la atención de los transeúntes sobre ella.

Aquello no era asunto de su incumbencia.

Harry notó que se le endurecía el gesto.

—Aunque en la Barbican Arms haya habitaciones, que no las habrá, es una insensatez que se aloje usted en la ciudad en época de carreras.

—¿Cómo dice? —Lucinda tardó un momento en reponerse de la sorpresa—. Señor Lester, nos ha rescatado usted con toda pericia y le estamos muy agradecidas, pero soy muy capaz de encontrar alojamiento y tengo intención de quedarme en la ciudad.

—Rayos.

—¿Qué?

—No sabe usted lo que es alojarse en Newmarket cuando hay carreras o no estaría aquí —Harry tensó los labios en una fina línea y le lanzó una mirada cargada de irritación—. El diablo me lleve... ¡Mire a su alrededor, mujer!

Lucinda ya había reparado en la gran cantidad de hombres que se paseaban por las estrechas aceras. Al pasear la mirada por la escena que se abría ante sus ojos, notó que había muchos más a caballo y en los carruajes de todo tipo que transitaban la calle. Caballeros por doquier. Sólo caballeros.

Heather, que no estaba acostumbrada a que la miraran lascivamente, se había inclinado hacia ella, acobardada, y la miraba con incertidumbre.

—Lucinda...

Lucinda le dio unas palmaditas en la mano. Al alzar la cabeza, se topó con la mirada descarada de un caballero montado en un elevado faetón, a cuyo escrutinio respondió con una mirada gélida.

—Es igual —dijo—. Si hace el favor de dejarnos en...

Su voz se apagó cuando distinguió, colgado sobre una amplia arcada, delante de ella, un cartel en el que se veía pintada la puerta de un castillo. En ese instante, el tráfico pareció abrirse; Harry hizo restallar las riendas y el carrocín aceleró y dejó atrás la arcada.

Lucinda se giró para mirar el letrero mientras seguían avanzando por la calle.

—¡Ahí está! ¡La Barbican Arms! —se volvió para mirar a Harry—. Se lo ha pasado.

Harry, que estaba muy serio, asintió con la cabeza.

Lucinda lo miró con enojo.

—Pare —ordenó.

—No puede quedarse en la ciudad.

—¡Claro que puedo!

—¡Por encima de mi cadáver! —Harry se oyó bramar a sí mismo y gruñó para sus adentros. Cerró los ojos. ¿Qué le estaba pasando? Abrió los ojos y miró a la mujer que viajaba a su lado. Se había puesto colorada... de ira. De pronto le dio por pensar fugazmente en cómo sería su cara cuando se sonrojara de deseo.

Tal vez su semblante dejara traslucir sus pensamientos, porque Lucinda achicó los ojos.

—¿Se propone secuestrarnos? —su voz prometía una muerte lenta y dolorosa.

El final de High Street apareció ante ellos; el tráfico era allí menos denso. Harry fustigó al caballo de cabeza y las bestias apretaron el paso. Mientras el ruido de los cascos golpeando los adoquines se iba apagando tras ellos, miró a Lucinda y dijo con aspereza:

—Considérelo una repatriación forzosa.

—¿Una repatriación forzosa?
Harry la miró con los ojos entornados.
—Su sitio no está en la ciudad.
Lucinda le devolvió la mirada.
—Mi sitio está donde yo decida que esté, señor Lester.
Harry volvió a mirar a sus caballos con expresión impertérrita. Lucinda fijó la vista en el camino y frunció el ceño.
—¿Adónde nos lleva? —preguntó por fin.
—A casa de mi tía, lady Hallows —Harry la miró—. Vive a las afueras de la ciudad.
Hacía muchos años que Lucinda no consentía que nadie le dijera lo que tenía que hacer. Levantando la nariz al aire, siguió poniendo cara de desaprobación.
—¿Cómo sabe que no tiene ya otras visitas?
—Es viuda desde hace muchos años y lleva una vida muy retirada —Harry refrenó a los caballos y tomó un camino secundario—. Tiene toda un ala de la casa libre... y le encantará conocerlas.
Lucinda soltó un bufido.
—Eso no lo sabe.
Él le dedicó una sonrisa condescendiente.

Lucinda resistió el deseo de rechinar los dientes y apartó la mirada con decisión.

Heather, que se había animado nada más dejar atrás la ciudad, sonrió al mirarla. Saltaba a la vista que había recuperado su buen humor y que aquel inesperado cambio de planes no la había perturbado lo más mínimo.

Lucinda miró hacia delante, irritada. Sospechaba que era absurdo protestar. Al menos, hasta que hubiera conocido a lady Hallows. Hasta entonces, no podría recuperar su ascendiente. El exasperante caballero que iba a su lado tenía la sartén por el mango... y las riendas. Lucinda miró de reojo sus manos, que, cubiertas con suaves guantes de cabritilla, manejaban con destreza las riendas. Tenía los dedos largos y finos y las palmas esbeltas. Lucinda ya había reparado en ello. Para su horror, aquel recuerdo le produjo un estremecimiento que sofocó con esfuerzo. Estando tan cerca, él podía notarlo... y Lucinda sospechaba que adivinaría su causa.

Lo cual la haría avergonzarse... y también la turbaría aún más profundamente. Harry Lester surtía en ella un efecto peculiar; un efecto que aún no se había disipado, a pesar de la exasperación que le causaba la altanería con que había interferido en sus asuntos. Aquél era un sentimiento nuevo para ella, un sentimiento que no era del todo de su agrado.

−Hallows Hall.

Lucinda levantó la mirada y vio dos imponente pilares que daban a una avenida umbría flanqueada de olmos. El camino de gravilla discurría suavemente a lo largo de un ligero promontorio y descendía luego bruscamente para revelar un agradable paisaje de prados ondulantes dispuestos alrededor de un lago orlado de cañas. La finca estaba rodeada en todo su perímetro por grandes árboles.

−¡Qué bonito! −Heather miraba a su alrededor, alborozada.

La mansión, un edificio relativamente reciente, construido en piedra de color miel, se alzaba sobre una elevación del terreno, por encima del camino, que pasaba por delante de la escalinata de entrada antes de doblar la esquina de la casa. Una enredadera desplegaba sus verdes dedos sobre la tierra. Había rosas en abundancia. Se oía el graznido de los patos del lago.

Un criado ya anciano se acercó renqueando mientras Harry frenaba a los caballos.

—Esperábamos verlo por aquí esta semana, señor.

Harry sonrió.

—Buenas tardes, Grimms. ¿Está mi tía en casa?

—Sí, sí que está, y se llevará una alegría cuando lo vea. Buenas noches, señoritas —Grimms se quitó la gorra para saludar a Lucinda y Heather.

Lucinda respondió con una sonrisa soñadora. Hallows Hall removía en su memoria el recuerdo de cómo era su vida antes de que murieran sus padres.

Harry se apeó y la ayudó a bajar. Tras ayudar a Heather, se giró y vio a Lucinda mirando a su alrededor con expresión melancólica.

—Señora Babbacombe...

Lucinda se sobresaltó. Luego, con una leve mueca y una mirada gélida, puso la mano sobre su brazo y dejó que la condujera escalera arriba.

La puerta se abrió de golpe, pero no la abrió un mayordomo —a pesar de que entre las sombras revoloteaba un personaje que, por sus trazas, parecía serlo—, sino una mujer de rostro anguloso y demacrado, al menos un palmo más alta que Lucinda y mucho más flaca.

—¡Harry! ¡Hijo mío! Sabía que vendrías. ¿Y a quién has traído?

Lucinda se descubrió mirando con cierta sorpresa unos ojos de color azul oscuro, agudos e inteligentes.

—Pero ¿dónde tengo la cabeza? Pasad, pasad —lady Ermyntrude Hallows indicó a sus invitados que entraran en el vestíbulo.

Lucinda traspuso el umbral... y se sintió al instante envuelta en una atmósfera cálida, elegante y, sin embargo, hogareña.

Harry tomó la mano de su tía y se inclinó sobre ella; luego la besó en la mejilla.

—Tú tan elegante como siempre, Em —dijo mientras admiraba su vestido color topacio.

Em abrió los ojos de par en par.

—¿Piropos? ¿Tú?

Harry le apretó la mano afectuosamente y luego se la soltó.

—Permíteme presentarte a la señora Babbacombe, tía. A su carruaje se le rompió una rueda justo antes de llegar a la ciudad. He tenido el honor de traerla hasta aquí. Quería quedarse en la ciudad, pero la he convencido para que cambie de idea y nos honre con el placer de su compañía.

Las palabras salían trastabillando de su lengua en tono embaucador. Lucinda, que acababa de hacer una reverencia, se incorporó y le lanzó una mirada gélida.

—¡Excelente! —Em sonrió y tomó a Lucinda de la mano—. Querida, no sabe lo mucho que me aburro a veces, siempre encerrada en el campo. Y Harry tiene razón: no podía usted quedarse en la ciudad habiendo carreras... Imposible —sus ojos azules se fijaron en Heather—. ¿Y ésta quién es?

Lucinda le presentó a Heather, que sonrió alegremente e hizo una reverencia.

Em alargó una mano y le levantó la barbilla para verle mejor la cara.

—Humm, qué guapa. Dentro de un año o dos causarás sensación —la soltó y frunció el ceño—. Babbacombe,

Babbacombe... –miró a Lucinda–. ¿No serán de los Babbacombe de Staffordshire?

Lucinda sonrió.

–De Yorkshire –al ver que su anfitriona fruncía aún más el ceño, se sintió obligada a añadir–: Mi nombre de soltera es Gifford.

–¿Gifford? –los ojos de Em se fueron agrandando poco a poco mientras la observaba–. ¡Cielo santo! ¡Tú debes ser la hija de Melrose Gifford! ¿Celia Parkes era tu madre?

Lucinda asintió, sorprendida... y un instante después se sintió envuelta en un abrazo perfumado.

–Dios mío, pequeña, ¡yo conocía a tu padre! –Em estaba loca de contento–. Bueno, era amiga íntima de su hermana mayor, pero conocía a toda la familia. Naturalmente, después del escándalo, tuvimos muy pocas noticias de Celia y Melrose, pero nos avisaron de tu nacimiento –Em arrugó la nariz–. No es que sirviera de gran cosa... Eran muy estirados, tus abuelos. Por ambas partes.

Harry parpadeó mientras luchaba por asimilar aquel torrente de información. Lucinda lo notó y se preguntó qué sentiría al saber que la mujer a la que había rescatado era el fruto de un viejo escándalo.

–¡Qué maravilla! –Em seguía alborozada–. Jamás pensé que llegaría a conocerte, querida. La verdad es que quedan muy pocos que se acuerden, aparte de mí. Tendrás que contarme toda la historia –hizo una pausa para tomar aliento–. ¡Bueno! Fergus traerá vuestro equipaje y yo os llevaré a vuestras habitaciones, después de tomar el té. Supongo que os vendrá bien un tentempié. La cena es a la seis, así que no hay prisa.

Lucinda y Heather fueron conducidas hacia una puerta abierta más allá de la cual se extendía un salón.

Lucinda vaciló en el umbral y miró hacia atrás, al igual que Em, que iba tras ella.

—No te quedas, ¿verdad, Harry? —preguntó Em.

Harry sintió la tentación de quedarse. Con la mirada fija no en su tía, sino en la mujer que iba a su lado, tuvo que hacer un esfuerzo por sacudir la cabeza.

—No —fijó la vista a duras penas en su tía—. Vendré a verte esta semana, algún día.

Em asintió con la cabeza.

Movida por un impulso que no alcanzaba a explicarse, Lucinda se dio la vuelta y volvió a cruzar el vestíbulo. Su salvador se quedó callado y la miró acercarse. Ella ignoró con denuedo el extraño aleteo de su corazón. Se detuvo ante él y lo miró con calma a los ojos.

—No sé cómo darle las gracias por su ayuda, señor Lester. Ha sido usted muy amable.

Los labios de Harry se curvaron lentamente; de nuevo, Lucinda se halló fascinada por su movimiento.

Harry tomó la mano que le tendía y, sin apartar los ojos de los de ella, se la llevó a los labios.

—Ha sido un placer, señora Babbacombe —la súbita dilatación de los ojos de Lucinda cuando sus labios le rozaron la piel compensaba con creces las molestias que le había causado—. Me aseguraré de que sus sirvientes sepan dónde encontrarla. Sus criadas estarán aquí antes de que anochezca, estoy seguro.

Lucinda inclinó la cabeza, pero no hizo esfuerzo alguno por apartar la mano.

—Le doy las gracias de nuevo, señor.

—No hay de qué, querida —sin apartar la mirada, Harry levantó una ceja—. Puede que volvamos a vernos…, en un salón de baile, quizá. Si es así, ¿sería mucho atrevimiento esperar que me conceda un vals?

Lucinda aceptó cortésmente.

—Sería un honor, señor..., si volviéramos a vernos.

Harry recordó a deshora que aquella mujer era una trampa que se proponía evitar y procuró dominarse. Hizo una reverencia, le soltó la mano y saludó a Em con una inclinación de cabeza. Con una última mirada a Lucinda, salió con paso elegante de la casa.

Lucinda vio cómo se cerraba la puerta tras él, con el ceño fruncido y expresión ausente.

Entre tanto, Em observaba a su invitada con un brillo sagaz en la mirada.

—Agatha lleva conmigo toda la vida —explicó Lucinda—. Era la doncella de mi madre cuando yo nací. Amy trabajaba de criada en Grange, la casa de mi marido. La trajimos con nosotros para que Agatha le enseñara a ser la doncella de Heather.

—Es igual —dijo Heather.

Estaban en el comedor, compartiendo una cena deliciosa preparada especialmente en su honor, según les había informado Em. Agatha, Amy y Sim habían llegado hacía una hora, en un carro conducido por Joshua que les habían prestado en la Barbican Arms. Joshua había regresado a Newmarket para ocuparse de la reparación del carruaje. Agatha, a la que la señora Simmons, el ama de llaves, había acogido bajo su ala, estaba descansando en una alegre habitación de la planta baja. No tenía el tobillo roto, pero sí muy magullado. Así pues, Amy había tenido que ayudar a vestirse tanto a Lucinda como a Heather, tarea de la que había salido airosa.

O eso pensaba Em mientras miraba la mesa.

—Bueno —dijo y, tras limpiarse los labios con la servilleta, le hizo una seña a Fergus para que le retirara la sopera—. Tienes que empezar desde el principio. Quiero saber todo lo que ha pasado desde que murieron tus padres.

La franqueza de su petición despojaba a ésta de toda crudeza. Lucinda sonrió y dejó a un lado la cuchara. Heather se estaba sirviendo el tercer plato de sopa, para deleite de Fergus.

—Como sabrá, como mis padres fueron desheredados por sus familias, no he tenido ningún roce con mis abuelos. Yo tenía catorce años en el momento del accidente. Por suerte, nuestro anciano abogado logró dar con la dirección de la hermana de mi madre... y ella aceptó acogerme.

—Entonces, veamos —Em achicó los ojos mientras repasaba su memoria—. Era Cora Parkes, ¿no?

Lucinda asintió con la cabeza.

—Si recuerda, la fortuna de la familia Parkes comenzó a declinar después de la boda de mis padres. Se habían apartado de los círculos de la alta sociedad y Cora se había casado con un molinero del norte..., un tal señor Ridley.

—¡No me digas! —Em estaba pasmada—. Vaya, vaya... ¡Cómo caen los poderosos! Tu tía Cora no quería ni oír hablar de reconciliarse con tus padres —Em levantó sus hombros enjutos—. Para mí que fue una venganza del destino. Así que ¿viviste con ellos hasta que te casaste?

Lucinda vaciló y luego asintió con la cabeza. Em lo notó; sus ojos se afilaron y luego volaron hacia Heather. Lucinda se dio cuenta y se apresuró a explicarse.

—Los Ridley no me acogieron precisamente con los brazos abiertos. Sólo aceptaron darme un techo, pensando en utilizarme como niñera de sus dos hijas y acordar luego mi matrimonio lo antes posible.

Em se quedó mirándola un momento. Luego soltó un bufido.

—No me sorprende. Cora siempre se dio muchos humos.

—Cuando tenía dieciséis años, concertaron mi boda con otro molinero, un tal señor Ogleby.

—¡Puaj! —Heather levantó la vista del plato de sopa y fingió estremecerse—. Era como un sapo, viejo y asqueroso —le dijo a Em—. Por suerte, mi padre se enteró. Lucinda solía ir a darme clase. Al final, papá se casó con ella —tras aportar su granito de arena a la conversación, Heather volvió a concentrarse en la sopa.

Lucinda sonrió afectuosamente.

—Así es. Charles fue mi salvador. Hasta hace poco tiempo no supe que pagó a mis parientes para poder casarse conmigo. Él nunca me lo dijo.

Em volvió a bufar.

—Me alegra saber que queda algún caballero por esas tierras. Entonces, te convertiste en la señora Babbacombe y te instalaste en… ¿Grange, has dicho?

—Sí —Heather había acabado por fin la sopa; Lucinda hizo una pausa para servirse de la fuente de rodaballo que le ofrecía Fergus—. En apariencia, Charles era un caballero acomodado de moderada fortuna. En realidad, sin embargo, poseía buen número de posadas por todo el país. Era muy rico, pero prefería llevar una vida sencilla. Tenía casi cincuenta años cuando nos casamos. A medida que fui haciéndome mayor, me puso al corriente de sus inversiones y me enseñó a ocuparme de ellas. Estuvo enfermo durante años. El final fue un alivio, cuando llegó, y, gracias a su mucha previsión, yo pude hacerme cargo de casi todo el trabajo —Lucinda levantó la mirada y descubrió que su anfitriona la miraba fijamente.

—¿A quién pertenecen ahora las posadas? —preguntó Em.

Lucinda sonrió.

—A nosotras…, a Heather y a mí. Naturalmente, Grange pasó a Mortimer Babbacombe, un sobrino de

Charles, pero la fortuna privada de Charles no formaba parte del patrimonio familiar.

Em se recostó en la silla y la miró con simpatía.

—Ah, por eso estáis aquí. ¿Tenéis una posada en Newmarket?

Lucinda asintió.

—Tras la lectura del testamento, Mortimer nos dio una semana para abandonar Grange.

—¡Qué descaro! —exclamó Em—. ¿Qué manera es esa de tratar a una mujer que acaba de enviudar?

Lucinda levantó una mano.

—Bueno, yo me ofrecí a marcharme tan pronto quisiera él..., aunque no pensé que tuviera tanta prisa. Antes ni siquiera nos había visitado.

—Entonces, ¿os encontrasteis en la calle de la noche a la mañana? —Em estaba indignada.

Heather soltó una risilla.

—Al final, todo fue muy fortuito.

—En efecto —Lucinda asintió mientras apartaba su plato—. No teníamos nada organizado, pero decidimos trasladarnos a una de nuestras posadas..., a una que estuviera lejos de Grange, donde nadie nos conociera. Una vez allí, me di cuenta de que la posada era mucho más próspera de lo que habría adivinado por las cuentas que nos había presentado hacía poco tiempo nuestro apoderado. El señor Scrugthorpe era nuevo. Charles tuvo que nombrar un nuevo apoderado unos meses antes de morir, cuando falleció el anciano señor Matthews —Lucinda frunció el ceño al ver el dulce que Fergus le puso delante—. Por desgracia, Charles entrevistó a Scrugthorpe un día que no se encontraba bien y yo estaba en la ciudad, con Heather. Por decirlo en dos palabras, Scrugthorpe había amañado las cuentas. Yo lo mandé llamar y lo despedí —Lucinda levantó la vista hacia su anfitriona y sonrió—. Después, Heather y yo decidimos que recorrer el país visitando nuestras posadas era un modo excelente de pasar nuestro año de luto. Era la clase de empresa que Charles habría aprobado.

Em soltó un bufido con el que esta vez quería expresar su admiración por el buen juicio de Charles.

—Parece que su padre era un hombre de gran valía, señorita.

—Era un cielo —el rostro franco de Heather se ensombreció, y la muchacha parpadeó rápidamente y bajó la mirada.

—He nombrado un nuevo apoderado, un tal señor Mabberly —Lucinda alivió con delicadeza aquel emotivo momento—. Es joven, pero extremadamente eficiente.

—Y mira embobado a Lucinda —comentó Heather mientras se servía otra porción de dulce.

—No es de extrañar —contestó Em—. Bueno, señorita Gifford... sin duda tus padres estarían orgullosos de ti. Una dama muy capaz y bien situada a los... ¿veintiséis años?

—Veintiocho —Lucinda esbozó una sonrisa sesgada. Había veces, como ese día, en que se preguntaba si la vida habría pasado de largo a su lado.

—Un logro muy notable —añadió Em—. No me gusta que las mujeres sean unas inútiles —miró el plato, por fin vacío, de Heather—. Si ha acabado, señorita, sugiero que nos retiremos al salón. ¿Alguna de las dos toca el pianoforte?

Las dos sabían tocar y entretuvieron de buena gana a su anfitriona con diversos aires y sonatas hasta que Heather comenzó a bostezar. La muchacha se retiró por sugerencia de Lucinda, sin pararse junto al carrito del té que había junto a la puerta.

—Hemos tenido un día muy ajetreado, en efecto —Lucinda se recostó en un sillón, junto al fuego, y bebió un sorbo del té que Em le había servido. Luego levantó la mirada y sonrió–. No sé cómo darle las gracias por abrirnos las puertas de su casa, lady Hallows.

–Tonterías –contestó Em con otro de sus bufidos–. Y haz el favor de dejar de llamar de usted. Llámame Em, como todo el mundo en la familia. Eres la hija de Melrose y con eso me basta.

Lucinda sonrió con cierto embarazo.

–Em, entonces. ¿De qué nombre es diminutivo? ¿De Emma?

Em arrugó la nariz.

–Ermyntrude.

Lucinda logró sofocar una sonrisa.

–¿De veras? –dijo débilmente.

–Pues sí. Mis hermanos se lo pasaban en grande llamándome por todos los diminutivos que quepa imaginar. Cuando empezaron a llegar los sobrinos, dije que era Em y se acabó.

–Una decisión muy sabia –se hizo un grato silencio mientras saboreaban el té. Lucinda lo rompió al fin para preguntar–: ¿Tienes muchos sobrinos?

A Em le brillaron los ojos por debajo de los párpados.

–Unos cuantos. Pero de los que tenía que defenderme era de Harry y sus hermanos. Una pandilla de sinvergüenzas.

Lucinda se removió.

–¿Tiene muchos hermanos?

–Varones, sólo dos…, pero son suficientes. Jack es el mayor –prosiguió Em alegremente–. Tiene… déjame ver… treinta y seis años. Luego está Harry, que es dos años menor. Se llevan muchos años con su hermana Lenore, que se casó con Eversleigh hace un par de años. Debe de tener veintiséis, así que Gerald, el pequeño, tiene veinticuatro. Su madre murió hace años, pero mi hermano sigue vivito y coleando –Em sonrió–. Tengo para mí que ese viejo cascarrabias se aferrará a la vida hasta que vea a un nieto llevar su apellido –dijo afectuosamente–. Yo estaba muy unida a los niños… y Harry era mi favorito. Es al mismo tiempo un ángel y un demonio, claro, pero muy buen chico –parpadeó y luego añadió–: En fin, es buen chico en el fondo. Todos lo eran… y lo son. Últimamente veo sobre todo a Harry y a Gerald. Como Newmarket está tan cerca… Harry dirige la cuadra Lester, que, aunque esté mal que yo lo diga, y bien sabe Dios que no sé casi nada de caballos, un tema tan aburrido, es una de las mejores del país.

–¿De veras? –no había ni el más leve rastro de hastío en el semblante de Lucinda.

–Sí –Em asintió con la cabeza–. Harry suele venir a ver correr a sus caballos. Supongo que esta semana también veremos a Gerald por aquí. Sin duda querrá exhibirse con su nuevo faetón. La última vez que vino, me dijo que iba a comprarse uno ahora que los cofres de la familia están llenos a rebosar.

Lucinda pestañeó.

Em no esperó a que encontrara un modo sutil de formular la pregunta. Agitó una mano en el aire y explicó tranquilamente:

–Los Lester siempre han andado faltos de liquidez. Buenas fincas, excelente linaje, pero nada de dinero. La última generación, sin embargo, invirtió en no sé qué empresa naviera el año pasado, y ahora toda la familia nada en la abundancia.

–Ah –Lucinda recordó al instante el lujoso atuendo de Harry Lester. No podía imaginárselo de otra manera. En efecto, su efigie parecía haber quedado grabada en su memoria con singular viveza. Sacudió la cabeza para disipar su recuerdo y sofocó discretamente un bostezo–. Me temo que no soy muy buena compañía, lady... Em –sonrió–. Creo que será mejor que siga los pasos de Heather.

Em se limitó a asentir con la cabeza.

–Te veré por la mañana, querida.

Lucinda dejó a su anfitriona contemplando el fuego.

Diez minutos después, con la cabeza apoyada en la almohada, cerró los ojos sólo para descubrirse pensando de nuevo en Harry Lester. Cansada y aturdida, las conversaciones que había mantenido con él ocuparon el centro de la escena mientras repasaba sus recuerdos de ese día, hasta que llegó al momento de su despedida, el cual había dejado en el aire una pregunta que la atormentaba. ¿Cómo sería bailar el vals con Harry Lester?

Una milla más allá, en la taberna de la posada Barbican Arms, Harry permanecía cómodamente sentado tras una mesa, observando la estancia con expresión ceñuda. El humo danzaba en espiral, como una neblina, alrededor de un bosque de hombros en el que los caballeros se codeaban a sus anchas con los mozos de cuadras y los caballerizos y los soplones con los corredores de apuestas. Esa noche, la taberna estaba llena a rebosar. Las primeras carreras –en las que no participaban purasangres– empezaban al día siguiente.

Una tabernera se acercó contoneando las caderas. Puso sobre la mesa una jarra de la mejor cerveza de la posada y sonrió con coquetería, levantando una ceja, mientras Harry lanzaba una moneda a su bandeja.

Harry la miró a los ojos; sus labios se curvaron, pero su cabeza se movió de un lado a otro. Decepcionada, la chica se alejó. Harry levantó la jarra rematada de espuma y bebió un largo trago. Había abandonado el salón, donde solía refugiarse y al que sólo los *connaisseurs* tenían acceso, impulsado por las incesantes preguntas acerca de su bella acompañante de esa tarde.

Parecía que todo Newmarket los había visto.

Ciertamente, todos sus amigos y conocidos estaban ansiosos por conocer su nombre. Y sus señas.

Harry no les había facilitado ni una cosa ni la otra; se había limitado a contestar con firmeza y semblante inexpresivo a las preguntas que le formulaban con un brillo en la mirada, diciendo que la dama en cuestión era una conocida de su tía a la que, sencillamente, había acompañado hasta su puerta.

Aquellos datos bastaron para desinflar el interés de la mayoría, pues casi todos los que frecuentaban Newmarket habían oído hablar de su tía.

Harry, sin embargo, estaba cansado de borrar el rastro de la encantadora señora Babbacombe, sobre todo porque intentaba, a su vez, olvidarse de ella. Y de su belleza.

Gruñendo para sus adentros, se zambulló en su jarra e intentó concentrarse en sus caballos, que, por lo general, eran para él motivo de embeleso.

—¡Ah, está ahí! Lo he buscado por todas partes. ¿Qué hace aquí fuera? —Dawlish se dejó caer en una silla, a su lado.

—No preguntes —le aconsejó Harry. Aguardó mientras la camarera, haciendo gala de indiferencia, servía a Dawlish. Luego preguntó—: ¿Cuál es el veredicto?

Dawlish le lanzó una mirada por encima del borde de su jarra.

—Raro —masculló por detrás de la jarra.

Harry levantó las cejas y giró la cabeza para mirar a su criado.

—¿Raro? —Dawlish había acompañado a Joshua, el cochero, a llevar al herrero el carruaje accidentado.

—Joshua, el herrero y yo pensamos lo mismo —Dawlish

dejó su jarra y se limpió la espuma de los labios–. Pensé que debía saberlo.

–¿Saber qué?

–Que la chaveta de la rueda estaba amañada antes del accidente. La habían aserrado por la mitad. Y también habían tocado los ejes.

Harry arrugó el ceño.

–¿Por qué?

–No sé si se fijó, pero había un extraño montón de piedras tiradas en el tramo de carretera donde volcó el carruaje. Ni antes, ni después. Sólo en ese tramo. El cochero no habría podido esquivarlas todas. Y estaban colocadas al doblar un recodo, de modo que no le dio tiempo a parar.

Harry seguía con el ceño fruncido.

–Me acuerdo de las piedras. El chico las apartó para dejarme paso.

Dawlish asintió con la cabeza.

–Si, pero el carruaje no pudo esquivarlas. Y, en cuanto la rueda las pisó, saltó la chaveta y se salieron los ejes.

Harry sintió un escalofrío en la nuca. Cinco jinetes embozados, con un carromato, escondidos entre los árboles, avanzando hacia la carretera justo después de que pasara el carruaje. De no haber sido semana de carreras, ese tramo de la carretera habría estado, casi con toda probabilidad, desierto a esa hora del día.

Harry levantó la vista hacia Dawlish.

Su ayuda de cámara le sostuvo la mirada.

–Da que pensar, ¿eh?

Harry asintió lentamente, con expresión severa.

–Sí, en efecto.

Y no le gustaba ni pizca lo que estaba pensando.

—Saco sus caballos en un periquete, señor.

Harry inclinó la cabeza distraídamente mientras el palafrenero jefe de la posada corría hacia los establos. Se puso los guantes y se alejó tranquilamente de la puerta principal de la posada para esperar su carrocín en un recuadro de sol, junto a la tapia.

Delante de él el patio bullía lleno de gente. Muchos de los huéspedes de la posada se aprestaban para marcharse al hipódromo con la esperanza de ganar unas cuantas apuestas y empezar de ese modo la semana con buen pie.

Harry hizo una mueca. No iba a reunirse con ellos, al menos hasta que hubiera satisfecho su curiosidad acerca de cierta señora Babbacombe. Había renunciado a decirse a sí mismo que aquella mujer no era de su incumbencia; tras las revelaciones del día anterior, se sentía obligado a servirle de adalid..., al menos hasta que se asegurara de que no corría peligro. A fin de cuentas, era la invitada de su tía... por insistencia suya. Dos hechos que sin duda justificaban su interés.

—Entonces, ¿voy a ver a Hamish?

Harry se giró al acercarse Dawlish. Hamish, su jefe de cuadra, había llegado el día anterior con sus purasangres.

Los caballos estarían ya acomodados en sus establos, más allá de la pista de carreras. Harry asintió con la cabeza.

—Asegúrate de que Thistledown tiene bien curado el espolón. Si no, no quiero que corra.

Dawlish inclinó la cabeza sagazmente.

—De acuerdo. ¿Le digo a Hamish que luego irá a verlo?

Harry observó cómo le quedaban los guantes.

—No. Esta vez, tendré que confiar en vuestra sabiduría. Tengo asuntos urgentes en otra parte.

Notó la mirada perspicaz de Dawlish.

—¿Más urgentes que una yegua ganadora con el espolón herido? —resopló—. Me gustaría saber qué puede interesarle más que eso.

Harry no hizo esfuerzo alguno por aclarárselo.

—Seguramente me pasaré por allí a eso de mediodía —seguramente sus sospechas eran infundadas. Todo aquello podía ser una simple coincidencia; dos damas que viajaban sin escolta y unos bandidos embozados que se habían fijado en el carruaje de las Babbacombe—. Cerciórate de que Hamish se da por enterado esta vez.

—Sí —gruñó Dawlish y, lanzándole una última mirada, se alejó.

Harry se volvió al aparecer su carrocín. El palafrenero jefe llevaba a las bestias con una reverencia que reflejaba su admiración.

—Magníficos animales, señor —le dijo a Harry cuando éste subió al vehículo.

—Sí —Harry tomó las riendas. Los caballos estaban inquietos, percibían la cercanía de la libertad. Harry saludó al palafrenero inclinando la cabeza e hizo retroceder el carrocín para salir con elegancia del patio de la posada.

—¡Harry!

Harry se detuvo y, exhalando un suspiro, refrenó a sus monturas.

—Buenos días, Gerald. ¿Desde cuándo madrugas tanto?

Había visto a su hermano menor entre el gentío de la taberna, la noche anterior, pero no había hecho esfuerzo alguno por advertirlo de su presencia. Se giró para mirarlo. Gerald tenía los ojos azules y el pelo oscuro, como su hermano mayor, Jack, y caminaba hacia él con una amplia sonrisa. Al llegar a su lado, apoyó la mano sobre el carrocín.

—Desde que me he enterado de que ayer ibas acompañado de dos bellas damas que, según tú, son amigas de Em.

—Amigas, no, querido hermano. Sólo conocidas.

Al toparse con el semblante hastiado de su hermano, Gerald perdió parte de su aplomo.

—¿Lo dices en serio? ¿Son conocidas de Em?

—Eso parece.

Gerald puso mala cara.

—Ah —entonces notó la ausencia de Dawlish y miró a su hermano con interés—. Vas a casa de Em. ¿Te importa si voy contigo? Quiero saludar a la tía… y quizá también a esa preciosidad de negra cabellera que iba contigo ayer.

Por un instante, Harry se sintió sacudido por un impulso sumamente absurdo. A fin de cuentas, Gerald era su hermano menor, y le tenía, a pesar de la condescendencia con que le trataba, mucho cariño. Ocultó aquella emoción inesperada tras su inefable encanto… y suspiró.

—Me temo, querido hermano, que debo desilusionarte. La dama en cuestión es demasiado mayor para ti.

—¿Ah, sí? ¿Cuántos años tiene?

Harry levantó las cejas.

—Más que tú.

—Bueno…, entonces puede que lo intente con la otra…, la rubia.

Harry bajó la mirada hacia el semblante ansioso de su hermano... y sacudió la cabeza para sus adentros.

—Ésa es seguramente demasiado joven. Recién salida de la escuela, sospecho.

—Eso no tiene nada de malo —replicó Gerald alegremente—. Alguna vez tienen que empezar.

Harry exhaló un suspiro de fastidio, sintiéndose derrotado.

—Gerald...

—Vamos, Harry, no seas tan quisquilloso. A ti no te interesa la muchacha. Deja que te la quite de en medio.

Harry miró a su hermano parpadeando. Sin duda, cualquier conversación acerca de la situación de la señora Babbacombe sería mucho más franca en ausencia de su hijastra.

—Muy bien..., si insistes... —podía confiar en que Gerald se portara decentemente en casa de Em—. Pero no digas que no te lo advertí.

Gerald se subió al carrocín casi con alborozo. En cuanto estuvo a bordo, Harry hizo restallar las riendas. Los caballos se pusieron en marcha al instante. Tuvo que poner en práctica toda su destreza para sortear el tráfico de High Street. Una vez fuera de la ciudad, dejó que se desfogaran. Llegaron a la frondosa avenida de Em en un abrir y cerrar de ojos.

Un mozo de cuadras salió a todo correr para ocuparse del carrocín. Harry y Gerald subieron la escalinata. La puerta de roble estaba abierta de par en par, cosa que ocurría con frecuencia. Los hermanos entraron. Harry lanzó sus guantes sobre la mesa de bronce dorado.

—Parece que tendremos que ir de caza. Confío en que el asunto que tengo que tratar con la señora Babbacombe no me lleve más de media hora. Si consigues entretener a la señorita Babbacombe hasta entonces, te estaré muy agradecido.

Gerald enarcó una ceja.

—¿Lo bastante como para dejarme llevar el carrocín a la vuelta?

Harry pareció indeciso.

—Posiblemente..., pero yo no contaría con ello.

Gerald sonrió y miró a su alrededor.

—Bueno, ¿por dónde empezamos?

—Tú empieza por los jardines. Yo me ocupo de la casa. Gritaré si necesito ayuda —agitando lánguidamente la mano, Harry echó a andar por un pasillo. Gerald dio media vuelta y salió silbando por la puerta principal.

Harry no encontró a nadie en el cuartito de estar, ni en el salón. Luego oyó un canturreo y un chasquido de tijeras y se acordó de la salita que había al fondo de la casa y que daba al jardín. Allí encontró a Em, colocando unas flores en un inmenso jarrón. Entró con paso lánguido.

—Buenos días, tía.

Em giró la cabeza y se quedó mirándolo, pasmada.

—Que el diablo me lleve... ¿Qué haces tú aquí?

Harry parpadeó.

—¿Y dónde iba a estar?

—En la ciudad. Estaba segura de que estarías allí.

Tras un momento de vacilación, Harry admitió lo obvio.

—¿Por qué?

—Porque Lucinda, la señora Babbacombe, quiero decir, se fue a la ciudad hace media hora. No ha estado allí nunca y quería echar un vistazo.

Un escalofrío corrió por la nuca de Harry.

—¿Las ha dejado ir sola?

Em se volvió hacia sus flores y agitó las tijeras.

—Cielos, no. Su mozo ha ido con ella.

—¿Su mozo? —la voz de Harry era suave, educada, pero su tono habría bastado para provocar un escalofrío en la columna vertebral más insensible—. ¿Ese chico pelirrojo que vino con ella?

Notó que un rubor elocuente cubría los altos pómulos de su tía.

Desconcertada, Em se encogió de hombros.

—Es una mujer independiente. No sirve de nada intentar persuadirla —sabía perfectamente que no debería haber permitido que Lucinda fuera a la ciudad esa semana sin más escolta que un mozo, pero su estratagema tenía un propósito definido. Girándose, miró a su sobrino—. Podrías intentarlo tú, por supuesto.

Por un instante, Harry apenas pudo creer lo que oía. No se esperaba aquello de Em. Achicó los ojos mientras observaba su cándido semblante. Lo que le hacía falta: un traidor en sus propias filas. Asintió con la cabeza escuetamente y contestó:

—Descuida, lo haré.

Giró sobre sus talones, abandonó la habitación, recorrió el pasillo, salió de la casa y torció hacia los establos. El mozo se sobresaltó al verlo. Harry casi se alegró de que los caballos estuvieran aún enganchados.

Tomó las riendas y se subió al pescante. Hizo restallar el látigo y los caballos se pusieron en marcha. En el camino de regreso a la ciudad, batió todas las marcas.

Sólo cuando se vio obligado a frenar en High Street se acordó de Gerald. Masculló una maldición. Su hermano podría haberlo ayudado en su búsqueda. Aprovechando el lento avance del tráfico, escudriñó las aceras atestadas de gente con estudiada indiferencia. Pero no vio ninguna cabeza morena.

Distinguió, en cambio, a gran número de amigos y conocidos que, como él mismo, sabían por experiencia que ese día no merecía la pena perder el tiempo en el hipódromo. No le cabía ni sombra de duda, por otra parte, de que todos y cada uno de aquellos hombres estarían más que dispuestos a pasar el rato junto a cierta bella viuda de negra cabellera... y de que ninguno de ellos lo consideraría perder el tiempo.

Al llegar al final de la calle, comenzó a maldecir. Sin pensar en los riesgos que corría, hizo girar el carrocín y esquivó por los pelos un faetón nuevo cuyo conductor estuvo a punto de sufrir un síncope.

Harry hizo caso omiso del alboroto que se armó, se dirigió a toda prisa a la Barbican Arms y dejó a sus caballos en manos del jefe de caballerizas. Éste le confirmó que la calesa de Em estaba allí. Miró en el salón privado y descubrió con alivio que estaba desierto. El Arms era el tugurio favorito de sus camaradas. Volvió a salir a la calle y se detuvo a recapitular. Y a preguntarse qué había querido decir su tía con «echar un vistazo».

En Newmarket no había biblioteca pública. Por fin, se decidió por la iglesia, que estaba en aquella misma calle. Pero ninguna bella viuda paseaba por sus naves, ni recorría las veredas entre las tumbas. Los jardines de la ciudad eran irrisorios: nadie iba a Newmarket a admirar los canteros de flores. El Salón de Té de la señora Dobson estaba haciendo su agosto, pero ninguna viuda elegante y refinada adornaba sus mesitas.

Harry salió a la acera, se detuvo con los brazos en jarras y miró al otro lado de la calle. ¿Dónde demonios se había metido?

Vio por el rabillo del ojo un destello azul y giró la cabeza justo a tiempo de ver una figura de cabello negro que cruzaba la puerta de la posada Green Goose con un muchacho pelirrojo a la zaga.

Lucinda se detuvo nada más cruzar la puerta de la posada y se halló envuelta en la penumbra. En una penumbra húmeda y mohosa. Cuando sus ojos se acostumbraron a la oscuridad, descubrió que estaba en un pasillo. La entrada a la taberna quedaba a su izquierda; a la derecha había dos puertas que llevaban presumiblemente a sendos reservados y, de frente, un mostrador, semejante a una prolongación de la barra de la taberna, con una campanilla de bronce sobre la superficie arañada.

Avanzó sofocando el deseo de arrugar la nariz. Había pasado los veinte minutos anteriores inspeccionando la posada desde el exterior y se había fijado en el encalado descolorido y desconchado de las paredes, en el desorden que reinaba en el patio y en el aspecto desarrapado de dos clientes a los que había visto trasponer el umbral. Alargó una mano enguantada, alzó la campanilla y llamó con decisión. Al menos, eso pretendía. Pero la campana sólo emitió un chasquido sordo. Lucinda le dio la vuelta y descubrió que tenía roto el badajo.

Volvió a dejar la campana sobre el mostrador con una mueca de fastidio. Se estaba preguntando si no debería decirle a Sim, que esperaba junto a la puerta, que llamara a voces al posadero, cuando una sombra de grandes proporciones bloqueó la escasa luz procedente del interior de la posada. Acto seguido apareció un hombre fornido y corpulento..., enorme. Sus facciones eran toscas, pero sus ojos, hundidos entre los pliegues de grasa, parecían simplemente faltos de curiosidad.

—¿Sí?

Lucinda parpadeó.

—¿Es usted el señor Blount?
—Sí.
A ella se le cayó el alma a los pies.
—¿El posadero?
—No.
Al ver que no decía nada más, Lucinda añadió:
—Es usted el señor Blount, pero no es el posadero —aún había esperanza—. ¿Dónde está el señor Blount que sí es el posadero?

Aquel gigante se quedó mirándola estoicamente un momento, como si a su cerebro le costara asimilar la pregunta.

—Quiere hablar con Jake..., mi hermano —dijo por fin.
Lucinda exhaló para sus adentros un suspiro de alivio.
—Exactamente. Deseo ver al señor Blount, el posadero.
—¿Para qué?
Lucinda se quedó atónita.
—Eso, buen hombre, es asunto de su hermano y mío.
Él la miró con expresión calculadora y luego rezongó:
—Espere aquí. Voy a buscarlo —con ésas, se alejó renqueando.

Lucinda rezó para que su hermano hubiera salido a la otra rama de la familia. Pero sus plegarias no fueron atendidas. El hombre que reemplazó al primero era igual de grande y rollizo y, al parecer, sólo un poco menos falto de luces.

—¿El señor Jake Blount? ¿El posadero? —preguntó Lucinda sin esperanzas de equivocarse.

—Sí —el hombre asintió con la cabeza. Sus ojillos la recorrieron de arriba abajo, sin insolencia, pero con recelo—. Pero la gente como usted no suele alojarse aquí. Inténtelo en la Barbican o en la Rutland, calle arriba.

Dio media vuelta, dejando a Lucinda pasmada.
—Espere un segundo, buen hombre.

Jake Blount retrocedió arrastrando los pies y la miró, pero sacudió la cabeza.

—Éste no es lugar para usted, ¿comprende?

Lucinda notó una corriente de aire al abrirse la puerta de la posada. Notó que el señor Blount alzaba los ojos hacia el recién llegado, pero estaba decidida a conservar su atención.

—No, no lo comprendo. ¿Se puede saber qué quiere decir con que éste no es sitio para mí?

Jake Blount la oyó, pero parecía más preocupado por el caballero que ahora permanecía tras ella y que había clavado sus duros ojos verdes en él. Blount conocía perfectamente a aquel caballero de cabello rubio y ondulado, cortado a la moda, y ataviado con una levita marrón claro de impecable factura, calzas de gamuza y botas de Hesse tan bruñidas que uno podía mirarse en ellas. No le hizo falta fijarse en el gabán con capa que colgaba de los anchos hombros del caballero, ni en sus rasgos aristocráticos y sus ojos entornados, ni en su figura alta, espigada y musculosa para comprender que un vástago de la alta sociedad se había dignado entrar en su humilde posada. Aquello le puso al instante los nervios de punta.

—Eh... —parpadeó y volvió a mirar a Lucinda—. Las señoras como usted no suelen alojarse aquí.

Lucinda seguía mirándolo con pasmo.

—¿Qué clase de señoras se alojan aquí?

La cara de Blount se contrajo.

—A eso me refería... Aquí no se aloja ninguna señora. Como no sean de ésas.

Cada vez más convencida de que había entrado en una casa de locos, Lucinda siguió aferrándose a su pregunta.

—¿Y qué clase es ésa?

Jake Blount se quedó mirándola un momento. Luego, dándose por vencido, agitó su gruesa mano.

—Mire, señora..., no sé qué quiere, pero tengo cosas que hacer.

El posadero miró por encima de su hombro con mucha intención y Lucinda respiró hondo.

Y estuvo a punto de atragantarse cuando oyó que una voz parsimoniosa le decía tranquilamente a Blount:

—Está usted en un error, Blount. Lo único que me trae por aquí es el deseo de cerciorarme de que trata usted como es debido a esta señora —Harry miró a los ojos al posadero—. Y tiene usted razón: no es de ésas.

El énfasis que puso en aquellas palabras, pronunciadas con voz sensual, aclaró al instante a Lucinda de qué clase de mujeres habían estado hablando. Dividida entre la vergüenza, el sonrojo y la rabia, titubeó, y un ligero rubor cubrió sus mejillas.

Harry lo notó.

—Y ahora —sugirió suavemente—, si dejamos de lado esa espinosa cuestión, tal vez podamos ocuparnos de los asuntos de la señora. Estoy seguro de que está usted en ascuas preguntándose cuáles son..., igual que yo.

Lucinda le lanzó una mirada altiva por encima del hombro.

—Buenos días, señor Lester —le obsequió con una leve inclinación de cabeza. Harry estaba tras ella, alto y fornido, en la penumbra. Inclinó la cabeza con elegancia, pero sus rasgos, severos y cortantes, delataban que estaba impaciente por oír la explicación de Lucinda.

Ella hizo una mueca para sus adentros y volvió a girarse hacia el posadero.

—Tengo entendido que recientemente recibió la visita de un tal señor Mabberly en representación de los propietarios de esta posada.

Jake Blount cambió de postura.

—Sí.

—Y tengo entendido asimismo que el señor Mabberly lo advirtió de que pronto recibiría una visita de inspección.

El grandullón asintió con la cabeza.

Lucinda hizo lo mismo con decisión.

—Muy bien. Ya puede usted enseñarme la posada. Empezaremos por las habitaciones de uso común —se giró sin hacer una pausa—. Supongo que ésta es la taberna —se dirigió hacia la puerta. Sus faldas levantaban una ligera polvareda.

Vio por el rabillo del ojo que Blount se había quedado mirándola boquiabierto. Luego, el posadero rodeó a toda prisa el mostrador. Harry Lester se quedó allí parado, observando a Lucinda con expresión inescrutable.

Ella entró en la oscura taberna.

—Tal vez, señor Blount, si abriéramos las ventanas, podría ver lo suficiente como para formarme una opinión.

Blount la miró, azorado, y se acercó renqueando a las ventanas. Unos segundos después, la luz del sol inundó la estancia, al parecer para horror de los dos únicos clientes que había en la taberna: un vejete envuelto en una capa arrugada, apoyado en el rincón de la chimenea, y un hombre más joven con tosco atuendo de viajero. Los dos parecieron encogerse y se apartaron de la luz.

Lucinda miró a su alrededor atentamente. El interior de la posada estaba a la altura de su exterior, al menos en lo tocante a su estado de dejadez. La Green Goose no desmerecía en absoluto la descripción que le había hecho Anthony Mabberly, quien consideraba aquel establecimiento el peor de cuantos poseían las Babbacombe. Las paredes estaban mugrientas y hacía años que el techo no veía ni plumero ni mopa. Todo ello, unido a la aureola de polvo y suciedad que parecía envolverlo todo, convertía la taberna en un lugar sumamente inhóspito.

—Humm —Lucinda hizo una mueca—. Pues vaya con la taberna.

Miró de soslayo a Harry, que la había seguido hasta allí.

—Gracias por su ayuda, señor Lester, pero soy perfectamente capaz de entenderme con el señor Blount.

La verde mirada de Harry Lester, que había recorrido con detenimiento la estancia, se fijó en su cara. Sus ojos eran menos ilegibles que sus facciones, pero, aparte de desaprobación y fastidio, Lucinda no logró adivinar qué significaba su expresión.

—¿De veras? —él levantó un poco las cejas; su tono lánguido era apenas educado—. No obstante, quizá deba quedarme..., por si acaso el bueno de Blount y usted encuentran nuevas... dificultades de comunicación.

Lucinda sofocó el impulso de fulminarlo con la mirada. Aparte de ordenarle que saliera de su posada, lo cual se avenía mal con su plan de ocultar que era la dueña del establecimiento, no se le ocurría otro modo de librarse de él. La mirada verde de Harry Lester era aguda y perspicaz; y Lucinda ya sabía que tenía la lengua muy afilada.

Por fin aceptó su sino con un leve encogimiento de hombros y fijó su atención en Blount, que merodeaba junto a la barra sin saber qué hacer.

—¿Adónde da esa puerta?

—A las cocinas.

Blount se quedó de una pieza cuando Lucinda agitó una mano.

—Necesito verlas.

La cocina no estaba en tan pésimas condiciones como esperaba, hecho que atribuyó a los esfuerzos de una mujer pechugona y envejecida que se inclinó respetuosamente cuando Blount la presentó como «la señora». Los aposentos privados de los Blount comunicaban con la amplia y cuadrada estancia que ocupaba la cocina. Lucinda prefirió no inspeccionarlos. Tras examinar atentamente la espaciosa chimenea abierta y enfrascarse en una detallada conversación con la señora Blount acerca del funcionamiento de la cocina —conversación que, a juzgar por sus semblantes, a Blount y a Harry Lester les traía al fresco— consintió por fin en que le enseñaran los salones.

Los dos salones estaban sucios y cubiertos de polvo pero, tras abrir las ventanas, resultaron tener algunas virtudes. Ambos contenían muebles viejos, pero en buen estado.

—Hmmm —fue el veredicto de Lucinda. Blount parecía consternado.

En el salón de atrás, que daba a un descampado que antaño había sido un jardín, reparó en una sólida mesa de roble con sillas a juego.

—Por favor, dígale a la señora Blount que limpie enseguida el polvo de esta habitación. Entre tanto, iré a echar un vistazo a los dormitorios de la planta de arriba.

Blount se encogió de hombros con aire resignado y se acercó a la puerta de la cocina para darle el recado a su mujer; luego regresó para conducirla a la planta de arriba. En mitad de la escalera, Lucinda se detuvo para comprobar la solidez de la escuálida barandilla. Al apoyarse sobre ella, la oyó chirriar y se sobresaltó... y aún más se sobresaltó al notar que un brazo de acero le rodeaba la cintura y la depositaba en el centro del peldaño. Al instante se vio libre, pero oyó mascullar a su espalda:

—Condenada mujer.

Sonrió y luego, al alcanzar el pasillo de arriba, compuso un semblante impasible.

—Todas las habitaciones son iguales —Blount abrió la puerta de la más cercana y, sin esperar a que se lo pidieran, fue a abrir las ventanas.

El sol iluminó un penoso espectáculo. La pintura amarillenta de las paredes estaba desconchada. El aguamanil y la palangana, resquebrajados. Las sábanas, Lucinda las sentenció a la hoguera sin pensárselo dos veces. Los muebles, sin embargo, eran sólidos y de roble, o eso le pareció. Tanto la cama como la cómoda podían dejarse en buen estado con un poco de esmero.

Lucinda frunció los labios y asintió con la cabeza. Se dio la vuelta y salió por la puerta, pasando junto a Harry, que estaba apoyado en el marco. Él se irguió y la siguió por el pasillo. Blount cerró la puerta del cuarto y corrió a interponerse entre Lucinda y la siguiente habitación.

—Esta habitación está ocupada, señora.

—¿Ah, sí? —Lucinda se preguntó qué clase de huéspedes se alojaban en las tristes habitaciones de aquella posada.

En ese momento, como en respuesta a su duda, una risa femenina traspasó la puerta. El semblante de Lucinda adquirió una expresión fría y severa.

—Ya veo —miró a Blount con reproche y luego, con la cabeza muy alta, siguió avanzando por el pasillo—. Veré la habitación del fondo y después volveremos abajo.

No hubo nuevas revelaciones. Era todo tal y como había dicho el señor Mabberly: el edificio estaba en buen estado, pero había que cambiar su funcionamiento de arriba abajo.

Lucinda bajó de nuevo al vestíbulo, le hizo una seña a Sim para que se acercara y tomó los libros de cuentas que llevaba el muchacho; los puso sobre la mesa, delante de una silla, colocó su bolsito junto a ellos y se sentó.

—Bueno, Blount, me gustaría examinar los libros.

Blount parpadeó.

—¿Los libros?

Lucinda asintió sin desviar la mirada.

—El azul de los ingresos y el rojo de los gastos.

Blount siguió mirándola, pasmado. Luego masculló algo que Lucinda prefirió interpretar como un sí y desapareció.

Harry, que hasta ese momento se había mantenido en el papel de guardián silencioso, se acercó tranquilamente a cerrar la puerta. Luego se giró hacia la invitada de su tía.

—Bien, mi querida señora Babbacombe, quizás ahora pueda aclararme qué se propone.

Lucinda resistió el impulso de arrugar la nariz. Sabía que Harry Lester iba a ponerle las cosas difíciles.

—Me propongo lo que ya he dicho: inspeccionar esta posada.

—Ah, sí —respondió él con tono acerado—. ¿Y espera que me crea que el propietario de este establecimiento la ha designado a usted para semejante tarea?

Lucinda lo miró a los ojos con franqueza.

—Sí.

La mirada que le dirigió Harry estuvo a punto de hacerla perder la compostura. Finalmente agitó la mano para poner fin al interrogatorio. Blount volvería pronto.

—Para que lo sepa, esta posada pertenece a Babbacombe & Company.

Harry se quedó de piedra. Fijó en ella su mirada verde y fascinada.

—¿Cuyos gerentes son...?

Lucinda cruzó las manos sobre sus libros de cuentas y sonrió.

—Heather y yo misma.

No tuvo tiempo de saborear su reacción. Blount volvió a entrar con un montón de libros en los brazos. Lucinda le indicó que se sentara a su lado. Mientras el posadero rebuscaba entre sus libros raídos, ella recogió su bolsito, sacó unas gafas de montura dorada y se las puso sobre la nariz.

—Bueno, vamos a ver.

Entonces procedió a repasar las cuentas de Blount bajo la mirada embelesada de Harry. Éste se sentó junto a la ventana en una silla previamente desempolvada y se puso a observar a Lucinda Babbacombe. Era, sin lugar a dudas, la mujer más singular, sorprendente e impredecible que había conocido nunca.

La estuvo observando mientras revisaba entrada tras entrada, añadiendo cifras a menudo contrarias a las de los libros de Blount. El posadero había abandonado hacía rato toda resistencia. Fuera de su elemento y enfrentado a aquel calvario inesperado, parecía ansioso por ganarse el beneplácito de Lucinda.

Mientras revisaba los libros, Lucinda llegó a la misma conclusión: la negligencia de Blount no era intencionada. El posadero no se había propuesto hundir la posada. Sencillamente, le faltaban la sagacidad y la experiencia necesarias para saber qué debía hacer.

Cuando, al cabo de una hora, concluyó sus pesquisas, Lucinda se quitó las gafas y fijó en Blount una mirada penetrante y calculadora.

—Sólo para que nos entendamos, Blount, quiero que sepa que depende de mí el recomendar o no a Babbacombe & Company que conserve sus servicios —tocó su libro cerrado con una patilla de sus gafas—. Aunque sus resultados no son ni mucho menos excelentes, voy a informar de que no he encontrado indicio alguno de irregularidades. Todo parece estar claro.

El rollizo posadero parecía tan contento que Lucinda tuvo que sofocar una sonrisa.

—Tengo entendido que recibió este puesto al morir el anterior posadero, el señor Harvey. Los libros muestran claramente que la posada había dejado de funcionar bien mucho antes de su llegada.

Blount parecía perdido.

—Lo cual significa que no se le puede culpar por los malos resultados anteriores —Blount pareció aliviado—. Sin embargo —prosiguió Lucinda, endureciendo su tono de voz—, debo decirle que los resultados actuales, de los que sí es responsable, son sumamente decepcionantes. Babbacombe & Company espera unos beneficios razonables a cambio de su inversión, señor Blount.

El posadero arrugó la frente.

—Pero el señor Scrugthorpe... el que me nombró...

—Ah, sí, el señor Scrugthorpe.

Harry miró a Lucinda, cuyo tono de voz se había vuelto gélido.

—Pues el señor Scrugthorpe dijo que el beneficio no importaba, siempre y cuando la posada fuera tirando.

Lucinda parpadeó.

—¿A qué se dedicaba usted antes, señor Blount?

—Regentaba el Blackbird's Beak, en la carretera de Fordham.

—¿El Blackbird's Beak?

—Una cervecería, sospecho.

—Ah —Lucinda le sostuvo la mirada y luego volvió a mirar a Blount—. Bueno, Blount, el señor Scrugthorpe ya no es el apoderado de Babbacombe & Company, debido en buena medida a su extraña forma de entender los negocios. Me temo que, si desea seguir al servicio de la compañía, va a tener que aprender a regentar esta posada con criterios más comerciales. Una posada en Newmarket no puede funcionar con los mismos principios que una cervecería.

La frente de Blount parecía cada vez más arrugada.

—No sé si la sigo, señora. Una taberna es una taberna, al fin y al cabo.

—No, Blount. Una taberna no es una taberna... Es el principal salón público de la posada y, por tanto, debe ser limpio y acogedor. Espero que no esté sugiriendo que eso —señaló hacia la taberna— es limpio y acogedor.

El posadero se removió en su asiento.

—Supongo que mi señora podría limpiar un poco.

—En efecto —Lucinda asintió con la cabeza—. Su señora y también usted, Blount. Y alguna que otra persona más, si es posible encontrar a alguien que le ayude —cruzó las manos sobre sus libros y miró a Blount a los ojos—. En mi informe voy a sugerir que, dado que no ha tenido ocasión de demostrarle a la compañía de lo que es capaz, en lugar de prescindir de usted, la dirección se reserve el juicio tres meses más y vuelva luego a evaluar la situación.

Blount tragó saliva.

—¿Qué quiere decir eso exactamente, señora?

—Quiere decir, Blount, que haré una lista de todas las mejoras necesarias para convertir esta posada en un establecimiento capaz de rivalizar con la Barbican Arms, al menos en cuanto a los beneficios se refiere. No hay razón para que no sea así. Mejoras como darle una buena mano de pintura a la posada por dentro y por fuera, bruñir la madera, tirar la ropa de cama y comprar otra nueva, sacarles lustre a los muebles y cambiar la vajilla. Y la cocina necesita un hornillo nuevo —Lucinda hizo una pausa para mirar a Blount—. Con el tiempo, contratará a una buena cocinera para servir comidas en la taberna, que será remodelada como es debido. He notado que hay muy pocos sitios en esta ciudad donde los viajeros puedan comer a cuerpo de rey. Ofreciendo los mejores platos, la Green Goose restará clientes a las casas de posta que, debido a que se preocupan principalmente del trasiego de coches, ofrecen una comida mediocre.

Hizo una pausa, pero Blount se limitó a mirarla parpadeando.

—Imagino que le interesa mantener su puesto aquí.

—Oh, sí, señora, por supuesto. Pero… ¿de dónde saldrá el dinero para hacer todo eso?

—Pues de los beneficios, Blount —Lucinda lo miraba fijamente—. De los beneficios antes de descontar sus salarios… y el pago a la compañía. La compañía considera tales cuestiones una inversión en el futuro de la posada. Y, si es usted listo, considerará mis sugerencias como una inversión en su porvenir.

Blount le sostuvo la mirada y asintió lentamente.

—Sí, señora.

—¡Excelente! —Lucinda se levantó—. Haré una copia de las mejoras que voy a sugerirle a la compañía y mañana le diré a mi mozo que se pase por aquí para traérsela —miró a Blount, que luchaba por levantarse, todavía algo aturullado—. El señor Mabberly vendrá a visitarlo dentro de un mes, para que le ponga al corriente de sus progresos. Y ahora, si no hay nada más, le deseo buenos días, señor Blount.

—Sí, señora —Blount se apresuró a abrir la puerta—. Gracias, señora —parecía decirlo de todo corazón.

Lucinda asintió con la cabeza con aire majestuoso y salió de la habitación.

Harry, que se hallaba impresionado a su pesar, fue tras ella. Asombrado todavía, esperó hasta que salieron a la calle y ella pasó a su lado con la cabeza muy alta, como si hubiera vencido al mismísimo Goliat, y luego la agarró de la mano y la obligó a darle el brazo. Ella movió los dedos con nerviosismo y luego se detuvo. Le lanzó una rápida mirada y a continuación miró hacia delante con gran empeño. Su mozo los seguía dos pasos más atrás, con los libros bajo el brazo.

El joven viajero que había estado repantigado en la taberna salió a hurtadillas por la puerta de la taberna tras ellos.

—Mi querida señora Babbacombe —comenzó a decir Harry con lo que esperaba fuera un tono ecuánime—, espero que satisfaga usted mi curiosidad acerca de los motivos por los que una mujer de su posición, por muy dotada que esté para la tarea, va por ahí interrogando a los empleados de su compañía.

Lucinda lo miró fijamente, sin dejarse impresionar. La mirada de Harry Lester reflejaba su irritación.

—Porque no hay nadie más.

Harry le sostuvo la mirada con los labios apretados.

—Me cuesta creerlo. ¿Qué me dice de ese tal señor Mabberly..., su apoderado? ¿Por qué no trata él con individuos como Blount?

Lucinda esbozó una sonrisa.

—Tendrá usted que admitir que el señor Blount era todo un reto —le miró de soslayo, provocativamente—. Estoy bastante contenta.

Harry soltó un bufido.

—Como bien sabe, ha obrado usted un pequeño milagro. Ahora, ese hombre se matará a trabajar..., lo cual será en sí mismo toda una mejora. Pero ésa no es la cuestión —concluyó en tono más duro.

—Verá usted, ésa es precisamente la cuestión —Lucinda se preguntaba por qué consentía que aquel hombre le pidiera explicaciones. ¿Tal vez porque hacía mucho tiempo que nadie lo intentaba?—. El señor Anthony Mabberly sólo tiene veintitrés años. Es muy competente con la contabilidad y sumamente escrupuloso y honesto..., mucho más que Scrugthorpe.

—Ah, sí, Scrugthorpe, ese indeseable —Harry le lanzó una ojeada—. ¿Por qué era tan indeseable?

—Era un estafador. Mi marido lo nombró justo antes de morir..., uno de sus días malos, me temo. Tras la muerte de Charles, descubrí por casualidad que los libros, tal y como me los presentaban, no reflejaban los beneficios generados por las posadas.

—¿Qué fue de Scrugthorpe?

—Lo despedí, por supuesto.

Harry advirtió la satisfacción que se adivinaba bajo su tono de voz. Estaba claro que Lucinda Babbacombe no le tenía simpatía al señor Scrugthorpe.

—Así que, hasta hace poco, ¿su apoderado se encargaba de negociar con los arrendatarios?

Lucinda levantó una ceja con aire altivo.

—Hasta que reorganicé los procedimientos de la compañía. El señor Mabberly no sabría cómo tratar con personas como el señor Blount. Es un muchacho algo tímido. Y considero apropiado que Heather y yo misma nos familiaricemos con las posadas que forman nuestro patrimonio.

—Aunque tales convicciones sean muy loables, señora Babbacombe, espero... —Harry se interrumpió al ver que ella se detenía y miraba pensativamente al otro lado de la calle—. ¿Qué sucede?

—¿Humm? —Lucinda levantó la mirada distraídamente—. Ah... Me estaba preguntando si aún hay tiempo hoy para visitar la Barbican Arms —miró de nuevo la bulliciosa posada del otro lado de la calle—. Pero parece que hay mucha gente. Puede que mañana por la mañana sea mejor momento.

Harry la miró con pasmo. Una inquietante sospecha comenzaba a cristalizar en su cerebro.

—Muchísimo mejor —dijo—. Pero, dígame, señora Babbacombe... ¿de cuántas posadas son propietarias su hijastra y usted?

Ella levantó la vista. Sus ojos azules reflejaban una insólita inocencia.

—De cuarenta y cuatro —contestó. Y añadió—: Por todo el país.

Harry cerró los ojos y procuró sofocar un gruñido. Luego, sin decir palabra, lanzándole apenas una mirada elocuente, la acompañó al patio de la Barbican Arms, la ayudó a montar en la calesa de Em y la vio alejarse calle abajo, sinceramente aliviado.

—Entonces, ¿va a quedarse en Newmarket?

El señor Earle Joliffe jugueteaba con una fusta. Hombre recio y de aspecto poco distinguido, permanecía recostado en su sillón, con los ojos claros —tan claros como su piel viscosa— fijos en el joven ganapán al que había enviado a la ciudad en busca de su presa.

—De eso no estoy seguro —el muchacho tomó un sorbo de su jarra de cerveza.

Se hallaban en una casa de campo desvencijada, a unas tres millas de Newmarket. Aquella casucha era lo mejor que habían podido arrendar con tan poca antelación. Alrededor de la mesa se sentaban cuatro hombres: Joliffe, el muchacho —cuyo nombre era Brawn—, Mortimer Babbacombe y Ernest Scrugthorpe. Éste último era un individuo corpulento y de aspecto torvo, a pesar de que llevaba ropajes de clérigo. Mortimer Babbacombe, cuya esbelta figura se hallaba enfundada en el atuendo de un aspirante a dandi, se removía con nerviosismo. Saltaba a la vista que hubiera preferido estar en otra parte.

—Montó en una calesa y se dirigió hacia el este. No pude seguirla.

—¿Lo veis? —rezongó Scrugthorpe—. Os dije que iría a la Green Goose. Tenía que ir, la muy bruja.

Escupió con desprecio al suelo, y aquel gesto incomodó aún más a Mortimer.

—Sí, bueno... —Joliffe miró a Scrugthorpe—. ¿Me permites recordarte que a estas alturas ya debería estar en nuestras manos? ¿Que ya sería nuestra si no fuera por tu falta de previsión?

Scrugthorpe arrugó el ceño.

—¿Cómo iba yo a saber que era semana de carreras? ¿Y que iban a pasar tantos caballeros por esa carretera? Por lo demás, todo salió a pedir de boca.

Joliffe suspiró y levantó los ojos al cielo. Aficionados..., eran todos iguales. ¿Cómo era posible que él, que llevaba toda la vida ganándose el sustento a costa de los ricos, se hubiera rebajado a la compañía de aquellos pisaverdes? Bajó la mirada y posó los ojos en Mortimer Babbacombe. Sus labios se curvaron en una mueca de desdén.

—Una cosa más —dijo Brawn, emergiendo de su jarra—. Hoy iba andando por la calle con un tipo..., un fulano muy elegante. Parecía el mismo que las rescató.

Joliffe achicó los ojos y se echó hacia delante.

—Dinos cómo era ese tipo.

—Pelo rubio..., como el oro. Alto. Parecía tener buena planta. Uno de esos aristócratas que llevan capa —Brawn hizo una mueca—. A mí todos me parecen iguales.

A Joliffe, no.

—Ese fulano..., ¿se alojaba en la Barbican Arms?

—Parecía. Los caballerizos y la gente de por allí parecían conocerlo.

—Harry Lester —Joliffe tamborileó con las uñas sobre la mesa—. Me pregunto...

—¿Qué? —Mortimer miró con aire de despiste a su antiguo amigo y principal acreedor—. ¿Nos ayudará ese tal Lester?

Joliffe soltó un bufido.

—Como no sea a colgarnos... Pero tiene algunos talentos que merecen consideración —inclinándose hacia delante, apoyó los codos sobre la mesa—. Estoy pensando, mi querido Mortimer, que tal vez no sea necesario que intervengamos —sonrió con una mueca vacía que hizo acobardarse a Mortimer—. Estoy seguro de que darás tu aprobación a cualquier medio para lograr nuestro objetivo sin necesidad de intervenir directamente.

Mortimer tragó saliva.

—Pero ¿cómo puede ayudarnos Lester..., si no quiere?

—Bueno, yo no he dicho que no quiera, sólo que no hace falta pedírselo. Nos ayudará por simple diversión. Harry Lester, mi querido Mortimer, es el libertino mayor del reino, un auténtico maestro en el sutil arte de la seducción. Si, como parece posible, ha puesto sus miras en la viuda de tu tío, la pobre mujer está perdida —la sonrisa de Joliffe se hizo más amplia—. Y, naturalmente, cuando se demuestre que ya no es una viuda virtuosa, tendrás razones de sobra para arrebatarle la custodia legal de tu prima —la mirada de Joliffe se hizo más intensa—. Y en cuanto la herencia de tu linda prima caiga en tus manos, estarás en situación de pagarme, ¿no es cierto, Mortimer?

Mortimer Babbacombe tragó saliva... y se obligó a asentir con la cabeza.

—Entonces, ¿qué hacemos ahora? —Scrugthorpe apuró su jarra.

Joliffe reflexionó un momento y luego dijo:

—Vamos a esperar, con los ojos bien abiertos. Si surge la ocasión de echarle el guante a la dama, lo haremos..., tal y como habíamos planeado.

—Sí. Eso es lo que deberíamos hacer, en mi opinión. Es absurdo dejar las cosas al azar.

Los labios de Joliffe se curvaron.

—Se te nota el odio que le tienes, Scrugthorpe. Por favor, recuerda que nuestro principal objetivo es desacreditar a la señora Babbacombe..., no satisfacer nuestra sed de venganza.

Scrugthorpe resopló.

—Tal y como iba diciendo —prosiguió Joliffe—, esperaremos con los ojos bien abiertos. Si Harry Lester tiene éxito, nos habrá hecho el trabajo. Si no, seguiremos persiguiendo a la dama... y Scrugthorpe tendrá su oportunidad.

Scrugthorpe sonrió. Lascivamente.

A la mañana siguiente, cuando Lucinda entró en el patio de la Barbican Arms, Harry la estaba esperando recostado contra la pared, con los brazos cruzados sobre el pecho y un pie apoyado en la tapia para conservar el equilibrio. Tuvo tiempo de sobra para admirar la belleza desprovista de artificio de la mujer sentada junto a Grimms en la calesa de su tía. Ataviada con un elegante vestido de viaje de color cian y peinada con un severo moño que dejaba al descubierto las delicadas facciones de su cara, Lucinda Babbacombe hacía girar la cabeza a cuantos aún merodeaban por el patio. Por suerte, las carreras de purasangres daban comienzo esa mañana. La mayoría de los conocidos de Harry estaban ya en la pista.

Grimms detuvo suavemente la calesa de Em en medio del patio. Harry soltó un bufido para sus adentros y se apartó de la pared.

Lucinda lo miró acercarse. Su paso ágil y elegante le recordó por fuerza al de un tigre al acecho. Un escalofrío la atravesó. Evitó sonreír y se contentó con componer una tibia expresión de sorpresa.

—Señor Lester —le tendió la mano con calma—. No esperaba verlo esta mañana. Creía que había venido a las carreras.

Harry había levantando las cejas con aire escéptico al escuchar su primer comentario; al oír el segundo, sus ojos verdes brillaron. Agarró su mano y sus ojos se encontraron un instante, durante el cual Lucinda se preguntó por qué jugaba con fuego.

–En efecto –contestó Harry con su despreocupación habitual. La ayudó a apearse y a recobrar el equilibrio cuando pisó el empedrado del suelo–. A mí también me sorprende. Sin embargo, siendo usted la invitada de mi tía por instigación mía, me siento obligado a cerciorarme de que no sufre usted daño alguno.

Lucinda entornó los ojos, pero Harry, distraído por la ausencia de mozos y criadas –Grimms ya había desaparecido en los establos– no lo notó.

–¿Dónde está su mozo, por cierto?

Lucinda se permitió una leve sonrisa.

–Ha salido a cabalgar con Heather y su hermano. He de darle las gracias por habernos enviado a Gerald. Heather se entretiene mucho con él. Y de ese modo yo estoy libre para ocuparme de los negocios sin tener que preocuparme por ella, desde luego.

Harry no estaba tan seguro..., pero en ese momento no le preocupaba la hijastra de Lucinda. Su expresión se endureció mientras la miraba. Sin soltarle la mano, se volvió hacia la puerta de la posada.

–Debería acompañarla un mozo por lo menos.

–Tonterías, señor Lester –Lucinda lo miró de reojo con curiosidad–. ¿No estará sugiriendo usted que a mi edad necesito una carabina?

Al mirar sus ojos azul claro cuya expresión valerosa parecía retadora y, sin embargo, cargada de una extraña inocencia, Harry blasfemó para sus adentros. La muy condenada no necesitaba una carabina: lo que necesitaba era un guardia armado. Harry no se sentía con ánimos, sin embargo, de explicarse por qué razón se había designado a sí mismo para el puesto. Se contentó con responder haciendo un esfuerzo por dominarse:

–En mi opinión, señora Babbacombe, a las mujeres como usted no debería permitírseles salir solas.

Los ojos de Lucinda brillaron; dos pequeños hoyuelos aparecieron en sus mejillas.

–A decir verdad, me gustaría ver los establos –se volvió hacia el arco por el que se salía del patio principal.

–¿Los establos?

Lucinda asintió mientras observaba cuanto la rodeaba.

–A menudo, el estado de los establos refleja la calidad del servicio en una posada.

El estado de los establos delataba que el posadero de la Barbican Arms era un perfeccionista. Todo estaba limpio, ordenado y en su sitio. Los caballos giraron la cabeza para mirar a Lucinda mientras ésta avanzaba sobre el empedrado, que, todavía mojado por el relente nocturno, la obligó en más de una ocasión a apoyarse en el brazo de Harry.

Cuando llegaron al suelo de tierra, Lucinda se irguió resueltamente. Apartó con cierta desgana los dedos del calor de la manga de Harry y se paseó a lo largo de la hilera de caballerizas, deteniéndose aquí y allá para admirar a sus curiosos ocupantes. Al fin llegó al cuarto de los arreos y se asomó a él.

–Disculpe, señora, pero no debería estar aquí –un mozo de edad madura salió apresuradamente.

Harry emergió de entre las sombras.

–No pasa nada, Jonson. Yo voy con la señora.

–Ah, es usted, señor Lester –el mozo se tocó la gorra–. Muy bien, entonces. Señora –tocándose de nuevo la gorra, regresó al cuarto de arreos.

Lucinda parpadeó y luego le lanzó una mirada a Harry.

—¿Siempre está tan ordenado? ¿Tan...? —abarcó con un ademán las caballerizas, cuyas medias puertas permanecían cerradas—. ¿Tan pulcro?

—Sí —Harry bajó la mirada hacia ella cuando se detuvo a su lado—. Yo guardo aquí los caballos de mi carruaje. Respecto a la calidad del servicio, puede usted estar tranquila.

—Entiendo —Lucinda llegó a la conclusión de que, en lo tocante a las monturas, la posada no tenía nada que objetar, y fijó su atención en la posada propiamente dicha.

Cruzó la puerta principal y miró con satisfacción las paredes cubiertas hasta la mitad por un friso de madera bien bruñido que emitía un brillo suave. Las paredes encaladas reflejaban el sol, cuyos rayos perdidos bailaban sobre la tarima del suelo.

El señor Jenkins, el posadero, un hombre rollizo y pulcro de aspecto bonachón, salió a su encuentro. Harry hizo las presentaciones y aguardó pacientemente mientras Lucinda explicaba el propósito de su visita. A diferencia de Blount, el señor Jenkins se mostró sumamente servicial.

Lucinda se volvió hacia Harry.

—Mis asuntos con el señor Jenkins me tendrán ocupada al menos una hora. No quisiera por nada del mundo abusar de su amabilidad, señor Lester. Ya ha hecho usted demasiado. Y aquí, en la posada, no puede sucederme nada.

Harry no se inmutó. Para él, la posada albergaba un sinnúmero de peligros; o séase, sus semejantes. Sostuvo la mirada cándida de Lucinda con expresión impenetrable y agitó lánguidamente una mano.

—En efecto..., pero mis caballos no corren hasta más tarde.

Notó que aquel comentario hacía aparecer un destello en los ojos de Lucinda. Ella titubeó y luego asintió con cierta rigidez, inclinando la cabeza antes de volverse hacia el señor Jenkins.

Harry se armó de paciencia y siguió al posadero y a la invitada de su tía a través de pasillos laberínticos y almacenes, de dormitorios y desvanes. Iban por un pasillo del pasillo de arriba cuando un hombre salió dando tumbos de una habitación.

Lucinda, que estaba frente a la puerta, se sobresaltó. Viendo al hombre por el rabillo del ojo, se preparó para una colisión, pero alguien la apartó y el joven caballero entrado en carnes chocó contra unos recios hombros, rebotó y se estampó contra el marco de la puerta.

—¡Ay! —se irguió y parpadeó—. Ah..., hola, Lester. Me he quedado dormido, ¿sabes? No puedo perderme la primera carrera —pestañeó de nuevo y una expresión de perplejidad apareció en sus ojos—. Te hacía ya en la pista.

—Iré luego —Harry se apartó, dejando al descubierto a Lucinda.

El joven parpadeó de nuevo.

—Ah... ah, sí. Lo siento muchísimo, señora. Siempre me están diciendo que debería mirar por dónde voy. Confío en no haberle hecho daño.

Lucinda sonrió.

—No..., en absoluto —gracias a su guardián.

—Bien. ¡En fin! Será mejor que me ponga en camino. Nos vemos en la pista, Lester —hizo una torpe reverencia, saludó alegremente con la mano y se alejó a toda prisa.

Harry profirió un bufido.

—Gracias por su ayuda, señor Lester —Lucinda le sonrió de soslayo—. De todo corazón.

Harry advirtió el matiz de su sonrisa. Inclinó la cabeza tranquilamente y le indicó con una seña que prosiguiera su recorrido.

Al concluir su vuelta por la posada, Lucinda estaba impresionada. La Barbican Arms y el señor Jenkins estaban muy lejos de la Green Goose y el señor Blount. La posada estaba como los chorros del oro. No había echado nada en falta. La inspección de los libros fue una simple formalidad. El señor Mabberly le había asegurado que la contabilidad de la Barbican Arms no tenía parangón.

El posadero y ella pasaron unos minutos revisando los planes para ampliar el establecimiento.

—Porque en época de carreras estamos hasta la bandera, y otras muchas veces tenemos más de la mitad de la casa llena.

Lucinda dio su aprobación general y le dejó los detalles al señor Mabberly.

—Gracias, señor Jenkins —dijo, poniéndose los guantes mientras se dirigían a la puerta—. He de decirle que, tras visitar todas las posadas propiedad de Babbacombe & Company menos cuatro, la suya es una de las mejores.

El señor Jenkins pareció henchirse de contento.

—Es usted muy amable, señora. Nos esforzamos por hacer las cosas bien.

Lucinda inclinó la cabeza con elegancia y salió de la posada. Una vez en el patio, se detuvo. Harry se paró a su lado, y ella lo miró a la cara.

—Gracias por servirme de escolta, señor Lester. Se lo agradezco profundamente, teniendo en cuenta que tiene usted otras obligaciones.

Harry era demasiado sagaz como para contestar a aquel comentario.

Lucinda tensó los labios y apartó la mirada rápidamente.

—A decir verdad —dijo con aire pensativo—, estaba pensando en ir a ver las carreras —volvió a mirarlo—. Nunca he visto una.

Harry contempló su expresión vivaz y entornó los ojos.

—El hipódromo de Newmarket no es sitio para usted.

Ella parpadeó, sorprendida. Harry creyó ver una expresión de sincera desilusión en su mirada. Luego, ella apartó los ojos.

—Ah.

Aquella sílaba quedó suspendida en el aire como un potente testimonio de ilusión frustrada. Harry cerró los ojos un momento y luego volvió a abrirlos.

—Sin embargo, si me da su palabra de que no se apartará de mi lado, ni siquiera para admirar la vista, a algún caballo o el sombrero de alguna dama... —bajó la mirada hacia ella, apretando la mandíbula—. Me ofrezco gustoso a acompañarla.

Ella esbozó una sonrisa triunfante.

—Gracias. Es usted muy amable.

Amable, no: tonto. Aquello era lo más estúpido que había hecho nunca, Harry ya estaba convencido de ello. Un mozo de cuadras se acercó corriendo en respuesta a una seña suya.

—Tráigame el carrocín. Y dígale a Grimms que se lleve la calesa a casa de lady Hallows. Yo llevaré a la señora Babbacombe a casa.

—Sí, señor.

Lucinda se atareó poniéndose los guantes y a continuación dejó que la ayudara a subir al pescante del carrocín. Se colocó las faldas y sonrió serenamente, a pesar de que se sentía trémula cuando, con un restallido de las riendas, Harry arreó a los caballos.

El hipódromo quedaba al oeste de la ciudad, en un páramo plano, herboso y despejado. Harry se fue derecho a los establos donde guardaba sus caballos, a un corto trecho de la pista, más allá del recinto público.

Lucinda, que se deleitaba en las vistas, reparó en las miradas curiosas que les lanzaba la gente. Tanto los mozos de cuadra como los caballeros parecían mirarlos con pasmo. Hasta tal punto, que se sintió aliviada cuando las paredes del establo la ocultaron de su vista.

Los caballos eran una maravilla. Lucinda se apeó del carruaje ayudada por Harry y no pudo resistir la tentación de pasearse ante la hilera de caballerizas, acariciando los aterciopelados hocicos que los animales adelantaban para saludarla y admirando la esbeltez y la musculatura de aquellos ejemplares, que, incluso a ella, que nada sabía de caballos, le parecieron de los mejores de Inglaterra.

Harry, que se había enzarzado en una animada conversación con Hamish, vigilaba su avance, fascinado sin darse cuenta por la admiración y el asombro que distinguía en su mirada. Al llegar al final de la fila, Lucinda se giró y lo sorprendió observándola. Entonces levantó la nariz unos centímetros, pero emprendió el camino de regreso, caminando hacia él tranquilamente por entre la luz del sol.

—Entonces, ¿podemos inscribir a la yegua?

Harry apartó de mala gana la mirada y la fijó en Hamish. Su jefe de cuadra estaba también observando a Lucinda Babbacombe, no con la debida admiración, sino con una especie de horrorizado embeleso. Al acercarse ella, Harry le ofreció el brazo; ella puso la mano encima sin darle importancia.

—Sólo si tiene completamente curado el espolón.

—Sí —Hamish inclinó la cabeza respetuosamente para saludar a Lucinda—. Parece que sí. Le he dicho al chico que la deje correr. No tiene sentido presionarla si aún está débil. Pero una buena carrera es el único modo de comprobarlo.

Harry asintió con la cabeza.

—Me pasaré a hablar con él en persona.

Hamish asintió con la cabeza y se esfumó con la presteza de un hombre al que las féminas —al menos, las no pertenecientes al género equino— ponían sumamente nervioso. Harry sofocó una sonrisa y miró a su acompañante levantando una ceja.

—Creía que había prometido no distraerse con los caballos.

Ella le lanzó una mirada llena de aplomo.

—Entonces no debería haberme traído a ver los suyos. Son los ejemplares más bellos que he visto nunca.

Harry no pudo disimular una sonrisa.

—Pero no ha visto los mejores. Los de ese lado tienen dos o tres años. Pero, en mi opinión, los más viejos son más elegantes. Venga, se los enseñaré.

Ella parecía ansiosa por dejarse conducir a la otra hilera de caballerizas, donde pudo admirar a las yeguas y los machos castrados. Al final de la fila, un semental bayo sacó la cabeza tranquilamente sobre el portón para olisquear los bolsillos de Harry.

—Éste es el viejo Cribb, todo un demonio. Todavía corre con los mejores, aunque ha ganado tantas veces que podría retirarse con todos los honores —Harry dejó que Lucinda acariciara el morro del animal y se acercó a un barril que había junto a la pared—. Tenga —dijo, volviéndose—. Dele esto.

Lucinda tomó las tres manzanas secas que le ofrecía y se echó a reír cuando Cribb se las quitó delicadamente de la palma de la mano.

Harry levantó la mirada... y vio a Dawlish junto al cuarto de arreos, inmóvil, observándolos. Dejó a Lucinda con Cribb y se acercó a él.

—¿Qué ocurre?

Al llegar a su lado, comprendió que Dawlish estaba observando a su acompañante, no a él.

—Por el amor de Dios... Ha sucedido.

Harry frunció el ceño.

—No seas ridículo.

Dawlish lo miró con conmiseración.

—Conque ridículo, ¿eh? ¿Se da cuenta de que ésa es la primera mujer a la que le enseña sus caballos?

Harry levantó una ceja.

—Es la primera mujer que muestra interés por ellos.

—¡Ja! Será mejor que vaya preparándose, jefe. Está usted perdido.

Harry levantó los ojos al cielo.

—Para que lo sepas, nunca ha visto una carrera de caballos y tenía curiosidad. No hay que darle más vueltas.

—Sí, ya. Eso dice usted —Dawlish lanzó una mirada derrotada hacia la esbelta figura que permanecía junto a la caballeriza de Cribb—. Pero yo digo que puede usted dar las explicaciones que quiera, que el resultado es el mismo —se retiró sacudiendo tristemente la cabeza y rezongando, y volvió a entrar en el cuarto de arreos.

Harry no sabía si reír o fruncir el ceño. Miró a Lucinda, que seguía charlando con su caballo favorito. De no ser porque pronto estarían rodeados por una multitud, se habría sentido inclinado a compartir el pesimismo de su sirviente. Pero en la pista de carreras, donde estarían a la vista de todo el mundo, no tenía nada que temer.

—Si nos vamos ya —dijo, regresando a su lado—, podemos acercarnos paseando hasta la pista con tiempo de ver la primera carrera.

Ella sonrió y le puso la mano sobre el brazo.

—¿Ese caballo del que hablaban, Thistledown, va a correr?

Harry sonrió mirándola a los ojos y negó con la cabeza.

−No. Corre en la segunda.

Lucinda se sintió atrapada en el verde claro de su mirada y contempló sus ojos intentando adivinar qué estaba pensando. Él tensó los labios y apartó los ojos. Salieron a la luz radiante del sol. Lucinda parpadeó y preguntó:

−Su tía me ha dicho que cría caballos.

Los labios fascinantes de Harry se curvaron.

−Sí, la cuadra Lester.

Animado por las preguntas de Lucinda, Harry se extendió de buen grado acerca de los logros y las dificultades de su empresa. Lo que no dijo, y Lucinda dedujo a través de sus descripciones, fue que la cuadra era al mismo tiempo su mayor logro y el eje alrededor del cual giraba su vida.

Llegaron a los tenderetes que rodeaban la pista mientras los participantes en la primera carrera eran conducidos hasta la barrera de salida. Lucinda sólo veía un mar de cabezas. Todo el público parecía atento a la carrera.

−Por aquí. Verá mejor desde las gradas.

Un hombre con chaleco a rayas custodiaba la entrada a las extensas gradas de madera. Lucinda notó que, aunque insistía en ver los pases de las personas que les precedían, se limitó a sonreír y a inclinar la cabeza al ver a Harry, antes de dejarles pasar. Harry la ayudó a subir los empinados peldaños que había junto a las planchas de madera que servían de asientos…, pero antes de que encontraran sitio sonó una corneta.

−Ya salen −un centenar de gargantas repitieron como un eco las palabras de Harry. A su alrededor, todos los asistentes estiraron el cuello.

Lucinda se giró obedientemente y vio una fila de caballos corriendo con ruido atronador por la pista. Desde aquella distancia, apenas se distinguía a los animales. Era el gentío lo que la fascinaba; su excitación creciente, que hacía presa en ella, aceleraba su respiración y la obligaba a concentrarse en la carrera. Cuando el caballo ganador sobrepasó el poste de llegada y el jockey agitó en el aire su fusta, se sintió eufórica.

—Buena carrera —Harry tenía la vista fija en los caballos y los jinetes que se dirigían lentamente hacia las puertas.

Lucinda aprovechó la ocasión para estudiarlo atentamente. Parecía absorto y sus ojos verdes tenían una expresión penetrante y calculadora. Durante un instante, Lucinda vio claramente sus rasgos desprovistos de todo artificio. Harry Lester era un hombre que, a pesar de las muchas distracciones que le ofrecía la vida, vivía totalmente entregado a la dedicación que había elegido.

Él giró la cabeza en ese momento. Sus ojos se encontraron, sus miradas se trabaron. Él estaba de pie, un peldaño por debajo de ella, de modo que los ojos de Lucinda quedaban casi al mismo nivel que los suyos. Se quedó callado un momento. Luego, una sonrisa irónica asomó a sus labios. Lucinda sofocó un estremecimiento.

Harry le señaló con un gesto los prados atestados de gente, delante de ellos.

—Si de verdad quiere conocer el ambiente del hipódromo, debe pasearse entre la gente.

Lucinda esbozó una sonrisa e inclinó la cabeza.

—Lléveme, señor Lester. Estoy enteramente en sus manos.

Vio que él fruncía la frente, pero se hizo la desentendida. Bajó las escaleras de su brazo y salió de las gradas.

—El Jockey Club mantiene las gradas para uso de sus miembros —le informó Harry al ver que miraba hacia atrás.

Lo cual significaba que él era un miembro notorio del

club. Hasta Lucinda había oído hablar de la reputación del Jockey Club.

—Entiendo. Las carreras se celebran bajo sus auspicios, supongo.

—Exacto.

Harry la condujo con paso tranquilo por entre el gentío. Lucinda se sentía llena de asombro. Quería verlo todo, comprender la fascinación que arrastraba a Newmarket a tantos caballeros.

La misma fascinación que impulsaba a Harry Lester.

Él le mostró a los corredores de apuestas, cada uno de ellos rodeado por prietos grupos de jugadores ávidos por hacer sus apuestas. Pasaron por delante de los tenderetes y los pabellones. Una y otra vez se detuvieron para saludar a algún conocido de Harry ansioso por intercambiar con ellos unas palabras. Lucinda iba prevenida, pero sólo encontró cortesía en las miradas de los demás; todos los que se pararon a hablar con ellos hicieron gala de unos modales impecables. Lucinda no sentía, sin embargo, el impulso de retirar la mano del hueco del brazo de su acompañante. En medio de tantos hombres, resultaba reconfortante tener a Harry Lester a su lado. Pronto descubrió, no obstante, que había algunas damas presentes.

—A algunas les interesa sinceramente el deporte. Sobre todo, a las más mayores —Harry, que parecía sentirse a sus anchas en aquel ambiente, bajó la mirada hacia ella—. Algunas de las más jóvenes tienen un interés personal en las carreras. Sus familias, al igual que la mía, están relacionadas desde hace largo tiempo con la hípica.

Lucinda asintió con la cabeza, dibujando con los labios un «ah». Había además otras mujeres sobre las que Harry no había dicho nada y a las que —sospechaba Lucinda— difícilmente podía considerarse señoras. En el hipódromo, sin embargo, dominaban abrumadoramente los hombres.

Todos los estratos de la población masculina se hallaban representados allí. Lucinda estaba casi convencida de que no tendría valor ni ganas de volver a asistir a las carreras..., como no fuera en compañía de Harry Lester.

—Casi es la hora de la siguiente carrera. Debo hablar con el jockey de Thistledown.

Lucinda asintió con la cabeza y le trasladó con la mirada su intención de acompañarlo.

Harry le lanzó una breve sonrisa y a continuación se concentró en abrirse paso hacia el patio donde aguardaban los caballos y sus jinetes.

—Está muy animada, señor —le dijo el jockey mientras se acomodaba en la silla—. Pero la carrera va a ser dura. Jonquil, la yegua de Herald, es un fenómeno. Y Caught by the Scruff también. Y algunos de los otros tienen mucha experiencia. Será un milagro si gana, con el espolón recién curado y todo eso.

Harry asintió con la cabeza.

—Déjala correr a su aire. Que ella marque el ritmo. Vamos a considerar esto una prueba, nada más. No la fuerce. Ni la pegue con el látigo.

Lucinda se apartó de su lado para ir a acariciar el suave morro del animal. El ojo enorme y marrón de la yegua parecía invitarla a la complicidad. Lucinda sonrió.

—No tienen remedio, ¿eh? —susurró—. Pero tú no quieres escucharlos. Los hombres son unos ineptos juzgando a las mujeres. No deberían dárselas de entendidos —vio por el rabillo del ojo que Harry esbozaba una sonrisa. Él intercambió una mirada con el jockey, que sonrió—. Sal ahí y corre. Ya verás cómo reaccionan. Te veré en el corro de los ganadores.

Acarició una última vez a la yegua, se dio la vuelta y, haciendo caso omiso de la expresión de Harry Lester, dejó que la llevara de vuelta a las gradas.

Encontraron sitio en la tercera fila, casi enfrente de la línea de llegada. Lucinda se inclinó hacia delante y observó a los caballos que trotaban hacia la barrera. Agitó el brazo al ver aparecer a Thistledown. Harry, que la estaba observando, se echó a reír.

—Ganará..., ya lo verá —Lucinda se recostó en el asiento, confiada.

Pero cuando sonó la corneta y cayó la barrera, volvió a inclinarse hacia delante, buscando con los ojos la divisa verde y oro de Harry entre los caballos que corrían por la pista a toda velocidad. Tan enfrascada estaba que ni siquiera notó que se ponía en pie, al igual que los demás espectadores, cuando los caballos doblaron la curva. Cuando tomaron la recta, un hueco se abrió entre sus filas y Thistledown se puso en cabeza.

—¡Ahí está! —Lucinda agarró a Harry del brazo. Sólo su sentido el decoro le impidió ponerse a brincar—. ¡Va a ganar!

Harry estaba tan asombrado que no podía hablar.

Pero Thistledown cada vez se adelantaba más. Mediada la recta, sus zancadas se alargaron aún más, y al pasar junto al poste de meta parecía volar.

—¡Ha ganado! ¡Ha ganado! —Lucinda lo agarró de los dos brazos, prácticamente bailando—. ¡Se lo dije!

Harry, que estaba más acostumbrado al dulce sabor de la victoria, contempló su cara risueña, iluminada por la misma alegría que todavía sentía él cada vez que uno de sus caballos llegaba el primero. Sabía que estaba sonriendo, tan satisfecho como ella aunque se mostrara más circunspecto.

Lucinda se giró para buscar a Thistledown, a la que estaban sacando de la pista.

—¿Podemos ir a verla?

—Claro que sí —Harry le agarró la mano y se la puso

sobre su brazo–. Prometió ir a verla al corro de los ganadores, ¿recuerda?

Lucinda parpadeó mientras Harry la conducía fuera de las gradas, entre la multitud.

–¿Las señoras pueden entrar en el círculo de los ganadores?

–No hay ninguna norma que lo prohíba. De hecho… –Harry la miró de reojo–, sospecho que al Presidente del Comité le encantará conocerla –al ver que ella lo miraba con recelo, se echó a reír y la urgió a seguir adelante. Una vez fuera del recinto, libres ya de los miembros del club que ansiaban felicitarles, se abrió ante ellos un caminito que llevaba al corral limitado por cuerdas donde Thistledown, cuyo pelaje relucía pese a que no parecía cansada, esperaba pacientemente.

En cuanto Lucinda salió de entre el gentío, la yegua adelantó la cabeza, tirando de las riendas para acercarse a ella. Lucinda se acercó y comenzó a hacerle carantoñas. Harry las observaba con expresión indulgente.

–¡Bueno, Lester! Otro trofeo para la repisa de su chimenea, que, por cierto, me sorprende que no se haya venido abajo a estas alturas.

Harry se giró cuando el Presidente del Jockey Club y Jefe del Comité de Carreras apareció junto a él. En las manos llevaba una estatuilla sobredorada con forma de mujer.

–Una carrera extraordinaria…, realmente extraordinaria.

Harry asintió con la cabeza mientras se estrechaban las manos.

–Sobre todo porque acaba de curársele el espolón. No sabía si hacerla correr.

–Pues ha sido una suerte que se decidiera –el Presidente observaba a la yegua y la mujer que charlaba alegremente con el animal–. Una complexión excelente.

Harry sabía perfectamente que lord Norwich no se refería a la yegua.

—En efecto —su tono era seco. Lord Norwich, que lo conocía desde la cuna, lo miró levantando una ceja.

Harry miró la estatuilla y comprobó que la dama iba decentemente vestida; luego señaló a Lucinda con la cabeza.

—Fue la señora Babbacombe la que sirvió de inspiración antes de la carrera. Tal vez debería darle el premio a ella.

—¡Excelente idea! —lord Norwich sonrió de oreja a oreja y echó a andar.

Escudada en su entusiasmo y en el reflujo de su euforia, Lucinda había conseguido ignorar las miradas curiosas de los espectadores. A lord Norwich, sin embargo, no había modo de ignorarlo. Pero Harry se acercó a ellos, aplacando de ese modo sus inseguridades.

Lord Norwich pronunció un breve discurso, alabando a la yegua y las cuadras de Harry, y luego le ofreció galantemente la estatuilla a Lucinda. Sorprendida, ella miró a Harry, que sonrió y asintió con la cabeza.

Lucinda decidió aprovechar la ocasión y le dio las gracias cortésmente a su señoría.

—Calle, calle —lord Norwich parecía arrobado—. Nos vendría bien ver más jovencitas en la pista, ¿sabe usted?

Lucinda lo miró parpadeando.

Harry la tomó del codo y la atrajo hacia su lado. Luego le hizo una indicación a su caballerizo.

—Llévala a los establos.

Thistledown se dejó llevar, no sin antes lanzarle una última mirada a Lucinda. Lord Norwich y el resto de los espectadores se alejaron, concentrados ya en la siguiente carrera.

Lucinda, que seguía sintiendo los efectos, cada vez más

débiles, de la euforia, miró a su alrededor y luego levantó los ojos hacia el cielo.

Harry sonrió.

–Debo darle las gracias de todo corazón, querida mía. Por el milagro que ha obrado, sea cual sea.

Lucinda lo miró a los ojos... y se quedó sin respiración.

–No ha habido ningún milagro –sentía el contacto de sus dedos en la mano; vio cómo él le subía la mano y le besaba suavemente el dorso de los dedos. Un prolongado estremecimiento se abrió paso por su espalda, dejando tras de sí una cálida estela. Veló con esfuerzo sus ojos para romper el hechizo. Respiró y procuró recuperar su aplomo de costumbre. Levantó la estatuilla y se la ofreció a Harry mientras lo miraba a los ojos con aire desafiante.

Harry tomó la estatuilla con la otra mano sin apartar la mirada de ella.

Perdieron la noción del tiempo. Permanecieron allí parados, olvidados de todos, en el centro del corro de los ganadores. Los hombres se apiñaban a su alrededor, empujándose unos a otros, pero sin tocarlos. Estaban muy cerca, tan cerca que el delicado volante del corpiño de Lucinda rozaba las largas solapas de la levita de Harry. Éste sintió su aleteo al agitarse la respiración de Lucinda, pero se había extraviado en sus ojos, en aquel océano azul y brumoso. Vio cómo se dilataban y se oscurecían sus pupilas. Cómo se ablandaban y se entreabrían sus labios. Cómo le rozaba su corpiño la levita.

Había empezado a bajar lentamente la cabeza cuando recuperó la cordura.

¡Cielo santo! ¡Estaban en el corro de los ganadores, en Newmarket!

Sintiéndose sacudido hasta el fondo del alma, Harry tomó una rápida bocanada de aire. Apartó la mirada del rostro de Lucinda, de sus ojos, que empezaba a inundar la consternación, y del suave rubor que empezaba a teñir sus mejillas, y miró a su alrededor. Por suerte, nadie los había visto.

Con el corazón acelerado, la agarró con firmeza del codo y buscó refugio en la acción.

—Si se ha cansado ya de ver carreras, debería llevarla a casa de Em. Mi tía se estará preguntando dónde se ha metido.

Lucinda asintió con la cabeza. El deje levemente hastiado de Harry no le dejaba elección. Se sentía... no sabía muy bien cómo. Estremecida, sin duda, pero también arrepentida y resentida. Sin embargo, no podía oponerse a su deseo de alejarla de allí.

Pero aún tenían que atender a quienes deseaban felicitarles, y se vieron detenidos constantemente. Hubo incluso quien se ofreció a comprarle la yegua a Harry. Éste atendió a la gente con toda la paciencia de que fue capaz, a pesar de que sentía una imperiosa necesidad de escapar de allí. Con ella. Pero eso era imposible. Lucinda era su perdición, su Waterloo.

De allí en adelante, cada vez que mirara su cara sería como mirar por el cañón de una pistola cargada. Una pistola que podía reducirlo a la más penosa esclavitud.

Si era sensato, no miraría muy a menudo.

Lucinda advirtió sus reservas, a pesar de que Harry las disimulaba muy bien. Su cortesía había pasado a primer plano..., pero no se atrevía a mirarla a los ojos, ni a sostener su mirada de desconcierto.

Por fin escaparon del gentío y regresaron en silencio a los establos. Harry la ayudó a subir al carrocín y montó a su lado, con expresión indescifrable.

Condujo de regreso a Hallows Hall sin decir palabra. La fijeza con que vigilaba a los caballos era como un muro que Lucinda no hizo intento de penetrar. Pero cuando se detuvieron ante la escalinata de la casa y Harry ató las riendas y rodeó el carruaje para ayudarla a apearse, Lucinda se mantuvo frente a él, a pesar de que Harry apartó las manos inmediatamente de ella.

—Gracias por una mañana muy... esclarecedora, señor Lester.

Harry la miró un instante; luego dio un paso atrás.

—Ha sido un placer, señora Babbacombe —se inclinó con elegancia—. Ahora debo decirle adiós.

Lucinda observó, sorprendida, cómo volvía a montarse en el pescante del carruaje.

—Pero ¿no va a quedarse a comer? Estoy segura de que a su tía le encantaría.

Con las riendas en la mano, Harry exhaló un profundo suspiro y se obligó a mirarla a los ojos.

—No.

Aquella negativa incondicional quedó suspendida entre ellos un momento. Harry notó comprensión en su mirada y advirtió que dejaba de respirar un momento al asumir su negativa. Pero era mejor así: cortar el capullo antes de que floreciera. Era lo mejor para ella, y también para él.

Pero los ojos de Lucinda no parecían comprender los peligros que él veía tan claramente. Suaves y luminosos, lo miraban con reproche y perplejidad.

Sus labios se tensaron en una amarga mueca de burla dirigida contra sí mismo.

—No puedo.

Era la única explicación que podía darle. Haciendo restallar el látigo, llevó a los caballos hacia la avenida... y se alejó.

Tres días después, Lucinda no comprendía aún qué había pasado. Sentada en una silla de mimbre, en un recuadro de sol del invernadero, manejaba lánguidamente la aguja mientras sus pensamientos giraban una y otra vez. Heather había salido a pasear a caballo con Gerald, acompañados por Sim. Su anfitriona andaba por los jardines, supervisando la siembra de un nuevo cantero de flores. Estaba sola, libre para dejarse llevar por sus cavilaciones…, aunque de poco le sirviera.

Sabía que tenía muy poca experiencia, y, sin embargo, en el fondo de su ser yacía la inquebrantable convicción de que algo –algo sumamente deseable– había cobrado vida entre ella y Harry Lester.

Harry había estado a punto de besarla en el corro de los ganadores.

Aquel momento fallido había quedado grabado en su memoria, y sin embargo no podía reprocharle a Harry que se hubiera retirado. Pero a continuación se había distanciado de ella hasta tal punto que de pronto la había hecho sentirse vapuleada y frágil. Sus palabras de despedida aún la confundían. No podía malinterpretar el alcance de su negativa; lo que verdaderamente la desconcertaba era su «No puedo».

Harry no había vuelto a aparecer desde entonces. Gracias a Gerald, que ahora frecuentaba la casa, Lucinda se había enterado de que seguía en Newmarket. Se suponía, presumiblemente, que ella debía creer que estaba tan ocupado con las carreras que no tenía tiempo para ella.

Lucinda bufó para sus adentros y clavó la aguja en el lienzo. Había llegado —suponía— a asumir hasta tal punto el papel de mujer de negocios que no soportaba que la ningunearan. El tiempo volaba. No podía quedarse eternamente en Hallows Hall. Estaba claro que, si quería saber qué podía suceder, tendría que tomar aquel asunto en sus manos.

Pero ¿cómo?

Cinco minutos después, Em entró por la puerta que daba al jardín. Llevaba manchado de tierra el bajo del vestido viejo que se ponía para trabajar en el jardín y un par de guantes en la mano.

—¡Uf! —se dejó caer en otro sillón, separado del de Lucinda por una mesita a juego, y se apartó el pelo entrecano que le caía sobre la frente—. ¡Se acabó! —miró de soslayo a su invitada—. Pareces muy atareada..., toda una mujercita, en realidad.

Lucinda sonrió, pero no levantó la mirada.

—Dime una cosa —dijo Em, cuya mirada afilada desmentía su lánguido tono de voz—. ¿Alguna vez has pensado en volver a casarte?

La aguja de Lucinda se detuvo. Levantó la vista, pero no la fijó en su anfitriona, sino en los grandes ventanales que daban al jardín.

—No hasta hace poco —dijo por fin. Y volvió a su labor.

Em observó su cabeza inclinada con un brillo en los ojos.

—Sí, bueno, siempre es así. De pronto se te ocurre la idea... y ya no se va —agitó en el aire los guantes de jardinería y prosiguió diciendo–: Aun así, con tus cualidades no creo que debas preocuparte. Cuando llegues a Londres, tendrás una larga ristra de pretendientes dispuestos a ponerte un anillo en el dedo.

Lucinda la miró de reojo.

–¿Con mis cualidades?

Em hizo un aspaviento.

–Tu origen familiar, para empezar. No hay nada de malo en él, aunque tus padres fueran desheredados. Tus abuelos no podían cambiar la sangre que corría por sus venas. Y, a ojos del mundo, eso es lo que cuenta –como si aquello la sorprendiera, añadió–: De hecho, los Gifford están tan bien relacionados como los Lester.

–¿Ah, sí? –Lucinda la miró con recelo.

Em prosiguió despreocupadamente:

–Y luego está tu fortuna. Tu patrimonio satisfaría al más exigente. Y tú no eres precisamente un antídoto: tienes estilo, ese algo indefinible... Se nota enseguida. En cuanto las señoras de Bruton Street te echen una ojeada, rivalizarán por imitar tu atuendo, acuérdate de lo que te digo.

–Pero tengo veintiocho años.

Aquel comentario hizo detenerse a Em, que, girando la cabeza, miró a su invitada.

–¿Y?

Lucinda hizo una mueca y miró su labor.

–Sospecho que veintiocho años son muchos para resultar atractiva a los caballeros de Londres.

Em se quedó mirándola un momento más y luego soltó una carcajada.

–¡Bobadas, querida! Los círculos de la alta sociedad están llenos de caballeros cuya principal razón para evitar el matrimonio es precisamente que no soportan a las jovencitas atolondradas –soltó un bufido–. La mayoría tiene más pelo que cerebro, te lo digo yo –se detuvo para estudiar el rostro de Lucinda, vuelto a medias, y añadió–: Es muy frecuente, querida, que los hombres prefieran mujeres más experimentadas.

Lucinda levantó la cabeza y se topó con su mirada. Un ligero rubor se extendió lentamente por sus mejillas.

–Sí, bueno..., ése es otro inconveniente –posó la mirada en las verdes praderas que se extendían más allá de la ventana mientras exhalaba un enérgico suspiro–. Yo no tengo experiencia.

Em la miró con pasmo.

–¿Ah, no?

–Mi matrimonio no fue tal. Fue más bien un rescate –Lucinda frunció el ceño y bajó la mirada hacia el tapiz–. Debes recordar que sólo tenía dieciséis años... y Charles casi cincuenta. Él era muy bueno. Éramos grandes amigos –bajó la voz y añadió–: Nada más –irguió los hombros y tomó sus tijeras–. La vida, me temo, ha pasado de largo a mi lado. Me han puesto en la estantería sin haberme sacado siquiera de ella.

–Entiendo –Em parpadeó, mirándose las puntas de los botines, que asomaban por el bajo sucio de su vestido. Una amplia sonrisa se dibujó en su cara–. ¿Sabes?, la... inexperiencia no es ningún obstáculo, en tu caso. De hecho –prosiguió con un brillo en los ojos–, podría ser una ventaja.

Lucinda la miró con asombro.

–Verás, tienes que considerar la cuestión desde el punto de vista de un posible marido –Em se giró para mirarla, con los ojos muy abiertos–. Lo que él verá será una mujer madura y capaz, una mujer de gran inteligencia que sabe llevar una casa y una familia y, al mismo tiempo, puede ofrecerle –hizo una pausa para hacer un ademán– una compañía más satisfactoria que cualquier jovencita. Si no le muestras tu inocencia, sino que permites que sea él quien... –hizo otro gesto mientras buscaba las palabras precisas–... se tropiece con ella a su debido tiempo, estoy segura de que se sentirá encantado –le lanzó a Lucinda una última mirada y añadió–: Estoy segura de que Harry lo estaría.

Lucinda entornó los ojos y obsequió a su anfitriona con una larga mirada. Luego, bajando de nuevo los ojos hacia su labor, preguntó:

–¿Ha mostrado alguna vez algún interés en casarse?

–¿Harry? –Em se recostó en el sillón con una sonrisa en los labios–. No, que yo sepa. Claro, que nunca le ha hecho falta. Tenía a Jack delante y a Gerald detrás. Jack está a punto de casarse. Acabo de recibir la invitación a la boda. Así que es improbable que a Harry le dé por pensar en anillos de oro y azúcar glas. A menos, claro, que encuentre un incentivo.

–¿Un incentivo?

–Humm. Sucede a menudo en el caso de caballeros como él que no se sienten inclinados al matrimonio hasta que los beneficios de esa institución se vuelven tan obvios que hasta ellos, que suelen llevar anteojeras, los ven con toda claridad –Em soltó un bufido–. Es culpa de las cortesanas, desde luego, que hacen cola para darles todo lo que quieren, sean cuales sean sus deseos, sin ninguna atadura.

–Sospecho –dijo Lucinda con expresión precavida mientras el «no» de Harry resonaba en sus oídos– que haría falta un... incentivo muy poderoso para que Harry concibiera el deseo de casarse.

–Naturalmente. Harry es un hombre de los pies a la cabeza. Se resistirá como el que más, no me cabe ninguna duda. Ha llevado una vida de desenfreno. Difícilmente querrá cambiar –Em volvió a mirar a Lucinda–. Aunque no creo que eso deba disuadirte.

Lucinda levantó la cabeza. Miró los ojos envejecidos de Em y vio en ellos una profunda comprensión. Vaciló sólo un momento.

—¿Por qué no?

—Porque, según yo lo veo, tienes en tus manos el arma más poderosa: la única que funcionará —se recostó en el asiento y clavó la mirada en Lucinda—. La cuestión es ¿estás dispuesta a utilizarla?

Lucinda se quedó mirando un rato a su anfitriona. Luego volvió a fijar la vista en el jardín. Em esperó pacientemente sin dejar de observarla. Lucinda tenía los dedos entrelazados sobre el regazo, un semblante sereno e inexpresivo y una mirada distante en los ojos azules.

Al fin volvió a mirar a Em.

—Sí —afirmó con calma y determinación—. Estoy dispuesta.

Em sonrió, alborozada.

—¡Excelente! Lo primero que tienes que entender es que se resistirá con uñas y dientes. No se doblegará fácilmente a la idea. Eso no puedes esperarlo de él.

Lucinda frunció el ceño.

—Entonces, ¿tendré que seguir soportando esta... —esta vez fue ella quien hizo un ademán mientras buscaba las palabras precisas—... esta incertidumbre?

—Indudablemente —respondió Em—. Pero tienes que mantenerte en tus trece. Y ceñirte a tu plan.

Lucinda parpadeó.

—¿Mi plan?

Em asintió con la cabeza.

—Hará falta poner en marcha una campaña extremadamente sutil para poner a Harry de rodillas.

Lucinda no pudo evitar sonreírse.

—¿De rodillas?

Em la miró altivamente.

—Desde luego.

Lucinda ladeó la cabeza y observó a su impredecible anfitriona.

—¿Qué quieres decir con «sutil»?

—Bueno —Em se arrellanó en su sillón—. Por ejemplo...

—Buenas noches, Fergus.

—Buenas noches, señor.

Harry dejó que el mayordomo de su tía se hiciera cargo de su gabán y sus guantes de montar.

—¿Está aquí mi hermano? —se volvió hacia el espejo que colgaba sobre la mesa de bronce dorado.

—El señorito Gerald llegó hace media hora. En su nuevo faetón.

Harry tensó los labios.

—Ah, sí..., su última hazaña —hizo un ajuste casi imperceptible en los pliegues de su corbata blanca.

—A su tía le alegrará verlo, señor.

Harry miró a Fergus a los ojos a través del espejo.

—No me cabe duda —dejó caer los párpados, velando su mirada—. ¿Quién más hay?

—Sir Henry Dalrymple y su esposa, el señor Moffat y su señora, el señor Butterworth, el señor Hurst y las señoritas Pinkerton —al ver que Harry permanecía inmóvil, con los ojos velados y el semblante inexpresivo, Fergus añadió—: Y la señora Babbacombe y la señorita Babbacombe, por supuesto.

—Por supuesto —Harry recuperó el aplomo, que había perdido por un instante, y se enderezó el alfiler de oro de la corbata. Luego se giró y se dirigió con paso tranquilo hacia el salón. Fergus se apresuró a abrirle la puerta.

Tras ser anunciado, Harry entró.

Lucinda lo miró a los ojos inmediatamente. No tenía

experiencia suficiente como para disimular el efecto espontáneo que le produjo verlo. Había estado hablando con el señor Hurst, un caballero rural al que Em —sospechaba Harry— quería casar desde hacía tiempo. Harry se detuvo junto a la puerta.

Lucinda sonrió desde el otro lado del salón —una sonrisa fácil, educada y acogedora— y se giró de nuevo hacia el señor Hurst.

Harry vaciló un momento y después se acercó tranquilamente a su tía, que, ataviada con un suntuoso vestido púrpura, permanecía sentada en un extremo del sofá.

—Querida tía —dijo, y se inclinó con elegancia sobre su mano.

—Me preguntaba si vendrías —Em sonrió triunfalmente.

Harry ignoró su sonrisa y saludó con una inclinación de cabeza a la señora que compartía el sofá con su tía.

—Señora Moffat.

Conocía a todas las personas a las que Em se había dignado invitar..., sólo que no esperaba que las invitase. Aquélla era la última noche de la semana de carreras. Al día siguiente, tras las finales de por la mañana, todos los caballeros regresarían a Londres. La invitación a cenar de su tía no era inusual, y sin embargo Harry se había pensado largo y tendido si debía aceptarla. Sólo la certeza de que la señora Babbacombe regresaría pronto a Yorkshire, donde estaría muy lejos de su alcance, mientras él se retiraba a Lester Hall, en Berkshire, había conseguido persuadirlo de que debía ir. Eso, y el deseo de verla de nuevo, de mirar aquellos ojos brumosos por última vez.

Tenía la esperanza de compartir mesa con su tía, su hermano, las invitadas de su tía... y nadie más. Teóricamente, las circunstancias inesperadas de la cena, que ofrecían tantas distracciones, deberían haberlo tranquilizado. Pero en realidad ocurría muy al contrario.

Inclinó la cabeza, lanzó una rápida mirada a la cabeza morena de la señora Babbacombe y se alejó del sofá, dirigiendo sus pasos hacia donde sir Henry Dalrymple conversaba con el señor Moffat. Gerald y Heather Babbacombe estaban junto a las ventanas, conversando alegremente con lady Dalrymple. Las señoritas Pinkerton, dos solteronas por elección ya bien entradas en la treintena, charlaban con el señor Butterworth, el secretario de sir Henry.

Harry posó la mirada en Lucinda, que, ataviada con un delicado vestido de seda azul, conversaba animadamente con el señor Hurst. Si notó su mirada, no dio muestra alguna de ello.

—Ah, Lester..., ha venido usted por las carreras, supongo —sir Henry sonrió amablemente.

El señor Moffat soltó un bufido bienintencionado.

—¿Qué otra cosa podría traerlo por aquí?

—En efecto —Harry les estrechó las manos.

—Vi ganar a esa yegua suya en la segunda. Magnífica carrera —la mirada ausente de sir Henry delataba que estaba recordando aquel momento. Luego volvió a fijarse bruscamente en él—. Pero, dígame, ¿cree usted que Grand Larrikin tiene alguna oportunidad en el derby de Steeple?

Harry sólo escuchó a medias a la conversación que siguió acerca de la más reciente adquisición del duque de Rutland. El resto de su atención estaba fijo en su sirena, que parecía ajena a él al otro lado del salón.

Lucinda, sin embargo, era plenamente consciente de las miradas de reojo que de cuando en cuando le lanzaba Harry, y, ciñéndose estrictamente a las instrucciones de Em, ignoró su presencia mientras conversaba con el locuaz señor Hurst. Por suerte, a éste parecía gustarle tanto el sonido de su propia voz –una reconfortante voz de barítono– que no notó la escasa atención que le prestaba su interlocutora.

Lucinda, que se esforzaba por concentrarse en sus palabras, resistió valerosamente el deseo de mirar a Harry Lester. Desde el momento en que había hecho acto de presencia en el salón, vestido estrictamente en blanco y negro, con el cabello dorado brillando a la luz de las velas y unos modales impecables y lánguidos que atestiguaban su pertenencia a la alta sociedad, los sentidos de Lucinda habían empezado a rebelarse.

Al verlo entrar, le había dado un vuelco el corazón. Em la había advertido de que su invitación no lograría llevarlo hasta allí si no quería ir. Pero había ido, y ello le parecía a Lucinda una victoria, si no en la primera batalla, al menos sí en la escaramuza inicial.

Era tan consciente de su presencia que, cuando Harry dejó al señor Moffat y a sir Henry para acercarse con paso indolente a ella, tuvo que cerrar los puños con fuerza para no volverse a saludarlo.

Harry, que iba acercándose por su espalda, notó la súbita tensión de sus hombros desnudos, y bajo sus pesados párpados, sus ojos relucieron.

Al acercarse a ella, pasó los dedos por su antebrazo desnudo para tomarla de la mano. Ella abrió mucho los ojos, pero cuando se giró para sonreírle no había ni rastro de turbación en su rostro.

–Buenas noches, señor Lester.

Harry sonrió, mirándola a los ojos, y se llevó lentamente su mano a los labios. Los dedos de Lucinda temblaron. Luego, permanecieron inermes.

–Sinceramente así lo espero, señora Babbacombe.

Lucinda aceptó el saludo con calma, pero retiró los dedos en cuanto él aflojó la mano.

—Creo que ya conoce al señor Hurst.

—En efecto. Hurst —Harry saludó con una inclinación de cabeza a Pelham Hurst, a quien en el fondo consideraba un asno con muchas ínfulas. Hurst era un año mayor que él; se conocían desde niños, pero se mezclaban tan poco como el aceite y el agua. Como si quisiera confirmar lo poco que había cambiado con los años, Hurst se lanzó a enumerar las mejoras que había introducido en sus campos de cultivo. Harry se preguntó vagamente cómo era posible que creyera que, teniendo a Lucinda Babbacombe delante de los ojos, aquel tema podría interesarlo.

Pero Pelham siguió parloteando.

Harry arrugó el ceño. Le resultaba casi imposible apartar la mirada de la cara de Lucinda Babbacombe mientras Hurst le explicaba con todo detalle la rotación de las cosechas. Aprovechando uno de los raros momentos en que Pelham hacía una pausa para respirar, se giró hacia Lucinda.

—Señora Babbacombe…

Sus ojos azules se giraron hacia él… y pasaron de largo. Sonrió amablemente.

—Buenas noches, señor Lester. Señor Butterworth.

Harry cerró los ojos un momento; luego volvió a abrirlos y se obligó a retroceder para permitir que Gerald y Nicholas Butterworth presentaran sus respetos. Ambos se unieron al círculo junto con Heather Babbacombe.

Había perdido su oportunidad de quedarse a solas con su presa.

Apretó los dientes mentalmente y se mantuvo junto a ella. Sabía que debía ir a saludar a las señoritas Pinkerton, pero excusó el desliz diciéndose que las ponía nerviosas.

Aquella idea le dio qué pensar.

Lucinda se sentía como Daniel en el foso de los leones: no sabía si saldría de aquélla. Cuando el primer hilillo de sudor se deslizó por su nuca, no adivinó de inmediato qué lo había causado. Pero cuando, unos instantes después, sintió un hormigueo en el escote, frunció el ceño y lanzó una mirada de soslayo.

Harry le devolvió una mirada blanda, ligeramente inquisitiva y toda inocencia. Lucinda levantó las cejas y se concentró de nuevo en la conversación. A partir de ese momento, ignoró sus sentidos lo mejor que pudo y recibió con considerable alivio la llegada de Fergus anunciando que la cena estaba servida.

—Si me permite acompañarla, señora Babbacombe —Pelham Hurst, irreductiblemente convencido de su valía, le ofreció la manga arrugada a Lucinda.

Ella sonrió y estaba a punto de aceptar cuando una voz parsimoniosa le impidió la retirada.

—Me temo, Hurst, que voy antes que usted —Harry sonrió a su conocido de la infancia, pero aquel gesto no suavizó en absoluto la expresión de sus ojos—. Aunque sea sólo por unos días.

Tras decir esto, fijó sus ojos verdes en Lucinda... y la desafió a contradecirle.

Lucinda se limitó a lanzarle una sonrisa ecuánime.

—En efecto —le dio la mano a Harry y permitió que él se la pusiera sobre el brazo al tiempo que le decía a Hurst—. El señor Lester ha sido de gran ayuda durante nuestra estancia en Newmarket. No sé cómo habríamos salido del carruaje volcado si no hubiera pasado por allí.

Aquel comentario impulsó a Pelham, naturalmente, a preguntar por su accidente. Como las señoritas Pinkerton ya habían entrado en el comedor evitando toda compañía masculina, Hurst se sintió libre de caminar junto a Lucinda mientras Harry la conducía hacia el comedor.

Cuando tomó asiento junto a la encantadora señora Babbacombe, se sentía a punto de perder los estribos.

Pero aún iba a tener que soportar más pruebas. Lady Dalrymple, una mujer de espíritu maternal que le reprochaba desde hacía tiempo su soltería, tomó asiento a su izquierda. Y lo que era peor aún: las hermanas Pinkerton se habían sentado enfrente, y lo miraban con recelo, como si fuera una bestia potencialmente peligrosa.

Harry no estaba seguro de que se equivocaran.

Procuró ignorar toda distracción y se volvió hacia su bella acompañante.

—Confío en que esté satisfecha con el resultado de su visita a Newmarket, señora Babbacombe.

Lucinda lo miró a los ojos fugazmente y confirmó que la pregunta estaba, en efecto, cargada de intención.

—No del todo, señor Lester. Tengo la sensación de que ciertos asuntos de mi interés han quedado pendientes, lamentablemente —lo miró de nuevo a los ojos y dejó que sus labios se curvaran—. Pero creo que el señor Blount sabrá arreglárselas.

Harry parpadeó, disipando de ese modo la intensidad de su mirada.

Con una suave sonrisa, Lucinda se giró hacia el señor Hurst, que reclamaba de nuevo su atención. Resistió el impulso de mirar a su derecha hasta que les retiraron el segundo plato. Harry, inefablemente elegante y relajado, estaba conversando con lady Dalrymple.

En ese momento, la señora Moffat llamó la atención de lady Dalrymple para que ésta le confirmara cierta información. Harry giró la cabeza... y se encontró con la mirada decididamente tibia de Lucinda.

Resignado, levantó una ceja.

—Bueno, querida, ¿qué va a ser? Hablar del tiempo resulta sumamente aburrido, usted no sabe nada de caballos y, en cuanto al asunto del que yo preferiría hablarle, estoy persuadido que de no le interesa.

Aquello era una ofensiva en toda regla. El brillo de sus ojos resultaba inconfundible. Lucinda se estremeció por dentro..., pero sonrió.

—En eso se equivoca, señor Lester —hizo una breve y estudiada pausa antes de continuar, sin apartar los ojos de él—. Me interesa terriblemente oírle hablar de Thistledown. ¿Sigue en la ciudad?

Harry se quedó tan callado que Lucinda contuvo el aliento. Luego levantó lentamente una ceja y sus ojos, cristalinos y duros, brillaron como una gemas.

—No, va de camino a mis cuadras.

—Ah, sí. En Berkshire, ¿no es eso?

Harry inclinó la cabeza. No se fiaba del todo de sí mismo, si hablaba. Vio por el rabillo del ojo que las Pinkerton, extrañamente sensibles a los cambios de atmósfera, empezaban a mirarse la una a la otra con el ceño fruncido.

Lady Dalrymple se inclinó hacia delante para esquivarlo.

—Siento muchísimo que no esté usted aquí para la pequeña fiesta que celebro la semana que viene, señora Babbacombe —dijo—. Aunque supongo que hace usted bien marchándose a Londres. Hay tantas cosas que hacer, tanto que ver... Y usted todavía tiene edad para disfrutar de las reuniones sociales. ¿Va a usted a presentar a su hijastra en sociedad?

—Posiblemente —respondió Lucinda, haciendo caso omiso de la súbita tensión que se apoderó de Harry—. Lo decidiremos una vez estemos allí.

—Es lo más sensato —lady Dalrymple asintió con la cabeza y se volvió hacia Em.

—¿Londres?

La pregunta sonó suave e inexpresiva.

—Pues sí —Lucinda lo miró a los ojos con calma—. Tengo que inspeccionar cuatro posadas más, ¿recuerda?

Harry le sostuvo la mirada un momento.

—¿Cuáles son?

De nuevo su voz sonaba suave, como acero envuelto en seda. Una seda finísima.

—La Argyle Arms, en Hammersmith, la Carringbush, en Barnet, la Three Candles, en Great Dover Street, y la Bells, en Wanstead.

—¿Qué ocurre con la posada Bells?

Lucinda giró la cabeza hacia Pelham Hurst.

—Es una posada excelente, se la recomiendo, señora Babbacombe. Yo me alojo allí a menudo. En la ciudad, no me gusta arriesgarme, ¿sabe usted?

Harry lo ignoró por completo. Por suerte Hurst no lo notó, pues en ese preciso momento pusieron una gran tarta de manzana delante de él. Harry aprovechó la ocasión para inclinarse hacia Lucinda y decirle en un susurro acerado:

—¡Está usted loca! Ésas son cuatro de las posadas más frecuentadas de toda Inglaterra… Son casas de posta y están en las principales carreteras.

Lucinda se sirvió un flan.

—Eso me han dicho.

Harry apretó los dientes.

—Mi querida señora Babbacombe, puede que el numerito de la inspectora le dé resultado en las posadas de pueblo… —se interrumpió para darle las gracias a lady Dalrymple por pasarle la nata, que enseguida dejó sobre la mesa—…, pero en la ciudad no le servirá de nada. Además, no puede visitar sola todas esas posadas.

Lucinda se giró y lo miró con los ojos muy abiertos.

—Mi querido señor Lester, ¿no intentará decirme que mis posadas son peligrosas?

Eso era precisamente lo que Harry intentaba decirle.

Pero Pelham Hurst, que sólo oía retazos de la conversación, metió baza.

—¿Peligrosas? ¡En absoluto! En la Bells estará usted tan segura como... como aquí. Se la recomiendo de todo corazón, señora Babbacombe.

Lucinda, que veía de reojo la expresión de los ojos verdes de Harry, procuró mantener los labios rectos y se apresuró a decirle al señor Hurst:

—En efecto, señor. Estoy segura de que no era eso lo que quería decir el señor Lester.

—El señor Lester, como usted bien sabe, quería decir que tiene usted tanta experiencia como una niña pequeña y aún menos posibilidades de sobrevivir a una de sus inspecciones en una de esas posadas sin recibir al menos tres proposiciones y una *carte blanche* —Harry, que había dicho aquello entre dientes, se puso a comer las natillas que habían aparecido delante de él como por arte de magia.

—¿Le apetece un poco de nata? —Lucinda, que se había servido una generosa cucharada, recogió con la punta del dedo una gota. Sus ojos, azules e inocentes, se clavaron en los de Harry mientras se llevaba el dedo a los labios.

Durante un instante, mientras bajaba la cabeza, Harry no vio nada más allá de sus labios, maduros y apetitosos, que parecían rogarle que los besara. No oyó nada. Permanecía venturosamente ajeno al guirigay de la conversación que se desarrollaba a su alrededor. De pronto recuperó el dominio de sí mismo, que empezaba a escapársele, y miró a Lucinda entornando los ojos.

—No, gracias.

Lucinda se limitó a sonreír.

—Engorda —añadió Harry, pero ella siguió sonriendo. Parecía un gato que había dado con el tarro adecuado.

Harry sofocó una maldición y se concentró en el postre. No era asunto suyo que ella se empeñara en meterse en la boca del lobo. Él ya la había advertido.

—¿Por qué no se ocupa Mabberly de esas posadas? Déjele que se gane el sueldo.

—Como le dije en otra ocasión, el señor Mabberly carece de las cualidades necesarias para llevar a cabo una inspección —Lucinda, que se alegraba de que Heather hubiera distraído al señor Hurst, hablaba en voz baja.

Aguardó el siguiente comentario, pero su vecino se limitó a resoplar y guardó silencio.

Su desaprobación la envolvía en oleadas.

Harry soportó el resto de la velada con aparente gallardía, a pesar de que estaba de muy mal humor. Los caballeros no se demoraron tomando su oporto, de lo cual se alegró, pues no le apetecía conversar. Pero, cuando regresaron al salón descubrió que, en lugar de la atmósfera bulliciosa que solía reinar en las cenas de su tía, y que estaba decidido a aprovechar en su beneficio, esa noche las encargadas de entretenerlos con sus talentos musicales iban a ser la señora y la señorita Babbacombe.

Exasperado, Harry se sentó en un sillón al fondo de la habitación y asistió sin entusiasmo a lo que, sin embargo, le pareció una actuación ejemplar. El carrito del té apareció mientras se apagaban los aplausos.

Él fue uno de los últimos en acercarse a por su taza.

—Sí, desde luego —le dijo Em a lady Dalrymple cuando él se acercó—. Estaremos allí. Iré a verla. Será tan divertido volver a vivir todo eso...

Harry se quedó helado, con una mano extendida a medias.

Em levantó la mirada... y frunció el ceño.

—Ah, estás ahí.

Harry parpadeó y tomó la taza. El ceño de Em se reflejaba en sus ojos.

—¿Estás pensando en ir a Londres, querida tía?

—No, no lo estoy pensando —Em le lanzó una mirada beligerante—. Voy a ir. Como Lucinda y Heather van a instalarse allí una temporada, hemos decidido ir juntas. Es lo mejor. He mandado abrir Hallows House. Fergus se va mañana. Será maravilloso, estar otra vez en aquel torbellino. Voy a presentar a Lucinda y a Heather en sociedad. Será una distracción maravillosa. Justo lo que hacía falta para animarme.

Tuvo la desfachatez de sonreírle.

Harry se obligó a hacer los comentarios de rigor. Bajo la atenta mirada de lady Dalrymple, no podía decirle claramente a su tía lo que pensaba.

Después de eso, emprendió la retirada a toda prisa. Hasta el señor Moffat y las sutilezas del sistema de drenaje local eran preferibles a la contemplación de la telaraña en la que de pronto se hallaba metido. La única persona con la que podía sincerarse era su hermano.

—Em está chiflada. Las tres lo están —gruñó Harry al reunirse con Gerald junto a la ventana. Heather Babbacombe estaba charlando con la señora Moffat. Harry notó que su hermano apenas le quitaba ojo.

—¿Por qué? ¿Qué hay de malo en que vayan a Londres? Así podré enseñarle a Heather la ciudad.

Harry soltó un bufido.

—Mientras todos los crápulas de Londres intentan enseñarle a la señora Babbacombe sus aguafuertes, no hay duda.

Gerald sonrió.

—Bueno..., de eso puedes encargarte tú. Ninguno se acercará si tú revoloteas a su alrededor.

La mirada que le lanzó Harry hablaba por sí sola.

—Mi querido hermano, por si acaso ha escapado a tu inteligencia, que tú mismo reconoces algo dispersa, ahora mismo soy, dentro de la familia Lester, el principal objetivo de las casamenteras. Dado que Jack ha caído en las redes de la señorita Winterton, sin duda redoblarán sus esfuerzos y apuntarán sus armas hacia el aquí presente.

—Lo sé —Gerald le lanzó una sonrisa malévola—. Y no sabes cuánto te agradezco que estés allí para servirles de blanco. Con un poco de suerte, no se acordarán de mí. Por suerte, yo no tengo tanta experiencia como tú.

Saltaba a la vista que era sincero. Harry se mordió la lengua, apretó los labios y buscó cobijo en la conversación de sir Henry, evitando cuidadosamente cualquier otro contacto con su destino. Su sirena. La que conseguiría atraerlo hacia las rocas.

Los invitados se marcharon todos a una. Harry y Gerald, como parientes que eran, esperaron a que los demás se despidieran. Em salió al porche para verlos marchar. Gerald y Heather se quedaron junto a la puerta del salón. En las sombras, junto a la puerta principal, Harry se descubrió junto a su tentación, y notó que su tía no parecía tener prisa por entrar.

—¿Lo veremos en Londres, señor Lester?

Lucinda le lanzó una mirada desprovista de artificio, pero Harry no alcanzó a descubrir si era auténtica o no. Observó su cara levantada y sus ojos muy abiertos.

—No tengo pensado volver esta temporada.

—Qué lástima —dijo ella, pero sus labios se curvaron—. Pensaba pagarle mi deuda, como acordamos.

Harry tardó un momento en comprender.

—¿El vals?

Lucinda asintió con la cabeza.

—En efecto. Pero, si no va a ir a la ciudad, esto es un adiós, señor.

Le tendió la mano. Harry se la tomó y se la estrechó, pero no la soltó. Achicó los ojos y estudió su semblante franco y sus ojos que —lo habría jurado— no sabían mentir.

Le estaba diciendo adiós. Tal vez, a fin de cuentas, todavía fuera posible escapar.

Luego los labios de Lucinda se curvaron levemente.

—Tenga la seguridad de que pensaré en usted mientras bailo el vals en los salones de Londres.

Harry le apretó los dedos... y apretó aún con más fuerza sus guantes. El arrebato de furia y de deseo que se apoderó de él estuvo a punto de hacerle perder los estribos. Lucinda levantó la mirada. Sus ojos refulgían. Sus labios se entreabrieron. No fue gracias a ella, ni a la mirada suave y tentadora de sus ojos, que Harry logró disimular su turbación. Se obligó a soltarle la mano y se inclinó, notando la cara desencajada.

—Le deseo buenas noches, señora Babbacombe.

Con ésas, dio media vuelta y se alejó, ajeno a la expresión desilusionada de los ojos de Lucinda.

Desde lo alto de la escalinata, ella lo vio alejarse en su carruaje... y rezó por que Em tuviera razón.

Seguía rezando diez días después, cuando, flanqueada por Em y Heather, entró en el salón de baile de lady Haverbuck. El baile de su señoría era el primero de los grandes eventos sociales a los que debían asistir. Habían tardado cuatro días en trasladarse a Hallows House, en Audley Street; los días restantes, los habían ocupado visitando modistas y establecimientos de moda. La noche anterior, Em había celebrado una fiesta selecta para presentar a sus invitadas en sociedad. Em estaba satisfecha con la cantidad de gente que había aceptado su invitación; hacía muchos años que no residía en la capital. Pero había cierta persona que no había respondido a la tarjeta blanca, orlada de oro, que le había sido enviada.

La propia Lucinda había escrito de su puño y letra la dirección de las habitaciones de Harry en Half Moon Street. Pero había buscado en vano su rubia cabeza.

—Debes dejarlo marchar si quieres que vuelva —le había dicho Em—. Es como uno de sus caballos. Puedes llevarlo hasta el estanque, pero no puedes obligarlo a beber.

De modo que Lucinda lo había dejado marchar..., sin un murmullo, sin la menor insinuación de que buscaba su compañía.

Y él aún no había vuelto.

Ahora, elegantemente vestida en seda azul cian y el pelo recogido de tal modo que sus suaves rizos caían alrededor de su frente y de sus sienes, permanecía al borde del salón de baile y miraba a su alrededor.

No llegaban ni pronto, ni tarde. El salón estaba ya lleno, aunque no a rebosar. Elegantes caballeros conversaban con señoras vestidas a la última moda; viudas y carabinas se alineaban a lo largo de las paredes. Sus pupilas, casi todos ellas jovencitas recién presentadas en sociedad, eran fáciles de identificar por los colores pálidos de sus vestidos. Estaban por todas partes; las más atrevidas, charlaban con los caballeros más jóvenes; otras, más tímidas, se hacían compañía mutuamente.

—¡Ay! ¡Mira! —Heather se agarró al brazo enguantado de Lucinda—. Ahí están la señorita Morley y su hermana —Heather levantó la mirada hacia ella—. ¿Puedo ir con ellas?

Lucinda sonrió a las señoritas Morley, que estaban al otro lado del salón.

—Claro, pero búscanos en cuanto acabes.

Heather le lanzó una sonrisa alborozada.

Em resopló.

—Estaremos allí —mirando por los impertinentes, señaló un sofá que había junto a la pared.

Heather hizo una reverencia y se alejó, vestida en muselina color turquesa, con los rizos rubios recogidos sobre la coronilla.

—Un vestido muy bonito..., claro, que fui yo quien lo eligió —declaró Em mientras se encaminaba al sofá.

Lucinda la siguió. Estaba a punto de sentarse junto a Em en el asiento tapizado de brocado cuando el joven señor Hollingsworth apareció junto a ella acompañado por un caballero de más edad e infinitamente más elegante.

—Encantado de verla de nuevo, señora Babbacombe —el señor Hollingsworth casi vibraba de emoción.

Lucinda murmuró un amable saludo. Habían conocido al señor Hollingsworth en Harchard's el día anterior.

—Permítame presentarle a mi primo, lord Ruthven.

El elegante caballero, apuesto y de cabello negro, se inclinó cortésmente.

—Es un honor conocerla, señora Babbacombe.

Lucinda hizo una reverencia y, al levantar la vista, se topó con su mirada. Sofocó una mueca al advertir el destello de curiosidad que había en sus ojos.

—Una rosa entre tantas peonías, querida —Ruthven abarcó con un ademán desdeñoso a las lindas jovencitas que los rodeaban.

—¿De veras? —Lucinda levantó los ojos con aire escéptico.

Lord Ruthven se mostró impasible. Lucinda pronto descubrió que su señoría no era el único caballero deseoso de la compañía de mujeres más adultas. Otros de parecida posición se fueron acercando y reclamaron con cierta vacilación los buenos oficios de Ruthven para hacer las presentaciones. Su señoría, al que todo aquello parecía divertirle, se mostró dispuesto a complacerles. Recordando sus deberes, Lucinda intentó retirarse, pero Em soltó un bufido y la ahuyentó con un ademán.

—Yo vigilaré a Heather. Tú ve a divertirte. Para eso son los bailes.

Lucinda se dijo que Em sabía más que ella de vigilar a una jovencita en los bailes de la alta sociedad, luego se encogió de hombros y sonrió a su cohorte de pretendientes. En un lapso de tiempo muy corto, se vio rodeada por una colección de caballeros a los que clasificó para sus adentros como coetáneos de Harry Lester. Eran todos ellos elegantes hasta el extremo. Lucinda no veía ningún inconveniente en disfrutar de su compañía.

Entonces empezó la música y sus melodiosos acordes flotaron sobre las cabezas engalanadas de los invitados.

—¿Me concede el honor de su primer cotillón en la capital, querida?

Lucinda se giró y se encontró el brazo de lord Ruthven ante ella.

—Desde luego, señor. Encantada.

Él esbozó una sonrisa.

—No, querida, soy yo quien está encantado. Tendrá que encontrar otro adjetivo.

Lucinda lo miró a los ojos y levantó las cejas.

—Tengo la mente en blanco, señor. ¿Cuál me sugiere usted?

Su señoría se apresuró a complacerla.

—¿Loca de contento? ¿Extasiada? ¿Transida de felicidad?

Lucinda se echó a reír. Mientras ocupaban sus puestos, lo miró enarcando una ceja.

—¿Qué tal «tan impresionada que no encuentro palabras para expresar lo que siento»?

Lord Ruthven hizo una mueca.

Con el paso de las horas, Lucinda se encontró cada vez más solicitada. Dado que formaba parte de las filas de las matronas, no tenía cartilla de baile, pero era libre de concederle un baile a quien quisiera entre los muchos miembros de su cohorte de admiradores, cuya avidez, sin embargo, despertaba su natural desconfianza. Ruthven parecía demasiado despreocupado e indolente para resultar peligroso, pero había otros en cuyos ojos adivinaba un brillo mucho más intenso.

Uno de ellos era lord Craven, que entró tranquilamente en el salón de baile, ya tarde, supervisó el campo desde lo alto de la escalinata y a continuación se abrió paso disimuladamente, pero con decisión, hacia ella. Convenció al señor Satterly para que hiciera las presentaciones y se inclinó sobre la mano de Lucinda en el preciso instante en que comenzaban a sonar los primeros compases de un vals.

—Mi querida señora Babbacombe, ¿puedo abrigar la esperanza de que se apiade usted de un recién llegado y me conceda el honor de un vals?

Lucinda observó los ojos entornados y oscuros de lord Craven... y decidió que haría mejor apiadándose de otro. Dejó que sus ojos se agrandaran y paseó una mirada inquisitiva a los caballeros que la rodeaban.

Ellos acudieron de inmediato en su auxilio, tildaron la pretensión de lord Craven de escandalosa, descarada e injusta y le ofrecieron un sinfín de alternativas. Lucinda se rió ligeramente y apartó los dedos de la mano de lord Craven.

—Me temo que tendrá usted que arriesgarse a entrar en liza, milord.

A Craven se le desencajó visiblemente el semblante.

—En fin, veamos —Lucinda sonrió a sus pretendientes y estaba a punto de concederle el vals al señor Amberly, quien, pese al arrobo con que la miraba, parecía más inclinado al humor que a la seducción, cuando sintió cierto revuelo a su lado. Un instante después, unos dedos largos y firmes le rodearon el brazo y se deslizaron sobre la piel desnuda, justo por encima de su guante.

—Creo que éste es mi vals, señora Babbacombe.

Lucinda se quedó sin aliento. Se giró y vio a Harry ante ella. Sus ojos se encontraron; los de él eran muy verdes y penetrantes, y había en ellos una extraña intensidad. Lucinda sintió que una oleada de dicha se apoderaba de ella y luchó por ocultarla.

Los labios de Harry se curvaron, sus comisuras se alzaron en una sonrisa que se convirtió en mueca al inclinarse ante ella. Cuando se incorporó, su semblante parecía impasible.

—¡Caramba, Lester! Esto es sumamente injusto —el señor Amberly parecía a punto de ponerse a lloriquear. Otros comenzaron a rezongar.

Harry se limitó a levantar una ceja mientras posaba la mirada entornada sobre Lucinda.

—Que yo recuerde, querida, me debe usted un vals. He venido a reclamarlo.

—En efecto, señor —Lucinda saboreó el sonido de su voz grave y flemática, se dio por vencida y sonrió, alborozada—. Yo siempre saldo mis deudas. Mi primer vals en la capital le pertenece.

Harry tensó los labios, pero se refrenó para no sonreír. Con gesto elegante se apoderó de su mano y la posó sobre su manga.

Lucinda le lanzó a Em una mirada triunfante, pero su mentora estaba oculta tras su cohorte de admiradores.

—Caballeros —con una sonrisa luminosa y una inclinación de cabeza, se despidió de sus pretendientes, que miraban con enojo a su inesperado acompañante, al que le permitió que la guiara hasta el centro del salón.

Harry refrenó su lengua hasta que llegaron a la pista de baile, pero en cuanto comenzaron a girar entre la gente, bajó la vista y atrapó la mirada azul de Lucinda.

—Me doy cuenta, señora Babbacombe, de que carece usted de experiencia en lo que a los caprichos de la alta sociedad se refiere. Me temo que debo advertirla de que a muchos de los caballeros que ahora mismo viven pendientes de su sonrisa hay que tratarlos con extrema cautela.

Más preocupada por seguir el paso de Harry que por los caballeros de su cortejo, Lucinda frunció el ceño.

—Eso es evidente.

Harry levantó despacio las cejas.

Lucinda pareció distraerse.

—No soy precisamente una niña, ¿sabe usted? Por lo que a mí respecta, no hay razón por la que no pueda disfrutar de su compañía. No estoy tan verde como para dejarme engatusar por sus encantos.

Harry soltó un bufido. Durante un rato, consideró la posibilidad de asustarla con una advertencia más explícita, y luego descartó la idea. Acordándose de Jake Blount y de la posada Green Goose, se dio cuenta de que Lucinda no se dejaba asustar fácilmente. Pero él no podía darle su beneplácito a aquella caterva de pretendientes.

Miró su cara y vio que seguía con el ceño fruncido, a pesar de que parecía distraída.

—¿Qué ocurre?

Ella se sobresaltó... y lo miró con irritación.

—¿Y bien?

—Ya que quiere saberlo —dijo Lucinda—, no he bailado mucho el vals. Charles no lo bailaba, desde luego. He tomado lecciones, pero en una salón lleno de gente es muy distinto.

Harry no pudo evitar sonreír.

—Relájese.

La mirada que le lanzó Lucinda sugería que consideraba su sentido del humor algo malévolo.

Harry se echó a reír... y la atrajo hacia sí, apretándola para que pudiera adivinar más fácilmente sus movimientos.

Lucinda contuvo la respiración... y luego exhaló lentamente. Aquella postura era casi indecente, pero así se sentía mucho más segura. Cuando Harry comenzó a ejecutar una serie de complicados giros en un extremo del salón, lo siguió sin tropezarse. Más tranquila, comenzó a relajarse..., sólo para descubrir que su capacidad de raciocinio había quedado prácticamente inundada por sus sentidos. Mientras avanzaban por el salón, los recios muslos de Harry rozaban los suyos. Sentía el calor de su cuerpo envolviéndola y su fortaleza, que la hacía girar en un torbellino. Una extraña tensión se apoderó de ella, dificultándole la respiración. Aquella tensión era idéntica a la que sentía en el brazo que la rodeaba. Levantó la mirada por debajo de las pestañas y descubrió que él estaba sonriendo. Mientras lo miraba, sus labios se tensaron en línea recta.

Le costó un arduo esfuerzo, pero Harry intentó olvidarse de cuanto podía distraerlo —como, por ejemplo, las irresistibles curvas enfundadas en seda azul de Lucinda, la suavidad de sus turgencias y la línea sutil de su espalda, el delicado perfume que excitaba sus sentidos y la grácil curva de su cuello, que aquel nuevo peinado dejaba al descubierto— y se obligó a recordar por qué había vuelto a Londres.

—¿Cuándo piensa visitar sus posadas?

Lucinda parpadeó y lo miró a los ojos.

—Pues, a decir verdad, había pensado empezar por la Argyle Arms, en Hammersmith, mañana mismo.

Harry no se molestó en preguntarle si iría convenientemente acompañada. La muy condenada estaba tan cerrilmente segura de sí misma, ignoraba hasta tal punto los peligros que corría y era tan terca que...

—Pasaré a buscarla a las nueve.

Los ojos de Lucinda se dilataron.

Harry lo notó y la miró con el ceño fruncido.

—No tema: iremos en mi carrocín y me llevaré a Dawlish. Todo perfectamente correcto, se lo aseguro.

Lucinda sofocó una risa alborozada. Repasó de memoria las instrucciones de Em. Lo miró con aire pensativo y luego asintió con elegancia.

—Gracias, señor. Estoy segura de que su compañía hará el trayecto más interesante.

Harry achicó los ojos, pero no logró deducir nada de su semblante sereno. Sofocó un bufido de fastidio, la atrajo un poco más hacia sí y decidió disfrutar del resto del vals.

Al acabar éste, regresó con ella adonde la esperaban con impaciencia sus admiradores. Harry notó la expectación de sus miradas y se envaró. En lugar de separarse de su bella acompañante con una reverencia —el procedimiento habitual—, cubrió con la suya la mano que reposaba sobre su manga y, así anclado, permaneció a su lado.

Lucinda fingió no notarlo. Se puso a charlar alegremente, haciendo caso omiso de la mirada curiosa de lord Ruthven y de la expresión de reproche del señor Amberly. Notó que Harry no hacía esfuerzo alguno por tomar parte en la conversación. Deseaba mirarlo pero, estando tan cerca, no podía hacerlo sin delatar su interés. Sintió cierto alivio cuando Anabelle Burnham, una joven dama que pasó por allí del brazo del señor Courtney, decidió unirse a ellos.

—Pronostico que va a haber otra aglomeración —la señora Burnham miró a lord Ruthven batiendo las pestañas antes de fijar sus ojos risueños en Lucinda—. Ya se acostumbrará a ellos, querida. Y debe usted admitir que estas reuniones con tanta gente son... entretenidas.

Otra mirada risueña se dirigió hacia lord Ruthven.

Lucinda luchó por no reírse.

—En efecto —miró de soslayo a su acompañante, que permanecía en silencio—. Y, además, el entretenimiento toma formas muy variadas. ¿No le parece?

Anabelle Burnham parpadeó y su sonrisa se iluminó.

—Desde luego que sí, mi querida señora Babbacombe. ¡Ya lo creo!

Le lanzó otra mirada maliciosa a lord Ruthven y a continuación fijó sus ojos en el señor Amberly.

Lucinda no lo notó: había quedado atrapada en la mirada verde de Harry, cuyas facciones, duras y esculpidas, tenían una expresión impasible que, sin embargo, se hacía más amenazadora por momentos. Notó que sus ojos se entornaban levemente y que sus labios se afinaban. De pronto le costó respirar.

El sonido agudo de los violines la salvó..., aunque no sabía de qué.

—Señora Babbacombe, declaro rotundamente que ha de concederle usted este baile a éste su humilde servidor.

Lucinda maldijo para sus adentros y miró al señor Amberly, que aguardaba con aire suplicante. Pestañeó... y comprendió que el señor Amberly le estaba rogando que lo rescatara. No pudo evitar sonreír.

Miró a Harry y apartó la mano suavemente de su brazo. Él crispó los dedos un instante y luego la soltó.

—No le he dado las gracias por el vals, señor —Lucinda levantó los ojos hacia los suyos—. Ha sido muy grato.

Los rasgos de Harry parecían de granito. No dijo nada, pero se inclinó elegantemente, sin apenas esfuerzo, vestido con su severo atuendo blanquinegro.

Lucinda inclinó la cabeza, se apartó de él y le dio el brazo al señor Amberly.

Para desilusión de Lucinda, Harry ya no estaba presente cuando, al acabar el baile, el señor Amberly regresó con ella al pequeño grupo que se había reunido junto al sofá que ocupaba Em. Mientras conversaban, Lucinda escudriñó las espaldas que la rodeaban, pero no encontró las que buscaba. Vio a Heather, que tenía los ojos brillantes y parecía divertirse inmensamente. Su hijastra la saludó con la mano y luego volvió a concentrarse en sus amigos, Gerald Lester, las hermanas

Morley y otros dos jóvenes caballeros. Lucinda, que de pronto se sentía desalentada, se obligó a prestar atención a sus admiradores. El círculo que la rodeaba, volvía a cerrarse en torno a ella. Comprendía ya por qué a aquellos eventos se les llamaba popularmente «aglomeraciones». Al menos, la señora Burnham no la había abandonado.

La alegría de Lucinda, sin embargo, se había disipado. Sólo haciendo un esfuerzo lograba componer una sonrisa radiante o intercalar una réplica ingeniosa en el flujo constante de la conversación.

Algo más tarde, los compases de otro vals se difundieron por el salón desde la tarima de los músicos, situada al otro lado del salón. Lucinda parpadeó. Ya había bailado con todos los caballeros a los que consideraba de fiar, pero no había previsto otro vals.

Levantó la mirada y vio los ojos de lord Ruthven fijos en ella. Había en su fondo un brillo extraño.

—¿Y bien, querida? —dijo él—. ¿A cuál de nosotros va a favorecer con un segundo baile?

Lucinda levantó las cejas altivamente. Y paseó la mirada por aquéllos con los que no había bailado aún. Tres de ellos se apresuraron a ofrecerle su brazo. Uno de ellos, un dandi con fama de libertino varios años mayor que ella pero infinitamente más mundano, parecía el más prometedor. Tal vez tuviera malas intenciones, pero parecía fácil de manejar. Con una sonrisa serena y una fría mirada a Ruthven, Lucinda le tendió la mano.

—¿Señor Ellerby?

El señor Ellerby, a decir verdad, se comportó con el debido decoro en la pista de baile. Al final del vals, Lucinda se estaba felicitando no sólo por bailar cada vez con más aplomo, sino por haber juzgado tan certeramente a su pareja, cuando Ellerby retomó bruscamente su papel:

—Hace mucho calor aquí, ¿no le parece, señora Babbacombe?

Lucinda levantó la mirada y sonrió.

—En efecto..., cómo no iba a parecérmelo. El salón está, ciertamente, muy lleno.

Tan lleno que ya no veía el sofá de Em, oculto por el gentío. El vals los había dejado en el otro extremo del salón.

—Esa puerta lleva a la terraza. Y los jardines de lady Haverbuck son muy espaciosos. Puede que un paseo le refresque las mejillas, señora Babbacombe.

Lucinda se giró para mirar cara a cara a su acompañante, el brillo de cuyos ojos resultaba inconfundible.

—No querrá marearse, ¿verdad? —el señor Ellerby se inclinó hacia ella al decir esto, apretándole la mano intencionadamente.

Lucinda se envaró. Respiró hondo y había abierto los labios para advertir a su inoportuno acompañante que ella rara vez se mareaba cuando se vio salvada.

—No creo que la señora Babbacombe necesite un paseo por la terraza en este momento, Ellerby.

Aquella voz parsimoniosa pero acerada le produjo un estremecimiento de emoción. El señor Ellerby, por su parte, pareció enojarse.

—Sólo era una sugerencia —desdeñó la cuestión con un ademán y le ofreció a Lucinda el brazo mientras miraba a Harry con cara de pocos amigos—. Es la hora de la cena, señora Babbacombe.

—En efecto —dijo Harry.

Lucinda levantó la vista y notó que los ojos verdes de Harry tenían una expresión fría y retadora. Él deslizó los dedos por su brazo y la asió por la muñeca. Lucinda sofocó un escalofrío.

Harry la miró.

—Si lo desea, señora Babbacombe, la acompaño.

Levantó la mano de Lucinda y la puso sobre su manga. Ella lo miró a los ojos y a continuación se giró para despedir a Ellerby.

—Gracias por el vals, señor.

El señor Ellerby parecía dispuesto a batallar, pero se topó con la mirada de Harry. Por fin hizo una reverencia a regañadientes.

—Ha sido un placer, señora.

—No me cabe duda —masculló Harry mientras conducía a Lucinda hacia el comedor.

—¿Cómo dice? —Lucinda lo miró parpadeando.

—Nada —Harry apretó los labios—. ¿No podía haber elegido una pareja de baile más adecuada que Ellerby? Había a su alrededor buen número de auténticos caballeros... ¿o es que no nota la diferencia?

—Claro que la noto —Lucinda ahogó una sonrisa y levantó la nariz—. Pero ya había bailado con todos ellos. No quería que pareciera que les daba alas.

Harry resistió el deseo de rechinar los dientes.

—Créame, señora Babbacombe, haría usted mejor relacionándose sólo con caballeros y evitando a los libertinos.

Lucinda imitó uno de los resoplidos de Em.

—Tonterías. No corría ningún peligro.

Levantó la mirada y vio que el semblante de Harry parecía haberse vuelto de piedra.

—Señora Babbacombe, me cuesta creer que fuera usted capaz de reconocer el peligro aunque se tropezara con él.

Lucinda tuvo que fruncir los labios para no sonreír.

—¡Bobadas! —contestó al fin.

Harry la miró con severidad y la condujo con determinación hacia una mesa. No a una de las mesitas para dos que había en los rincones del espacioso comedor, sino a una mesa en la que habría encontrado acomodo un batallón, cerca del bufé del centro del salón. Lucinda tomó asiento en la silla que le ofreció y lo miró con cierta sorpresa.

Pareció aún más sorprendida cuando sus admiradores se fueron acercando tímidamente, y Harry no hizo intento de morderlos. Se sentó a su lado, se recostó en la silla con una copa de champán en la mano y vigiló en silencio la conversación. Su severa presencia actuaba a modo de sordina, asegurándose de que el jolgorio se mantenía dentro de unos límites aceptables. Anabelle Burnham, que se había unido a ellos, lo miró con pasmo y a continuación fijó los ojos en Lucinda y levantó la copa en un brindis silencioso. Lucinda arriesgó una rápida sonrisa y dejó que su mirada se deslizara hasta la cara de Harry.

Él la estaba mirando fijamente, con los labios formando una línea recta que Lucinda ya empezaba a conocer. Sus ojos eran verdes como gemas e impenetrables.

Lucinda sofocó un escalofrío. Se volvió hacia la mesa y se obligó a prestar atención a sus admiradores menos interesantes.

Tal y como había prometido, Harry la estaba esperando en el vestíbulo de Hallows House a las nueve en punto de la mañana siguiente.

Al bajar las escaleras vestida con una capa azul oscura sobre el traje de viaje de color celeste, Lucinda notó que la miraba de la cabeza a los pies. Cuando llegó al vestíbulo y se acercó a él con la mano extendida, Harry levantó la mirada hacia su cara.

Harry percibió la satisfacción que había en su mirada... y frunció el ceño.

—Por lo menos no se helará —la tomó de la mano y se inclinó sobre ella. Luego se quedó mirando su mano pequeña y fina, posada sobre la suya, mucho más grande—. No olvide los guantes.

Lucinda levantó una ceja... y sacó los guantes de su bolsito.

—Volveré a la hora de comer, Fergus —miró a Harry mientras se ponía los guantes—. ¿Comerá usted con nosotros, señor Lester?

—No. Por favor, transmítale mis disculpas a mi tía —Harry la agarró del brazo y la condujo hacia la puerta. Seguramente la casa de Em era un lugar seguro, pero sus aposentos lo serían aún más. Ya no se fiaba de su tía—. Tengo otros compromisos.

Lucinda se detuvo en lo alto de la escalinata y levantó la mirada hacia él.

—Espero que acompañarme no le cause ningún trastorno.

Harry la miró entornando los ojos. Lucinda era un trastorno que en nada se parecía a cualquier otro que le hubiera salido al paso.

—En absoluto, querida. Recuerde que fui yo quien se ofreció —lo que se negaba a considerar era el porqué—. Pero es hora de que nos vayamos.

La condujo escalinata abajo y la ayudó a subir al asiento de su carrocín. Tomó las riendas evitando toparse con la mirada de Dawlish. Aguardó hasta que el peso de su sirviente equilibró el carruaje y arreó a los caballos.

Lucinda disfrutó plenamente del paseo matutino por las calles aún medio vacías. Vio vendedores de naranjas ofreciendo sus mercancías; oyó los gritos de las vendedoras de fresas llamando a las amas de casa para que salieran a las puertas. La ciudad parecía distinta, limpia y nueva bajo el rocío de la mañana. El tráfico aún no había removido el polvo y los distintos tonos de verde de los árboles de Hyde Park se movían como un calidoscopio. Harry los condujo velozmente a través de un camino de gravilla y salió del parque por una verja apartada. Una vez tomaron la carretera que llevaba a Hammersmith, Lucinda concentró su atención en los negocios. Harry contestó a sus preguntas acerca de las posadas por las que pasaban, dirigiéndose de vez en cuando a Dawlish. Lucinda notó que éste estaba muy cabizbajo; su voz amarga hacía pensar que había muerto alguien en su familia.

Pero se olvidó de Dawlish y de su pesadumbre cuando entraron en el patio de la posada Argyle Arms.

La Argyle Arms resultó tener muchas cosas en común con la Barbican Arms. El señor Honeywell, el posadero, le echó una ojeada a Harry y a continuación les escoltó a lo largo de la amplia posada, que abarcaba tres alas comunicadas entre sí. Estaban en la planta baja de una de ellas, camino de la entrada principal, cuando Lucinda oyó una risa ligera tras una puerta que, supuso, daba a un dormitorio.

Se acordó al instante de la Green Goose. La risa, sin embargo, pertenecía a un hombre. Se detuvo.

—¿Qué hay tras esa puerta?

El señor Honeywell permaneció impasible.

—Un salón, señora.

—¿Un salón? —Lucinda frunció el ceño y miró a su alrededor—. Ah, sí... Esto era antes una casa, ¿no?

El señor Honeywell asintió con la cabeza y la invitó a proseguir con un gesto.

Pero Lucinda permaneció inmóvil, con la vista fija en la puerta del salón.

—Eso hacen cuatro salones... ¿Tantos necesita la clientela?

—No directamente —reconoció el señor Honeywell—, pero estamos tan cerca de la ciudad que a menudo alquilamos salones para reuniones.

Lucinda frunció los labios.

—Me gustaría inspeccionar ese salón, señor Honeywell.

El semblante del señor Honeywell adquirió una expresión recelosa.

—Eh... Ahora mismo está ocupado, señora, pero hay otro igual en el otro ala. Si quiere ver ése...

—Desde luego —Lucinda asintió con la cabeza, pero siguió mirando la puerta—. ¿Quién está usando éste?

—Eh... un grupo de caballeros, señora.

Lucinda levantó las cejas y abrió la boca.

—Pero... —el señor Honeywell se interpuso suavemente entre Lucinda y la puerta—, no le aconsejo que les interrumpa, señora.

Sorprendida, Lucinda levantó las cejas y miró un momento en silencio al posadero.

—Mi querido señor Honeywell... —dijo en tono gélido.

—¿Quién hay ahí, Honeywell?

Lucinda parpadeó. Era la primera vez desde hacía una hora que Harry tomaba la palabra.

El señor Honeywell le lanzó una mirada implorante.

—Sólo un grupo de muchachos de buena posición, señor. Ya sabe cómo son.

—En efecto —Harry se volvió hacia Lucinda—. No puede entrar.

Lucinda se giró lentamente y miró a Harry.

—¿Cómo dice?

Los labios de Harry se tensaron levemente, pero su mirada no vaciló.

—Déjeme expresarlo de otro modo —su tono era singularmente suave y sedoso, pero bajo él se adivinaba una corriente subterránea que amenazaba con toda clase de peligros–. No va a entrar ahí.

Si Lucinda tenía alguna duda en cuanto a la determinación que se escondía aquella amenaza tan poco sutil, la mirada de Harry la disipó por completo. A pesar de que estaba cada vez más enfadada, se sintió asaltada por el impulso de retroceder... y por un deseo totalmente absurdo de desafiarlo para ver de qué era capaz. Ignoró el estremecimiento que recorrió su columna vertebral, le lanzó una mirada fulminante y luego fijó una mirada gélida en el señor Honeywell.

–Tal vez pueda enseñarme ese otro salón.

El posadero exhaló un suspiro casi audible.

Tras inspeccionar el otro salón, que, según le aseguró el posadero una y otra vez, era idéntico al primero, Lucinda dio su visto bueno. Quitándose los guantes, inclinó la cabeza hacia el señor Honeywell.

–Ahora voy a examinar los libros. Puede traerlos aquí.

Honeywell salió en busca de sus libros de cuentas.

Lucinda dejó los guantes y el bolsito sobre la mesa y recorrió lentamente la habitación. Se detuvo en la ventana, respiró hondo para calmarse y se giró para mirar a Harry, que la había seguido de cerca. Lucinda lo vio acercarse lentamente y detenerse frente a ella con una ceja levantada y una mirada desafiante que ella le devolvió.

–Tal vez le interese saber, señor Lester, que no tenía intención de... –hizo un ademán desdeñoso– irrumpir en una reunión privada. Cosa que pensaba dejarle clara al señor Honeywell cuando tuvo usted a bien intervenir.

La expresión de alarma que cruzó fugazmente los ojos de Harry fue un bálsamo para su enojo. Enseguida intentó aprovechar su ventaja.

–Sólo quería cerciorarme de que mi posada tiene una clientela decente..., derecho que, estoy segura, hasta usted me reconoce —meneó un dedo bajo su nariz—. Ni usted ni el señor Honeywell tenían justificación alguna para llegar a semejante conclusión... ¡como si fuera una niña que no sabe lo que hace! Y usted, señor, no tenía derecho a amenazarme como lo ha hecho —se volvió de lado, cruzó los brazos y levantó el mentón—. Desearía que se disculpara, señor, por un comportamiento tan poco caballeroso.

El silencio recibió sus palabras. Harry observó fijamente su rostro. Luego esbozó una sonrisa.

—Le sugiero, querida, que espere sentada. Esta mañana, mi conducta ha sido sumamente caballerosa.

Lucinda abrió mucho los ojos.

—¿Caballerosa? —bajó los brazos mientras caminaba a su alrededor.

Harry levantó una mano.

—Admito que tanto Honeywell como yo quizá nos precipitamos en nuestras conclusiones —la miró a los ojos con una fugaz expresión apesadumbrada—. Le pido disculpas por ello de todo corazón. Pero en cuanto a lo demás... —su rostro se endureció—. Me temo que tendrá que achacar mi conducta a una provocación de extraordinaria gravedad.

—¿Una provocación? —Lucinda lo miraba con pasmo—. Y, dígame, ¿qué provocación es ésa?

El deseo de mantenerla a salvo, a resguardo, el deseo instintivo que lo tenía atenazado y del que no lograba escapar. La verdad resonó en la cabeza de Harry como un eco. Luchó por ahogar su sonido. Miró a Lucinda, cuyos ojos azules escudriñaron los suyos y un instante después parecieron agrandarse. Bajó la mirada hacia sus labios carnosos y rojos: una tentación irresistible. Mientras la miraba, ella entreabrió la boca. En torno a ellos reinaba el silencio; entre ellos crecía la tensión. Consciente tanto de la respiración agitada de Lucinda como de la aceleración de su propio pulso, Harry levantó un dedo y trazó con toda delicadeza la línea de su labio inferior.

El temblor que provocó en ella su caricia reverberó en lo más profundo de su ser.

Se había quedado sin respiración. Si la miraba a los ojos, estaba perdido.

El deseo brotó con inesperada energía. Luchó por sofocarlo. Intentó respirar y apartarse, pero no pudo.

Unos pasos distantes iban acercándose. En el pasillo crujió un tablón del suelo.

Harry bajó rápidamente la cabeza y rozó con los labios la boca de Lucinda en una caricia tan breve que apenas notó el leve movimiento de los labios de ella bajo los suyos.

Cuando la puerta se abrió y entró Honeywell, Harry estaba junto a la chimenea, a unos metros de Lucinda. El posadero no notó nada raro; colocó los pesados libros sobre la mesa y miró a Lucinda con aire esperanzado.

Harry la miró, pero ella estaba de espaldas a la ventana y no vio su expresión.

Lucinda vaciló el tiempo justo para recobrar el aplomo. Luego se adelantó y compuso una expresión tan altiva que el señor Honeywell parpadeó.

—Sólo las cuentas de este año, señor Honeywell.

El posadero se apresuró a cumplir sus órdenes.

Mientras se hallaba inmersa en las cuentas, Lucinda luchó por apaciguar sus nervios, inflamados por aquel beso fugaz y por la presencia constante de Harry. Por un instante había sentido que el mundo giraba a su alrededor en un torbellino. Ahuyentó decididamente aquel recuerdo y se concentró en las cuentas del señor Honeywell. Cuando se dio por satisfecha había pasado media hora y se hallaba de nuevo en pleno dominio de sus facultades. Incluso fue capaz de conversar tranquilamente durante el trayecto de regreso a Audley Street.

Harry no hizo ningún comentario en particular; se limitó a contestar de buen grado a todas sus preguntas, pero dejó las riendas de la conversación en sus manos. Cuando se detuvieron ante la escalinata de la casa de Em, Lucinda tenía la impresión de haberse manejado con admirable pericia.

Eligió el momento en que Harry la ayudaba a apearse del carruaje para decir:

—Le agradezco sinceramente que me haya acompañado, señor Lester —se refrenó para no hacer ningún otro comentario, a pesar de que ello le costó un notable esfuerzo.

Harry arqueó una ceja.

—¿De veras?

Lucinda luchó por no fruncir el ceño.

—De veras —contestó, mirándolo a los ojos.

Harry miró su cara, contempló sus ojos maravillosamente azules, en los que relucía un desafío... y se preguntó cuánto tiempo podría seguir sujetándola por la cintura antes de que ella se diera cuenta—. En ese caso, dígale a Fergus que me mande recado cuando desee usted inspeccionar otra posada —notaba el cuerpo cálido, vibrante, vivo y sutil de Lucinda entre sus manos.

Ella sabía perfectamente que la estaba tocando; sentía el calor de sus dedos atravesándole el vestido. Pero aquel beso, tan rápido que pasó casi antes de empezar, había sido el primer indicio de que la victoria era posible. A pesar de la cascada de emociones inquietantes que aquella caricia fugaz había despertado en ella, estaba decidida a mantenerse en sus trece. Si había abierto brecha en los muros de Harry una vez, aunque hubiera sido inadvertidamente, podría hacerlo de nuevo. Bajó la mirada hacia sus dedos, que descansaban sobre el gabán de Harry.

—Pero no puedo abusar así de su tiempo, señor Lester.

Harry frunció el ceño. Veía brillar sus ojos por entre las pestañas.

—Nada de eso —hizo una pausa y añadió con su acostumbrada cautela—: Como le dije en otra ocasión, dado que es usted la invitada de mi tía por insistencia mía, creo que es lo menos que puedo hacer.

Le pareció oír un bufido de fastidio. Sofocó una sonrisa, levantó la mirada... y se encontró con los ojos de Dawlish, que lo miraban con lástima.

Harry bajó las manos. Su rostro quedó de pronto inexpresivo. Dio un paso atrás, le ofreció el brazo a la invitada de su tía y, desdeñando abiertamente la advertencia de su criado, la acompañó hasta lo alto de la escalinata.

Mientras esperaban a que Fergus abriera la puerta, Lucinda levantó la vista... e interceptó un intercambio de miradas entre Harry y Dawlish.

—Dawlish parece alicaído. ¿Le ocurre algo?

El semblante de Harry se endureció.

—No. Es que no está acostumbrado a levantarse tan temprano.

Lucinda parpadeó.

—¿De veras?

—En efecto —la puerta se abrió, sostenida por un sonriente Fergus. Harry hizo una reverencia—. *Au revoir*, señora Babbacombe.

Lucinda cruzó el umbral, miró hacia atrás y le lanzó una sonrisa. Una suave e irresistible sonrisa de sirena. Luego dio media vuelta y se dirigió lentamente hacia las escaleras. Harry se quedó allí parado y contempló con embeleso el contoneo de sus caderas al cruzar el vestíbulo.

—¿Señor?

Harry volvió en sí con sobresalto. Se despidió de Fergus con una brusca inclinación de cabeza, dio media vuelta y bajó los escalones. Al subirse al carrocín, clavó en Dawlish una mirada de advertencia.

Luego, fijó su atención en los caballos.

Una semana después, Harry estaba sentado frente a su escritorio en la pequeña biblioteca de sus aposentos. La ventana daba a un patio frondoso. Fuera, mayo se precipitaba hacia junio mientras la alta sociedad se entregaba a un frenesí de fiestas de compromiso y enlaces matrimoniales. Harry torció los labios con cinismo; él estaba enfrascado en otros asuntos.

Levantó la cabeza al oír que llamaban a la puerta. Ésta se abrió y Dawlish asomó la cabeza.

–Ah, está ahí. Pensé que querría saber que esta noche van donde lady Hemminghurst.

–¡Maldita sea! –Harry hizo una mueca. Amelia Hemminghurst sentía debilidad por los libertinos, cuya hermandad estaría sin duda bien representada entre sus invitados–. Supongo que tendré que asistir.

–Eso me parecía. ¿Irá andando o quiere que saque el carruaje?

Harry reflexionó un momento y luego negó con la cabeza.

–Iré andando –estaría atardeciendo cuando saliera; el corto paseo hasta Grosvenor Square le ayudaría a mitigar la inquietud que las trabas que él mismo se había impuesto parecían causarle.

Mientras jugueteaba distraídamente con una pluma, revisó su estrategia. Al abandonar Newmarket, se había atenido con determinación a sus planes y había regresado a Lester Hall. Allí se había encontrado con su hermano Jack y con su futura esposa, la señorita Sophie Winterton y sus tutores, el señor y la señora Webb, tíos de la muchacha. Aunque no tenía nada en contra de la señorita Winterton, de la que su hermano estaba obviamente enamorado, le había molestado profundamente el brillo que había iluminado los ojos grisáceos de la señora Webb y la expresión contemplativa con que lo había observado. Su interés le había puesto nervioso. Finalmente, había llegado a la conclusión de que estaría más seguro en Londres, a cuyas arpías ya conocía, que en Lester Hall.

Había llegado a la ciudad un día antes que su tía y las invitadas de ésta. Sabía que Em, que había crecido en una época mucho más peligrosa, jamás viajaba sin escolta, y ni siquiera se le pasó por la imaginación que la señora Babbacombe pudiera correr algún peligro en el trayecto. Además, el incidente en la carretera de Newmarket había sido sin duda fruto de la casualidad. Acompañada por Em y sus sirvientes, Lucinda Babbacombe estaba a salvo.

Una vez instaladas en la ciudad, sin embargo, la cosa había cambiado sustancialmente. Harry se había mantenido en un plano discreto mientras le había sido posible, evitando cualquier aparición innecesaria con la esperanza de que, de ese modo, las arpías y casamenteras no se percataran de su presencia. Como pasaba la mayor parte del día en su club, en el Manton's, en el Jackson's o en algún otro establecimiento para caballeros, evitaba Hyde Park durante las horas en las que era de buen tono pasear e iba a todas partes en coche en lugar de aventurarse a caminar por las calles, donde sería presa fácil de viudas y madres ansiosas, había logrado con creces su objetivo. Y, dado que Dawlish pasaba casi todo el día en las cocinas de Hallows House, había podido permitirse el lujo de salir a la luz sólo cuando era absolutamente necesario.

Como esa noche. Hasta ese momento, había conseguido proteger a Lucinda Babbacombe por igual de los clientes de las posadas y de los crápulas de la alta sociedad, para estupor general. Y gracias a sus contadas apariciones en las grandes ocasiones y a la mucha atención que le dedicaba a Lucinda, las arpías y casamenteras habían tenido muy escasas oportunidades de hacer presa en él.

Harry tensó los labios y dejó a un lado la pluma. Sabía que no debía echar las campanas al vuelo. La temporada aún no había acabado. Se levantó y frunció el ceño. Confiaba en ser capaz de comportarse como un caballero hasta entonces.

Sopesó la cuestión y finalmente hizo una mueca. Cuadró los hombros y fue a cambiarse.

—Dígame, señor Lester, ¿está disfrutando de los entretenimientos de la temporada?

La pregunta pilló a Harry por sorpresa. Bajó la mirada hacia su pareja de baile y levantó luego la vista para seguir girando alrededor del salón de baile de lady Hemminghurst. Al llegar, la había encontrado rodeada por los solteros más deseados y libertinos de la ciudad, y se habría apresurado a librarla de ellos y a estrecharla entre sus brazos.

—No —contestó, y aquella idea le dio que pensar.

—Entonces, ¿qué hace aquí? —Lucinda mantenía los ojos fijos en su cara, esperando una respuesta sincera. Aquella pregunta había ido creciendo en importancia a medida que pasaban los días y Harry no hacía ni el más leve intento de asegurarse su cariño. El comentario de Em comparándolo con un caballo le parecía cada vez más apropiado. Harry la había seguido hasta Londres, sí, pero parecía decidido a no hacerla suya.

La había acompañado a las cuatro posadas de su propiedad y había permanecido a su lado durante las inspecciones, pero, aparte de eso, no había mostrado interés alguno en acompañarla a otros lugares. Cualquier comentario acerca del parque o de las delicias de Richmond o Merton caía en saco roto. La sola insinuación de una visita al teatro lo había puesto tenso.

En cuanto a su conducta en los salones de baile, Lucinda sólo podía describirla como la del perro del hortelano. Algunos, como lord Ruthven, encontraban sumamente cómica aquella situación. Otros, como ella misma, empezaban a perder la paciencia.

Harry bajó la vista y la miró a los ojos frunciendo el ceño con aire amenazante.

Lucinda levantó las cejas.

—¿Debo suponer que preferiría estar con sus caballos? —inquirió suavemente.

Harry entornó los ojos, irritado.

—Sí —una imagen asaltó su mente—. Preferiría infinitamente estar en Lestershall.

—¿Lestershall?

Harry asintió con mirada ausente.

—Lestershall Manor..., mi cuadra. Se llama así por la aldea, que a la vez tomó su nombre de la casa solariega de mi familia —la antigua mansión necesitaba urgentemente una reforma. Ahora que tenía dinero, se pondría manos a la obra. El edificio, construido parcialmente en madera, podía convertirse en un hogar delicioso. Cuando se casara, viviría allí.

¿Cuando se casara? Harry apretó los dientes y se obligó a mirar de nuevo a su acompañante.

Lucinda le devolvió una mirada retadora.

—¿Por qué no se va, entonces?

«Porque está vacío. Incompleto». Aquellas palabras afloraron a su conciencia antes de que pudiera ahuyentarlas. Los ojos azules y brumosos de Lucinda lo llevaban hacia el abismo. Las palabras le ardían en la lengua. Apretó mentalmente los dientes y compuso una de sus sonrisas más ensayadas.

—Porque estoy aquí, bailando el vals con usted.

No había nada de seductor en su tono. Lucinda mantuvo los ojos muy abiertos.

—¿Puedo abrigar la esperanza de que sea de su agrado?

Harry apretó los labios.

—Mi querida señora Babbacombe, bailar con usted es una de las escasas compensaciones que me permite mi actual estilo de vida.

Lucinda se permitió un parpadeo escéptico.

—¿Tan penosa es, entonces, su vida?

—En efecto —Harry la miró con los ojos achicados—. Ningún libertino debería verse obligado a soportar esta rutina.

Lucinda levantó las cejas sin apartar los ojos de él.

—¿Por qué la soporta, entonces?

Harry oyó los últimos compases del vals y dio otra vuelta antes de pararse. La pregunta de Lucinda resonaba en sus oídos; la respuesta reverberaba como un eco en su interior. Los ojos de Lucinda sostenían su mirada, invitadores, amables y francos. Le costó un gran esfuerzo de voluntad dar marcha atrás y aferrarse al cinismo que le había servido de escudo durante tanto tiempo. Su semblante se endureció, soltó a Lucinda y le ofreció el brazo.

—Sí, ¿por qué será, señora Babbacombe? Me temo que nunca lo sabremos.

Lucinda se refrenó para no rechinar los dientes. Posó la mano sobre su manga y se dijo que, en lo que duraba un vals —lo único que le había pedido nunca Harry Lester—, no le daba tiempo a minar sus defensas. Pero cada vez la irritaba más su empeño en negar lo evidente.

—A su tía la extrañó verlo en la ciudad. Dijo que... le perseguirían las señoras deseosas de casarlo con sus hijas —¿veía quizás el matrimonio como una trampa?

—En efecto —contestó él—. Pero Londres, durante la temporada no ha sido nunca un lugar seguro para caballeros de buena familia y en situación desahogada —sus ojos se encontraron—. Con independencia de su reputación.

Lucinda levantó las cejas.

—Entonces, ¿considera usted ley de vida esa... persecución?

—Tan imparable como la primavera, aunque mucho más molesta —Harry tensó los labios y abarcó con un gesto el salón—. Vamos..., la llevaré junto a Em.

—Eh... —Lucinda miró a su alrededor... y vio que las cortinas de las puertas que daban a la terraza se agitaban suavemente. Más allá se extendía el jardín, un mundo de sombras y estrellas—. La verdad —dijo, mirándolo de soslayo— es que estoy muy acalorada.

Aquella mentira cubrió de rubor sus mejillas.

Harry entornó los ojos mientras la observaba. Lucinda no sabía mentir; sus ojos se enturbiaban cada vez que contaba el más leve embuste.

—Tal vez —prosiguió ella, intentando quitarle importancia a sus palabras— podríamos pasear un rato por la terraza —fingió mirar por los ventanales—. Hay más gente fuera. Quizá podamos explorar un poco los senderos.

En momentos como aquél era cuando más acusaba las deficiencias de su educación. Su boda a los dieciséis años le había impedido aprender a coquetear o incluso a dar pie a un hombre. Al ver que su acompañante no respondía, lo miró con timidez.

Harry estaba esperando a que fijara su atención en él. Su expresión era la de un hombre encolerizado que, pese a todo, tenía conciencia de la necesidad de conservar las formas.

—Mi querida señora Babbacombe, me agradaría inmensamente que pudiera meterse en su linda cabecita que si estoy aquí, en Londres, afrontando toda suerte de peligros, se debe a una sola razón.

Lucinda parpadeó, atónita.

—¿De veras?

—En efecto —con forzada calma, Harry la hizo volverse hacia el salón y echó a andar tranquilamente. Sus dedos, crispados alrededor del codo de Lucinda, se aseguraban de que lo seguía—. Estoy aquí para asegurarme de que, pese a mis inclinaciones, las suyas y ciertamente las de su cohorte de enamorados, acaba usted la temporada tal y como la empezó —giró la cabeza para mirarla—. Como una viuda virtuosa.

Lucinda pestañeó otra vez y luego se puso rígida.

—¿Ah, sí? —miró hacia delante y levantó la barbilla—. Ignoraba, señor Lester, que le había nombrado defensor de mi virtud.

—Pues lo hizo, ¿sabe usted?

Ella lo miró, dispuesta a llevarle la contraria, pero se topó con sus ojos verdes.

—Cuando aceptó mi mano y dejó que la sacara de su carruaje, en la carretera de Newmarket.

Lucinda recordó aquel momento, el instante en que se arrodilló sobre el costado del carruaje, sujeta entre sus brazos. Sofocó un estremecimiento... y levantó aún más la nariz.

—Tonterías.

—Muy al contrario —Harry parecía imperturbable—. Recuerdo haber leído en alguna parte que, si un hombre rescata a otro, asume la responsabilidad de velar para siempre por la vida de esa persona. Es lógico que lo mismo pueda decirse si la rescatada es una mujer.

Lucinda arrugó el ceño.

—Eso parece filosofía oriental. Y usted es inglés hasta la médula de los huesos.

—¿Oriental? —Harry levantó las cejas—. De uno de esos países en los que cubren a las mujeres con sudarios y las encierran bajo siete llaves, sin duda. Siempre he atribuido esas ideas tan sumamente sensatas al hecho de que tales civilizaciones son, por lo visto, mucho más antiguas que la nuestra.

Mientras decía esto, llegaron junto a su grupo de admiradores. Lucinda reprimió el impulso de apretar los dientes. No le cabía duda alguna de que, si oía una sola excusa más, acabaría poniéndose en ridículo gritando de rabia. Compuso una sonrisa radiante... y dejó que los cumplidos de sus pretendientes aliviaran su orgullo herido.

Harry lo soportó cinco minutos; después se apartó de su lado. Se paseó por la habitación sin alejarse mucho. Intercambió algunas palabras con algunos conocidos y por fin se retiró a un rincón desde el que podía observar a Lucinda.

Su sola presencia en el salón bastaba para alejar de ella a los donjuanes más peligrosos. Los que la rodeaban eran, en el fondo, auténticos caballeros: jamás se atreverían a abordarla sin una invitación previa. Su interés actuaba, desde luego, como un elemento disuasorio. Pero, aun así, estaba dispuesto a apostar a que ni una sola persona de la alta sociedad entendía cuáles eran sus pretensiones.

Con una sonrisa un tanto agria, apoyó los hombros contra la pared y vio a Lucinda ofrecerle la mano a Frederick Amberly.

Ella se adentró en el salón dispuesta a bailar otro vals —lady Hemminghurst parecía tener fijación por el vals—, adaptó sus pasos a los del señor Amberly, mucho más cortos que los de Harry, y se dejó llevar por la música.

Tres giros más tarde, reparó en la expresión, algo preocupada, de su pareja de baile... y se recordó con severidad que debía sonreír. Pero la sonrisa le salió forzada.

Estaba sumamente irritada.

Se suponía que los libertinos seducían a las mujeres. A las viudas, especialmente. ¿Tan inútil era que no podía quebrantar la resistencia de Harry Lester? No deseaba dejarse seducir, desde luego, pero, dada la inclinación natural de Harry —y su posición social—, debía afrontar el hecho de que para un donjuán ese debía de ser el primer paso, y el más natural. Ella se preciaba de su pragmatismo. Debía afrontar la realidad; lo demás, carecía de sentido.

Harry había ido a Londres y bailaba con ella. Pero estaba claro que no bastaba con eso. Hacía falta algo más.

Estaban dando su tercera vuelta al salón cuando volvió a fijar la mirada en el señor Amberly. Por lo visto, si a su avanzada edad quería aprender a dar pábulo a un libertino, iba a tener que tomar lecciones.

El vals los dejó en el otro extremo del salón. Lucinda agarró su abanico, que colgaba de su muñeca, lo abrió y comenzó a abanicarse.

—Hace calor aquí, ¿no le parece, señor Amberly?

—En efecto, querida señora.

Lucinda notó que su mirada se deslizaba hacia los ventanales de la terraza. Ocultó una sonrisa y sugirió suavemente:

—Allí hay una silla. Si espero aquí, ¿podría traerme un vaso de limonada?

El señor Amberly parpadeó y procuró disimular su decepción.

—Por supuesto —la condujo solícitamente hasta la silla y luego, tras rogarle que no se moviera, desapareció entre el gentío.

Lucinda sonrió para sus adentros, se recostó en la silla mientras se abanicaba lánguidamente y esperó su primera lección.

El señor Amberly reapareció llevando dos copas de un líquido de color sospechoso.

—He pensado que preferiría champán.

Lucinda se encogió de hombros para sus adentros, aceptó la copa y bebió un sorbito. Harry solía llevarle una copa de champán para cenar, y aquel licor no embotaba sus facultades.

—Gracias, señor —le lanzó una sonrisa—. Necesitaba un refrigerio.

—No es de extrañar, señora Babbacombe. Otra aglomeración —el señor Amberly agitó ociosamente la mano, señalando el gentío que los rodeaba—. No sé qué ven las anfitrionas en estas fiestas —bajó la mirada hacia el rostro de Lucinda—. Reducen las oportunidades de hablar, ¿no cree?

Lucinda tomó debida nota del brillo de sus ojos y sonrió de nuevo.

—Indudablemente, señor.

El señor Amberly no necesitó más estímulos para ponerse a charlar acerca del tiempo, la alta sociedad y las fiestas venideras con comentarios levemente cargados de intención. A Lucinda no le resultó difícil hacer oídos sordos. Al cabo de quince minutos y tras declinar amablemente una invitación para ir en coche a Richmond, apuró su copa y se la entregó a su acompañante. Él la dejó en la bandeja de un camarero que pasaba por allí y se giró para ayudarla a levantarse.

—Estoy desolado, querida señora, porque mi proyecto de excursión no consiga tentarla. Tal vez aún se me ocurra un destino que encuentre más favor a sus ojos.

Lucinda tensó los labios y sofocó una risita.

—Tal vez —su sonrisa le parecía extrañamente amplia. Dio un paso y se inclinó torpemente sobre el brazo del señor Amberly. De pronto se sintió acalorada. Mucho más que antes de beberse la copa.

—Eh... —los ojos del señor Amberly se aguzaron—. Quizá, mi querida señora Babbacombe, le sentaría bien tomar un poco el aire.

Lucinda giró la cabeza y miró los grandes ventanales. Luego se irguió con esfuerzo.

—Creo que no —tal vez deseara aprender algunos trucos, pero no tenía intención de poner en peligro su reputación. Se giró y parpadeó al ver aparecer una copa delante de ella.

—Le sugiero que se beba esto, señora Babbacombe —dijo una voz cortante, cuyo tono sugería que lo hiciera si sabía lo que le convenía.

Lucinda tomó obedientemente la copa y se la llevó a los labios mientras levantaba la mirada hacia el rostro de Harry.

—¿Qué es?

—Agua con hielo —contestó él, y clavó la mirada en Frederick Amberly—. No hace falta que se quede, Amberly. Yo llevaré a la señora Babbacombe junto a mi tía.

El señor Amberly levantó las cejas, pero se limitó a sonreír suavemente.

—Si insiste, Lester —Lucinda le tendió la mano y él se inclinó con elegancia—. Siempre a sus pies, señora Babbacombe.

Lucinda le obsequió con una sonrisa sincera.

—Gracias por un rato sumamente... agradable, señor.

La mirada del señor Amberly al alejarse sugería que Lucinda estaba aprendiendo.

Luego, ella levantó la vista hacia Harry, que la observaba con los ojos entornados.

—Mi querida señora Babbacombe, ¿le ha explicado alguien alguna vez que seguir siendo una viuda intachable consiste principalmente en no dar pábulo a crápulas declarados?

Lucinda lo miró con estupor.

—¿Darles pábulo? Mi querido señor Lester, ¿qué insinúa usted?

Harry no contestó.

Lucinda sonrió.

—Si se refiere al señor Amberly —prosiguió con aire ingenuo—, sólo estábamos conversando. Le aseguro —prosiguió con una sonrisa más amplia— que sé de buena tinta que soy incapaz de alentar a crápula alguno.

Harry profirió un bufido.

—Tonterías —al cabo de un momento, preguntó—. ¿Quién le ha dicho eso?

La sonrisa de Lucinda iluminó el salón.

—Pues usted..., ¿no se acuerda?

Harry miró sus ojos radiantes y comenzó a rezongar para sus adentros. Confiaba en que Amberly no hubiera notado lo poco que sabía del mundo la encantadora señora Babbacombe. Quitándole la copa vacía de las manos, la depositó sobre una bandeja, tomó la mano de Lucinda y la posó sobre su brazo.

—Ahora, señora Babbacombe vamos a pasearnos muy despacio por el salón.

Unos ojos azules y brillantes lo interrogaron.

—¿Muy despacio? ¿Por qué?

Harry apretó los dientes.

—Para que no se tropiece —«Y caiga en brazos de otro truhán».

—Ah —Lucinda asintió juiciosamente, esbozó una sonrisa satisfecha y alborozada y dejó que Harry la guiara, muy lentamente, por entre la multitud.

A Lucinda le estallaba la cabeza cuando montó tras Em en el carruaje. Heather entró después que ellas y enseguida se acurrucó en el asiento de enfrente.

Mientras se colocaba las faldas, Lucinda llegó a la conclusión de que, a pesar del leve malestar que sentía, la velada había sido un éxito.

—Que me aspen si sé lo que está tramando Harry —dijo Em en cuanto la respiración de Heather adquirió la suave cadencia del sueño—. ¿Has avanzado algo con él?

Lucinda sonrió en la penumbra.

—Pues, a decir verdad, creo que al fin he encontrado una grieta en su armadura.

—Ya era hora —bufó Em—. Ese muchacho es más terco de lo que le conviene.

—Tienes razón —Lucinda apoyó la cabeza contra el cojín—. Pero no estoy segura de cuánto tardará esa grieta en convertirse en una brecha, ni con cuánta dificultad. Ni siquiera sé si, al final, servirá de algo.

Em resopló, exasperada.

—Merece la pena intentar cualquier cosa.
—Humm —Lucinda cerró los ojos—. Eso creo yo también.

El lunes, bailó dos veces con lord Ruthven.

El martes, fue a pasear en coche por Hyde Park con el señor Amberly.

El miércoles, recorrió a pie Bond Street del brazo del señor Satterly.

El jueves, Harry estaba en un tris de retorcerle el pescuezo.

—Supongo que esta campaña cuenta con tu aprobación —Harry bajó la mirada hacia Em, que se había sentado, en medio de un halo de majestuoso esplendor, en un sofá del salón de baile de lady Harcourt. No hizo intento de ocultar su ira, apenas reprimida.

—¿Campaña? —Em puso unos ojos como platos—. ¿Qué campaña?

Harry le respondió imitando uno de sus bufidos: el que denotaba incredulidad.

—Permíteme informarte, querida tía, de que tu protegida parece haber adquirido un gusto muy poco saludable por el riesgo.

Tras hacer aquella advertencia, se alejó tranquilamente. No se unió, sin embargo, al nutrido grupo que rodeaba a Lucinda Babbacombe. Se apoyó en la pared, lo bastante lejos como para que ella no lo viera, y se quedó observándola con un brillo en los ojos verdes.

Estaba absorto en su contemplación cuando una palmada en el hombro estuvo a punto de tirarlo al suelo.

—¡Aquí estás, hermano mío! Te he estado buscando por todas partes. No esperaba verte aquí.

Harry volvió a adoptar su pose indolente y, tras observar los ojos azules de Jack, dedujo que su hermano ignoraba aún sus tribulaciones.

—Estoy pasando el rato. Pero ¿qué te trae por Londres?

—Los preparativos de la boda, ¿qué si no? Ya está todo arreglado —los ojos azules de Jack, que habían estado recorriendo ociosamente el salón, volvieron a posarse en su cara—. El miércoles que viene, a las once en Saint George —esbozó una lenta sonrisa—. Cuento contigo.

Los labios de Harry se tensaron en una sonrisa desganada.

—Allí estaré.

—Bien. Gerald también irá. Aunque aún no lo he encontrado.

Harry miró por encima del mar de cabezas.

—Está allí, al lado de esa muchacha de tirabuzones rubios.

—Ah, sí. Enseguida voy a buscarlo.

Harry notó que los ojos de su hermano, que brillaban suavemente, apenas se apartaban de la esbelta rubia que bailaba con lord Harcourt. Su anfitrión parecía cautivado.

—¿Cómo está nuestro padre?

—Bien. Vivirá hasta los ochenta. O, al menos, hasta que nos vea a todos casados.

Harry refrenó su respuesta instintiva. Jack ya le había oído muchas veces despotricar contra el matrimonio. Pero ni siquiera su hermano conocía los motivos de su animadversión. Ése había sido siempre su secreto.

Harry siguió la mirada de Jack y observó a la prometida de su hermano mayor. Sophia Winterton era una joven encantadora, sincera y honesta en la que sin duda Jack podía confiar. Harry posó la mirada en la cabeza morena de Lucinda y sus labios se tensaron. Tal vez Lucinda intentara algunas triquiñuelas, como llevaba haciendo desde hacía algún tiempo, pero sus motivos siempre serían transparentes. Era una mujer extremadamente franca y directa. Jamás mentiría o engañaría en cosas de importancia. Sencillamente, no era esa clase de mujer.

Un súbito anhelo brotó dentro de él, seguido al instante por una vieja incertidumbre. Apartó los ojos y miró de nuevo a Jack. Cuando la vida le llevó hasta Sophie, su hermano se había apresurado a hacerla suya. Como de costumbre, se había mostrado en todo momento seguro de sí mismo y de su decisión. Mientras contemplaba su sonrisa, Harry sintió una inesperada punzada de emoción... y se dio cuenta de que era envidia lo que sentía.

Se apartó de la pared.

—¿Has visto a Em?

—No —Jack miró a su alrededor—. ¿Está aquí?

Harry caminó con él por entre la gente hasta que pudo señalarle con el dedo a su tía. Luego dejó que Jack se abriera paso solo hasta ella y, refrenando su irritación, se dejó llevar por sus pies sin rumbo fijo. Pero sus pies lo llevaron junto a Lucinda.

Desde el otro lado del enorme salón de baile, Earle Joliffe vio cómo ocupaba su lugar entre el círculo selecto que rodeaba a Lucinda.

—Extraño. Muy extraño —dijo.

—¿El qué? —a su lado, Mortimer Babbacombe metió un dedo bajo su corbata y aflojó un poco los tiesos pliegues—. Qué calor hace aquí.

Joliffe lo miró con desdén.

—Lo que me extraña, mi querido Mortimer, es que, si hay algún libertino capaz de acceder al tocador de tu tía política, ése es Harry Lester —Joliffe miró de nuevo al otro lado del salón—. Pero tengo la impresión de que se está refrenando. Eso es lo raro —al cabo de un momento, prosiguió diciendo—: Qué gran decepción, Mortimer. Pero, al parecer, también la ha decepcionado a ella. No hay duda de que está oteando el campo –la mirada de Joliffe adquirió una expresión ausente–. Lo que significa que sólo tenemos que esperar a que empiecen las habladurías. Estas cosas siempre se cuelan hasta por debajo de las puertas mejor cerradas. Luego conseguiremos alguna prueba contundente. No creo que sea difícil. Un par de testigos que conozcan sus idas y venidas. Y, al final, tendrás en tus manos a tu dulce primita... y a su aún más dulce herencia.

Era una perspectiva prometedora. Joliffe estaba endeudado hasta el cuello, aunque no le había revelado a Mortimer hasta qué punto se hallaba en apuros. A su antiguo amigo le hacía temblar como un flan la sola idea de deberle a Joliffe cinco mil libras. El hecho de que Joliffe hubiera pedido prestado el dinero, con intereses, a cierto individuo con el que era preferible no enemistarse, provocaría en Mortimer un temblor incontrolado. Y Joliffe necesitaba a Mortimer vivito y coleando, cuerdo e intachable, si quería salvar el pellejo.

Si fracasaba a la hora de ayudar a Mortimer a apoderarse del dinero de Heather Babbacombe, él, Earle Joliffe, un hombre de mundo, acabaría sus días como un pordiosero en los arrabales de Spitalfield. Si tenía suerte.

Joliffe fijó la mirada en Lucinda. Nada más verla, se había sentido mucho más seguro. Era exactamente la clase de viuda que atraía a los libertinos más peligrosos. Con un brillo en la mirada, Joliffe cuadró los hombros y se volvió hacia Mortimer.

—Me temo que Scrugthorpe tendrá que renunciar a sus planes de venganza –sus labios se alzaron–. Claro, que nada en la vida es perfecto. ¿No estás de acuerdo, Mortimer?

—Eh... esto... sí.

Con una última mirada de preocupación a su tía política, Mortimer siguió a Joliffe con desgana por entre el gentío.

En ese momento, los primeros compases de un vals resonaron en el salón. Lucinda los oyó y sus nervios, ya crispados, temblaron. Era el tercer vals de la noche, y casi con toda seguridad el último. Una oleada de alivio se había apoderado de ella cuando, unos instantes antes, Harry había aparecido a su lado. No lo había visto hasta ese momento, a pesar de que había sentido su mirada. Lo había recibido con una suave sonrisa, aunque se hallaba casi sin aliento. Como de costumbre, él se había unido a la conversación pero había permanecido a su lado con el semblante crispado y expresión remota. Ella le había lanzado una mirada de soslayo. Harry había respondido con una mirada impenetrable. Ahora, mientras respondía con una sonrisa en los labios al clamor de quienes le pedían un baile, Lucinda aguardó, expectante, la invitación, pronunciada con aquella voz suave y flemática, de Harry.

En vano.

A su izquierda, se hizo un silencio total.

Siguió un instante de tensión.

Lucinda se envaró. Con considerable esfuerzo, logró mantener la sonrisa. Se sentía hueca por dentro, pero tenía su orgullo. Se obligó a pasear la mirada entre sus admiradores y por fin posó los ojos en lord Craven.

Éste no había vuelto a sumarse a su cohorte desde aquella primera noche, dos semanas antes. Esa noche, sin embargo, se había mostrado sumamente solícito.

Lucinda esbozó una breve sonrisa y le tendió la mano.

—Lord Craven...

Craven sonrió con aire altivo y se inclinó elegantemente.

—Será un placer, querida —al incorporarse, la miró a los ojos—. Para ambos.

Lucinda apenas lo oyó. Inclinó automáticamente la cabeza y con una leve sonrisa se excusó ante los que había rechazado. Ni siquiera miró a Harry. Con aparente tranquilidad, dejó que lord Craven la condujera al centro del salón.

Tras ella dejó un incómodo silencio. Al cabo de un momento, lord Ruthven, que de pronto parecían tan frío y distante como el propio Harry, levantó una ceja. En sus ojos faltaba su habitual indolencia cargada de buen humor.

—Espero, Lester, que sepas lo que estás haciendo.

Harry, cuyos ojos parecían hielo verde, sostuvo la mirada desafiante de Ruthven y luego, sin decir palabra, fijó la vista en Lucinda, que giraba por el salón en brazos de lord Craven.

Al principio, Craven intentó abrazarla con excesiva fuerza. Lucinda frunció el ceño y él desistió. A partir de ese momento, Lucinda apenas le prestó atención. Respondía al azar a sus comentarios ingeniosos sin reparar en su tono malévolo. Cuando al fin sonaron los últimos compases del vals y lord Craven la hizo detenerse tras un elegante giro, Lucinda había conseguido calmar su agitación.

Al menos, lo suficiente como para caer presa de una perturbadora sensación de fracaso.

No podía, sin embargo, dejarse vencer por aquella emoción. Irguió los hombros, levantó la cabeza y se recordó las palabras de Em: Harry no se dejaría conquistar fácilmente, pero ella debía insistir.

Así que allí estaba, en el otro extremo del salón, del brazo de lord Craven, que mantenía su mano atrapada en el hueco de su codo.

—Tal vez, señora Babbacombe, podamos aprovechar esta oportunidad para conocernos más a fondo.

Lucinda parpadeó. Lord Craven señaló con un ademán una puerta cercana que permanecía entreabierta.

—Hay mucho ruido aquí dentro. Quizá podamos pasear un rato por el pasillo.

Lucinda titubeó. Un pasillo no parecía un sitio particularmente apartado... y había, en efecto, mucha gente en el salón. Empezaba a dolerle la cabeza. Levantó la mirada... y se topó con la expresión, levemente soberbia, de los ojos de lord Craven. No se fiaba de él, pero Craven acababa de ofrecerle una nueva ocasión de suscitar los celos de Harry.

Dejó que sus sentidos se afinaran y sintió el ardor de la mirada de Harry. Él la estaba observando. Lucinda miró a su alrededor, pero no lo vio entre el denso gentío.

Entonces se giró y miró a lord Craven. Respiró hondo. Le había dicho a Em que estaba dispuesta a todo.

—Quizá un rápido paseo por el pasillo, milord.

Estaba casi convencida de que su estrategia era la adecuada. Pero, por desgracia, esta vez había elegido al sujeto inadecuado.

A diferencia de lord Ruthven, el señor Amberly y el señor Satterly, lord Craven no formaba parte del círculo de Harry y, por tanto, desconocía el juego en el que Lucinda se había embarcado. Todos y cada uno de aquellos caballeros habían decidido ayudarla en todo lo que estuviera en su mano, atraídos por la perspectiva de quitar a Harry de su camino. Lord Craven, en cambio, había llegado a la conclusión de que sus coqueteos con unos y otros reflejaban su insatisfacción con los entretenimientos que se le ofrecían y, tras observar hasta qué punto fracasaban las sutiles argucias de sus compañeros, había decidido poner en práctica una táctica algo más agresiva.

Condujo a Lucinda a través de la puerta con firmeza.

Al otro lado del salón, Harry masculló una blasfemia

que sobresaltó a dos señoras que conversaban en un sofá cercano. No perdió el tiempo en disculpas, sino que echó a andar entre el gentío. Sabedor de su reputación, había vigilado de cerca a lord Craven y a Lucinda, pero al final de vals los había perdido de vista un momento, y había vuelto a avistarlos de nuevo justo antes de que Lucinda mirara a su alrededor... y dejara luego que Craven la sacara del salón. Sabía muy bien qué significaba aquella mirada. Aquella condenada mujer lo estaba buscando —a él— para que acudiera en su rescate.

Los invitados, que se habían dispersado tras el baile, se paseaban sin rumbo por el salón. Harry tuvo que sofocar el impulso de abrirse paso a empujones. Se obligó a refrenar su paso. No quería llamar la atención.

Por fin logró apartarse del denso gentío y llegar al corredor del jardín. No se detuvo; se fue derecho hacia el fondo, donde una puerta daba a la terraza. Lady Harcourt se había quejado a menudo de que su salón de baile no se abriera a la terraza y los jardines, como estaba de moda. Harry pisaba con sigilo las baldosas. La terraza estaba desierta. Su semblante se endureció. Refrenó su ira creciente y, con las manos en las caderas, escudriñó las densas sombras del jardín.

Un sonido ahogado llegó a sus oídos.

Dobló corriendo la esquina de la terraza.

Craven había acorralado a Lucinda contra la pared y estaba intentando besarla. Ella había agachado la cabeza, frustrando de ese modo su intento. Tenía las manos sobre su pecho e intentaba apartarlo, llena de nerviosismo.

Harry sintió que la rabia se apoderaba de él.

—Craven.

Craven levantó la cabeza y miró frenéticamente a su alrededor en el instante en que Harry lo agarraba del hombro y lo hacía girarse para propinarle un puñetazo que lo levantó del suelo y lo dejó tendido contra la balaustrada de piedra.

Lucinda, que se había llevado la mano al pecho, sofocó un sollozo... y se lanzó en brazos de Harry. Él la abrazó con ferocidad. Lucinda sintió sus labios en el pelo. El cuerpo de Harry era rígido y duro. Ella sintió la furia que lo atenazaba. Luego Harry la colocó a su lado, protegiéndola con un brazo. Con la mejilla apoyada sobre su levita, Lucinda miró a lord Craven.

Éste se levantó con esfuerzo. Parecía algo tembloroso. Se palpó la mandíbula y luego miró a Harry con recelo, parpadeando. Al ver que no se movía, vaciló un instante, se estiró la levita y se enderezó la corbata. Posó un instante la mirada en Lucinda y luego volvió a mirar a Harry. Con estudiada expresión de indiferencia, levantó las cejas.

—Por lo visto he malinterpretado la situación —se inclinó ante Lucinda—. Le ruego acepte mis más humildes disculpas, señora Babbacombe.

Lucinda agachó la cabeza y escondió su cara ruborizada en la levita de Harry.

Lord Craven volvió a clavar los ojos en Harry. Éste le devolvió una mirada no del todo civilizada.

—Lester —inclinó brevemente la cabeza, pasó con precaución a su lado y desapareció al otro lado de la esquina.

El silencio envolvió a las dos figuras que quedaron en la terraza.

Harry permanecía rígido y envarado. En su interior, batallaban emociones encontradas. Sintió temblar a Lucinda, y el deseo de reconfortarla brotó con fuerza dentro de él. Cerró los ojos, intentando resistirse y mantenerse impasible. El instinto lo empujaba a estrecharla en sus brazos, a besarla, a poseerla..., a poner fin a sus estúpidos juegos. Un deseo primitivo y ardiente de dejar para siempre en ella la huella de su posesión lo sacudió hasta la médula de los huesos. Pero su rabia, el desagrado que le producía saberse manipulado y traicionado por sus propios sentimientos, la conciencia de su debilidad ante Lucinda, eran igual de intensos.

La maldijo para sus adentros por haber provocado aquella escena y luchó por sofocar la pasión que había negado durante tanto tiempo.

Fue pasando el tiempo. La tensión era palpable.

Atrapada en su interior, Lucinda no podía respirar. No podía moverse. El brazo que la rodeaba no se tensó, y sin embargo parecía de hierro, inflexible, inquebrantable. Entonces Harry hinchó el pecho y dejó escapar un suspiro trémulo.

—¿Estás bien?

Su voz era grave y plana, desprovista de emoción. Lucinda se obligó a asentir con la cabeza y, haciendo acopio de valor, dio un paso atrás. Harry apartó el brazo. Ella respiró hondo y levantó la mirada. Le bastó con una ojeada a la cara de Harry, a su expresión impenetrable. Sus ojos reflejaban sus turbulentas emociones, que brillaban en sus verdes pupilas. Lucinda sentía su reproche, aunque no sabía exactamente a qué emoción atribuir aquella mirada.

Apartó los ojos, jadeante. El brazo de Harry apareció ante su vista.

—Vamos. Debes regresar al salón.

Con rostro pétreo, como si una máscara esculpida cubriera su turbación, Harry se preparó para resistir el instante en que los dedos de Lucinda se posarían sobre su manga.

A través de aquel leve contacto, Lucinda sintió su rabia y la voluntad que refrenaba los músculos que vibraban bajo su mano. Por un instante, le pareció que sus emociones iban a dominarla. Deseaba que Harry la reconfortara, ansiaba sentirse de nuevo en sus brazos. Pero sabía que él tenía razón: debía regresar cuanto antes al salón. Respiró hondo, temblorosa, y levantó la cabeza. Dejó que Harry la condujera al salón, a la algarabía de risas y voces, al resplandor de las luces y el brillo de las sonrisas.

Compuso una sonrisa radiante, aunque tensa, e inclinó elegantemente la cabeza cuando Harry la depositó junto al sofá de Em. Él dio media vuelta de inmediato. Lucinda lo vio alejarse entre la multitud.

8

—Buenas noches, Fergus. ¿Está la señora Babbacombe en casa?

Harry le dio los guantes y el bastón al mayordomo de su tía. Con expresión impasible, miró hacia las escaleras.

—La señora Babbacombe está en el salón de arriba, señor. Lo utiliza como despacho. La señora está echada en su cuarto. A su edad, las fiestas resultan agotadoras.

—No me extraña —Harry se dirigió hacia las escaleras con paso decidido—. No voy a molestarla. No es necesario que me anuncie. Estoy seguro de que la señora Babbacombe me está esperando.

—Muy bien, señor.

El salón de arriba era un cuartito en la parte de atrás de la casa cuyos ventanales daban al jardín trasero. Dos sillones y un sofá, además de cierto número de mesitas, adornaban la alfombra de flores, junto a la chimenea. Frente a los ventanales había una amplia otomana. Apoyado en una pared había un escritorio. Lucinda, vestida en muselina azul, estaba sentada frente a él con la pluma en la mano cuando Harry abrió la puerta. Miró a su alrededor con una sonrisa abstraída en los labios... y se quedó paralizada. Su sonrisa se desvaneció, reemplazada por una máscara de cortesía.

El semblante de Harry se endureció. Traspuso el umbral y cerró la puerta.

Lucinda se levantó.

—No he oído que lo anunciaran.

—Seguramente porque no me han anunciado —Harry hizo una pausa con la mano aún en el picaporte y observó su expresión altiva. Pasara lo que pasase, iba a escucharle. No estaba de humor para tolerar interrupciones. Sus dedos se cerraron alrededor de la llave. La cerradura se deslizó sin hacer ruido—. Esto no es una visita de cortesía.

—¿De veras? —Lucinda enarcó una ceja y levantó el mentón—. ¿A qué debo, pues, este honor, señor mío?

La sonrisa de Harry parecía una advertencia.

—A lord Craven.

Mientras se acercaba despacio a ella sin apartar la mirada de sus ojos, Lucinda tuvo que sofocar el débil impulso de escudarse tras el sillón.

—He venido a exigirle que, de aquí en adelante, se abstenga de sus jueguecitos, señora Babbacombe.

Lucinda se puso rígida.

—¿Disculpe?

—Hace usted bien en pedirme disculpas —gruñó Harry, deteniéndose frente a ella. Sus ojos relucían—. Esa escenita en la terraza de lady Harcourt fue enteramente culpa suya. Su ridículo experimento, esa nueva costumbre suya de dar alas a los libertinos, tiene que acabar.

Lucinda compuso una mirada altiva.

—No sé a qué se refiere. Me limito a hacer lo que harían muchas damas de igual posición: buscar compañía de mi agrado.

—¿De su agrado? —Harry levantó una ceja—. Tenía la

impresión de que lo de anoche habría sido prueba suficiente de lo agradable que puede ser la compañía de ciertos caballeros sin escrúpulos.

Lucinda sintió que el rubor coloreaba sus mejillas. Se encogió de hombros y se giró, apartándose del escritorio.

—Me equivoqué con lord Craven, ciertamente —volvió a mirarlo para añadir—: Y he de darle las gracias de todo corazón por su ayuda —miró a Harry a los ojos con deliberación; luego se volvió tranquilamente hacia las ventanas—. Pero debo insistir, señor Lester, en que mi vida es mía y la vivo a mi antojo. No es asunto de su incumbencia el que yo decida... —hizo un gesto vago—... mantener una relación con lord Craven o con cualquier otro caballero.

Un tenso silencio recibió sus palabras. Lucinda hizo una pausa mientras deslizaba los dedos por el alto respaldo de la otomana, con la mirada fija en el paisaje que se extendía más allá de los ventanales.

Tras ella, Harry cerró los ojos. Con los puños apretados y la mandíbula rígida, luchó por refrenar su reacción ante lo que sabía era una provocación deliberada y por dominar los impulsos que las palabras de Lucinda habían despertado en él. Detrás de sus párpados tomó forma una imagen fugaz: Lucinda, forcejeando en brazos de lord Craven. Abrió los ojos bruscamente.

—Mi querida señora Babbacombe —dijo con esfuerzo mientras se acercaba a ella—, está claro que va siendo hora de que tome cartas en su educación. A ningún donjuán en su sano juicio le interesa mantener una relación..., como no sea extremamente limitada.

Lucinda miró hacia atrás y lo vio acercarse. Se giró para mirarlo cara a cara... y de pronto se halló acorralada contra la pared.

Los ojos de Harry atraparon los suyos.

—¿Sabes qué es lo que nos interesa?

Lucinda notó su sonrisa voraz, sus ojos brillantes, percibió la intención que se escondía tras su sedoso tono de voz y levantó la barbilla.

—No soy tan inocente.

Antes de que aquella mentira abandonara sus labios, se quedó sin aliento. Harry se acercó a ella, arrinconándola contra la pared, y sólo se detuvo cuando Lucinda no pudo seguir retrocediendo. Sus faldas suaves acariciaban sus muslos y rozaban sus botas.

Los labios de Harry, tan fascinantes, estaban muy cerca. Mientras Lucinda los miraba, se curvaron.

—Puede que no. Pero tratándose de Craven y los de su ralea… o incluso de mí mismo…, tiene usted muy poca experiencia.

Lucinda lo miró con aire intransigente.

—Soy muy capaz de valerme por mí misma.

Los ojos de Harry brillaron.

—¿De veras?

Harry se refrenaba a duras penas. Lucinda seguía incitando al demonio que llevaba dentro. Apenas lograba dominar su locura.

—¿Quiere hacer la prueba?

Tomó su cara entre las manos y se acercó un poco más, apretándola contra la pared. La sintió aspirar una rápida bocanada de aire. Un estremecimiento le recorrió por entero.

—¿Quieres que te enseñe qué es lo que nos interesa, Lucinda? —levantó su cara hacia él—. ¿Quieres que te demuestre lo que pensamos… —sus labios se curvaron, burlones-… lo que pienso cada vez que te miro? ¿Cada vez que bailo contigo?

Lucinda no contestó. Lo miraba con estupor, la respiración agitada y el pulso acelerado. Él levantó las cejas burlonamente, como si la invitara a contestar. Sus ojos ardían. Luego apartó la mirada. Lucinda notó que se fijaba en sus labios y no pudo refrenar el impulso de pasarse la punta de la lengua por las suaves curvas de la boca.

Sintió que un temblor sacudía a Harry, oyó el gruñido que intentaba sofocar.

Luego él bajó la cabeza y sus labios se encontraron.

Aquélla era la caricia que Lucinda había ansiado; el beso al que estaban destinadas sus maquinaciones. Sin embargo, no se parecía a nada de cuanto había soñado. Los labios de Harry eran duros, fuertes, exigentes. Atraparon los suyos y a continuación los atormentaron con sutiles placeres, violentando sus sentidos hasta que se rindió. Aquel beso se apoderó de ella, la sometió a su voluntad y la arrastró, separándola de la realidad para llevarla a un lugar en el que el deseo de Harry imponía su dominio. Él exigía... y ella se sometía completamente.

Cuando él pedía, ella daba; cuando él quería más, ella se entregaba sin vacilar. Lucinda sentía su deseo... y ansiaba su satisfacción. Le devolvió el beso y sintió, exaltada, el arrebato de pasión que se apoderaba de Harry. El beso se hizo más y más apasionado, hasta que ella no pudo sentir nada más allá de él y del violento deseo que brotaba en su interior.

Harry no supo qué alarma, profundamente arraigada, lo detuvo. Tal vez el clamor de su ansia y la consiguiente necesidad de obtener satisfacción. Fuera como fuese, de pronto se percató del peligro, y tuvo que hacer acopio de fuerzas para refrenarse.

Cuando levantó la cabeza, estaba temblando.

Mientras luchaba por recuperar la cordura, contempló el rostro de Lucinda. Ella abrió lentamente los párpados, dejando al descubierto unos ojos tan azules, tan suaves, tan resplandecientes e irresistibles que no pudo respirar.

Sus labios, hinchados por el beso, relucían, rojos, maduros y dulces. Se sintió caer de nuevo bajo su hechizo, inclinarse hacia ella, buscar de nuevo con ansia su boca.

Respiró hondo, penosamente... y levantó la mirada hacia sus ojos, sólo para ver, en sus suaves profundidades, el despertar de una nueva lucidez.

Aquella visión lo sacudió hasta la médula de los huesos.

Ella bajó los ojos hacia sus labios.

Harry se estremeció y cerró los ojos un instante.

—No.

Era la súplica de un hombre derrotado.

Lucinda era consciente de ello. Pero, si no aprovechaba la ventaja que había conseguido, la perdería. Em había dicho que Harry estaría loco de contento..., pero era tan terco que, si no jugaba bien sus cartas, tal vez no le diera otra oportunidad.

Lucinda levantó la mirada hacia él. Deslizó lentamente las manos entre los dos y las subió hasta sus hombros. Vio la consternación que llenaba sus ojos. Los músculos de Harry se tensaron, paralizados. Era incapaz de resistirse a ella.

Él lo sabía. Refrenar el deseo avasallador que sentía requería toda su fortaleza. No podía moverse; sólo podía ver acercarse su destino mientras los brazos de Lucinda se tensaban alrededor de su cuello y ella se empinaba hacia él.

Cuando sus labios estaban a unos centímetros de los suyos, ella levantó los ojos y los clavó en su mirada torturada. Luego bajó los párpados y lo besó.

La resistencia de Harry duró lo que un suspiro: el tiempo que tardó el deseo en apoderarse de él, desbaratando sus buenas intenciones, sus razones, sus bien fundamentadas excusas.

Con un gruñido que surgió del fondo de su ser, la estrechó entre sus brazos y la envolvió en un abrazo.

Vencida ya toda resistencia, la besó apasionadamente, la acarició, dejó que su deseo estallara y les prendiera fuego a ambos. Ella lo besaba aferrándose a él. Su cuerpo se movía, irresistible y lascivo.

El deseo se alzó entre ellos, salvaje e irrefrenable. Lucinda se abandonó a él, al hondo empuje de su pasión, confiando en disimular de ese modo su torpeza y sus vacilaciones. Si Harry advertía su inexperiencia, todo quedaría en nada..., de eso estaba segura.

Las caricias de Harry eran mágicas, y el efecto que surtían sobre ella tan demoledor que la hubiera dejado atónita si hubiera podido pensar. Por suerte, las ardientes nubes del deseo bloqueaban cualquier pensamiento coherente. Sus sentidos giraban en torbellino. Al sentir las manos de Harry sobre sus pechos, un ansia apremiante, diferente a cuanto había conocido, se apoderó de ella.

Harry bajó una mano y apretó sus caderas contra él, amoldándola a su cuerpo para demostrarle cuánto la deseaba. Lucinda dejó escapar un suave gemido y se pegó aún más a él.

La pasión los volvió frenéticos y ansiosos, tan desesperados que a Harry le daba vueltas la cabeza cuando hizo retroceder a Lucinda hacia la otomana. Se esforzó por conservar el dominio sobre sí mismo mientras la despojaba del vestido y las enaguas y le apartaba las manos. El deseo los azuzaba a ambos. Los dominaba. Cubierta sólo con su camisa, Lucinda tiró al suelo la corbata de Harry y comenzó luego a desabrocharle la camisa con la misma ansia que se había apoderado de él previamente. Su pecho pareció embelesarla. Harry tuvo que tomarla en brazos y tumbarla sobre la otomana para poder sentarse y quitarse las botas.

Lucinda estaba fascinada: por él, por el bienestar que la embargaba, por el ardor que fluía por sus venas. Se sentía libre, despojada de toda traza de pudor o decoro, segura de que aquello era lo correcto. Harry se desnudó y se volvió hacia ella. Lucinda lo envolvió en sus brazos, deleitándose en el contacto de su piel cálida, ardiente a su contacto. Sus labios se encontraron y el ansia brotó de nuevo, atravesándola por entero. Harry le quitó la camisa. Al tocarse sus cuerpos, ella se estremeció y cerró los ojos. Se besaron profundamente. Luego Harry la apretó contra los suaves cojines de la otomana. Atrapada en el torrente de su pasión, Lucinda se echó hacia atrás y lo atrajo hacia ella.

Harry se tumbó a su lado y comenzó a acariciarla. Pero el deseo, cada vez más urgente, pronto puso fin a aquellos juegos. Lucinda, que había cerrado los ojos, sólo era consciente de un profundo y doloroso vacío, de la abrumadora necesidad que Harry había despertado en ella. Una necesidad que sólo él podía saciar. El alivio y la expectación se apoderaron de ella cuando Harry se movió y su peso la aplastó contra el sofá. Intentó tomar aire, prepararse. Él deslizó las manos bajo sus caderas y la sujetó. Con una suave flexión de su cuerpo poderoso, la penetró.

El suave gemido de Lucinda resonó en la habitación. Ninguno de los dos se movió. El asombro les había inmovilizado.

Lentamente, sintiendo el atronar de su corazón en los oídos, Harry levantó la cabeza y contempló el rostro de Lucinda. Ella tenía los ojos cerrados y un ceño fruncía su frente. Se había mordido el labio inferior. Mientras él la miraba, se relajó un poco y sus rasgos se suavizaron.

Harry aguardó a que sus emociones se amoldaran a los hechos. Esperaba sentir rabia, enojo, decepción.

Pero sólo sentía un ansia fiera de poseerla que nada tenía que ver con la lujuria y que parecía surgida de una emoción mucho más poderosa que manaba dentro de él y disipaba el arrepentimiento. Aquella sensación creció, brotando alegremente, fuerte y segura.

Harry no intentó resistirse a ella, ni cuestionarse qué sentía al respecto.

Bajó la cabeza y rozó con los labios la boca de ella.

—¿Lucinda?

Ella contuvo el aliento y luego se apoderó de su boca. Sus dedos revoloteaban en torno a su mandíbula.

Harry levantó una mano para apartarle el pelo de la cara.

Luego, con infinita ternura, la enseñó a amar.

Largo rato después, cuando Lucinda logró al fin volver a la realidad, se descubrió envuelta en los brazos de Harry, con la espalda pegada a su pecho. Él estaba medio recostado, apoyado contra el respaldo de la otomana. Ella exhaló un largo suspiro. El placer iba disipándose y, sin embargo, seguía refulgiendo en su interior.

Harry se inclinó sobre ella. Lucinda notó sus labios en la sien.

—Háblame de tu matrimonio.

Lucinda levantó un poco las cejas. Con un dedo acariciaba en círculos el vello de su antebrazo.

—Para comprenderlo, debes tener en cuenta que quedé huérfana a los catorce años. Mis padres habían sido desheredados por sus familias —le explicó en pocas palabras su pasado mientras le acariciaba el brazo—. Así que nunca consumamos el matrimonio. Charles y yo estábamos muy unidos, pero él no me quería de ese modo.

Harry se calló sus dudas al respecto y le dio en silencio las gracias a Charles Babbacombe por haberla protegido y querido lo suficiente como para conservarla intacta. Con los labios sobre su pelo, sintiendo su perfume sutil, le prometió al espíritu de su difunto marido que, como destinatario de su legado, la protegería de allí en adelante.

—Tendrás que casarte conmigo —dijo de pronto, pensando en voz alta.

Lucinda parpadeó. La alegría que la llenaba se disipó. Al cabo de un momento, preguntó:

—¿Cómo que tendré que casarme contigo?

Sintió que Harry se incorporaba para mirarla.

—Eras virgen y yo soy un caballero. La consecuencia natural de lo que acabamos de hacer es el matrimonio.

Sus palabras eran muy claras; su acento, crispado. Lucinda cerró los ojos; no quería creer lo que estaba oyendo. El último vestigio del placer se evaporó, y la promesa de la ternura que habían compartido se desvaneció.

Lucinda sofocó un suspiro. Sus labios se tensaron con decisión. Abrió los ojos, se giró en brazos de Harry y lo miró fijamente a los ojos.

—Quieres casarte conmigo porque era virgen..., ¿no es eso?

Harry frunció el ceño.

—Es lo que se espera.

—Pero ¿es lo que tú quieres?

—Lo que yo quiera no importa —gruñó Harry entornando los ojos—. Por suerte, el asunto es bastante sencillo. La sociedad tiene sus normas. Las cumpliremos... y todos contentos.

Lucinda lo observó un momento. Sus pensamientos eran caóticos. El hombre al que quería acababa de hacerle una especie de proposición de matrimonio. Pero no le bastaba con eso. No quería únicamente que Harry se casara con ella.

—No.

Atónito, Harry la vio desprenderse de sus brazos y levantarse de la otomana. Lucinda buscó su camisa y se la puso.

Él se sentó.

—¿Qué quieres decir con no?

—Que no. Que no voy a casarme contigo —Lucinda luchaba por ponerse las enaguas.

Harry se quedó mirándola.

—¿Por qué no, por el amor de Dios?

Ella se acercó a su vestido y estuvo a punto de tropezar con las calzas de Harry. Él la oyó sofocar una maldición al agacharse para desenredarse los pies. Luego le tiró las calzas y fue a recoger su vestido.

Harry masculló un juramento, agarró las calzas, se las puso y se calzó las botas. Se levantó y se acercó a Lucinda, que estaba metiendo los brazos por las mangas del vestido.

Con los brazos en jarras, se cernió sobre ella.

—Maldita sea, ¡te he seducido! Tienes que casarte conmigo.

Lucinda le lanzó una mirada furiosa.

—Yo te he seducido a ti, si mal no recuerdo. Y no tengo por qué casarme contigo.

—¿Y tu reputación?

—¿Qué pasa con ella? —Lucinda se colocó los hombros del vestido. Se giró para mirarlo y le clavó un dedo en el pecho—. Nadie creería que la señora Lucinda Babbacombe, una viuda, era virgen hasta que llegaste tú. No tienes nada contra mí.

Levantó la vista y lo miró a los ojos.

Y, de pronto, cambió de táctica.

—Además —dijo, bajando la mirada hacia los botones de su corpiño—, estoy segura de que los libertinos no tienen por costumbre pedir en matrimonio a cada mujer a la que seducen.

Harry apretó los dientes.

—Lucinda...

—¡Y no te he dado permiso para que me tutees! —lo miró con enojo. No podía permitirle usar su nombre de pila. Harry lo había utilizado, junto con todas las palabras cariñosas que pudieran concebirse, mientras le hacía el amor.

El amor..., la emoción que —estaba segura— Harry sentía por ella y se empeñaba en negar.

Aquello no era suficiente. Jamás lo sería.

Giró sobre sus talones y se encaminó hacia la puerta con paso decidido.

Harry lanzó una maldición. Echó a andar tras ella mientras se abrochaba la camisa.

—¡Esto es un disparate! ¡Te he pedido que te cases conmigo, chiflada! ¡Es lo que has estado buscando desde que te saqué de ese maldito carruaje!

Ella agarró el pomo de la puerta, lo giró y dio un tirón. No pasó nada. Se quedó mirando la puerta.

—¿Dónde está la llave?

Harry se metió automáticamente la mano en el bolsillo de sus calzas.

—Aquí.

Lucinda parpadeó, agarró la llave y la metió en la cerradura.

Harry la observaba con incredulidad.

—Maldita sea, te he hecho una proposición. ¿Qué más quieres?

Con la mano en el picaporte, Lucinda se irguió y se giró para mirarlo.

—No quiero que me pidas que me case contigo por cuestiones de apariencia. No quiero que me rescates, ni que me protejas, ni que te cases conmigo por lástima. Lo que quiero es... —se detuvo bruscamente y respiró hondo. Luego levantó los ojos hacia él y dijo con firmeza—: Lo que quiero es casarme por amor.

Harry se envaró. Su rostro se endureció.

—El amor no se considera un elemento esencial para casarse en nuestra clase.

Lucinda apretó los labios y dijo sucintamente:

—Tonterías —abrió la puerta de golpe.

—No sabes lo que dices —Harry se pasó los dedos por el pelo.

—Sé muy bien lo que digo —replicó Lucinda. Lo amaba con todo su corazón y su alma. Miró a su alrededor y vio su levita y su corbata junto a la otomana. Cruzó la habitación rápidamente y los pisoteó.

Harry se volvió para mirarla y bloqueó la puerta cuando ella regresó.

—Ya está —Lucinda le puso la levita y la corbata en los brazos—. Ahora, largo.

Harry respiró hondo para calmarse.

—Lucinda...

—¡Fuera!

Sin previo aviso, le dio un fuerte empujón en el pecho. Harry se tambaleó sobre el umbral.

Lucinda agarró la puerta.

—¡Adiós, señor Lester! Descuide, tendré muy en cuenta sus advertencias respecto a los de su calaña durante las próximas semanas.

Con ésas, cerró la puerta de golpe y echó la llave.

La furia que la había sostenido hasta ese momento, se disipó de golpe. Apoyándose contra la puerta, se tapó la cara con las manos.

Harry se quedó mirando la puerta pintada de blanco. Consideró la posibilidad de volver a entrar a la fuerza y luego oyó un sollozo sofocado. Se le encogió el corazón. Lleno de frustración, volvió a embutirlo tras la puerta de su pecho y la cerró con estruendo. Apretando los labios con expresión amarga, dio media vuelta y echó a andar por el pasillo. Se vio de pasada en un espejo. Se detuvo bruscamente, se puso la levita y se ató la corbata alrededor del cuello.

Le costó tres intentos conseguir un aspecto decente. Con un bufido, se dio la vuelta y se dirigió a las escaleras.

Había hecho una oferta. Ella la había rechazado.

La muy condenada podía irse al infierno.

Estaba harto de protegerla.

Había acabado con ella.

Dos horas después, Em descubrió a Lucinda con los ojos rojos e hinchados, y ella no pudo ocultarle la verdad.

Su anfitriona estaba estupefacta.

—No lo entiendo. ¿Qué demonios le pasa?

Lucinda sollozó y se limpió los ojos con el pañuelo de encaje.

—No lo sé —tenía ganas de gemir. Apretó los labios—. Pero no voy a conseguirlo.

—Nada de eso —bufó Em—. No te preocupes, volverá. Seguramente, lo pilló por sorpresa.

Lucinda se quedó pensando un momento; luego se encogió de hombros cansinamente.

—Me parece que debe haber algo que no sabemos —dijo Em—. Conozco a Harry de toda la vida. Siempre ha sido predecible. Siempre hay un buen motivo, un argumento lógico, tras sus actos. No es un hombre impulsivo —sonrió con mirada ausente—. Jack, por el contrario, es muy impulsivo. Harry es más bien cauteloso —frunció lentamente el ceño—. Hace mucho que lo es, ahora que lo pienso.

Lucinda aguardó, confiando en que su anfitriona le ofreciera alguna idea tranquilizadora, pero Em siguió absorta en sus cavilaciones.

Al cabo de un rato, resopló y se desperezó, haciendo murmurar su falda de bombasí.

—Sea lo que sea, tendrá que hacerse a la idea y pedirte que te cases con él como es debido.

Lucinda tragó saliva y asintió.

—Como es debido... —por lo cual entendía que Harry le dijera que la quería. Después de lo sucedido ese día, y de todo lo que habían compartido, no se conformaría con menos.

Esa noche, Em tomó las riendas de la situación e insistió en que Lucinda se quedara en casa, se acostara temprano y recuperara el aplomo y la frescura.

—No puedes presentarte ante la gente, ni ante él, con esa facha.

Tras superar la endeble resistencia que presentó Lucinda, Em la dejó en manos de Agatha y, tomando a Heather bajo su ala, partió hacia el baile de lady Caldecott.

Divisó a Harry entre la gente, pero no le sorprendió lo más mínimo que su caprichoso sobrino no hiciera intento alguno de cruzarse en su camino. Sin embargo, no era a él a quien Em había ido a ver.

—¿Indispuesta? —los ojos grises de lord Ruthven reflejaban una preocupación sincera—. Espero que no sea nada serio.

«Bueno..., lo es y no lo es».

Em lo miró levantando una ceja.

—Usted, lord Ruthven, es mucho más despierto de lo que parece, así que supongo que habrá notado que la señora Babbacombe se ha propuesto doblegar a cierto individuo sumamente terco. Lo cual no es nunca una tarea fácil, desde luego, sino más bien un camino difícil..., y lleno de baches. En ese momento se encuentra un tanto desanimada —hizo una pausa para mirar de nuevo a lord Ruthven—. Yo diría que, cuando reaparezca mañana, le vendría bien un poco de aliento, ¿no le parece?

Lord Ruthven observó con recelosa fascinación a la tía de Harry.

—Eh... en efecto —al cabo de un momento, durante el cual recordó las muchas veces que Harry le había tomado la delantera cuando ambos ponían sus miras en la misma dama, dijo—: Por favor, transmítale a la señora Babbacombe mis mejores deseos para una pronta recuperación. Naturalmente, estaré encantado de darle de nuevo la bienvenida a nuestro pequeño círculo. Ansío su regreso fervorosamente.

Em sonrió.

—Apuesto a que sí.

A continuación, despidió a lord Ruthven agitando regiamente la mano. Él se inclinó con elegancia y se retiró.

Quince minutos después, el señor Amberly se detuvo ante su sillón. En cuanto hubo cumplido con las formalidades, preguntó:

—Me preguntaba si sería usted tan amable de trasladarle mis saludos a la señora Babbacombe. Tengo entendido que esta noche se encuentra indispuesta. La echamos terriblemente de menos. Quería asegurarle que seguirá contando con mi apoyo inquebrantable en cuanto vuelva a honrar nuestros salones con su presencia.

Em sonrió, complacida.

—Descuide, le daré el recado, señor Amberly.

El señor Amberly hizo una reverencia y se alejó.

A lo largo de la velada, Em tuvo, para su satisfacción, una serie de encuentros parecidos. Uno tras otro, los amigos íntimos de Harry se presentaron ante ella para ofrecerse a ayudar a Lucinda en su ardua empresa.

9

El baile de lady Mott resultó ser la más horrenda aglomeración de la temporada. O eso pensaba Lucinda mientras se abría paso lentamente entre el gentío del brazo de lord Sommerville. A su alrededor, la alta sociedad se apiñaba en masa. Costaba ver más allá de un par de metros en todas direcciones.

—¡Uf! —lord Sommerville le lanzó una mirada de disculpa—. Siento que el baile nos haya dejado tan lejos de sus acompañantes. Normalmente me gusta pasear por los salones..., pero no así.

—Es cierto —Lucinda intentaba mantener una sonrisa radiante, a pesar de que se sentía abatida. El calor iba intensificándose a su alrededor. Los cuerpos se apelotonaban—. Debo confesar que aún no comprendo por qué se considera deseable tal aglomeración de gente.

Lord Sommerville asintió con la cabeza juiciosamente.

Lucinda disimuló una débil sonrisa. Lord Sommerville tenía más o menos su edad, pero ella se sentía inmensamente más vieja. Él luchaba aún por hacerse un hueco entre los libertinos de la alta sociedad. En opinión de Lucinda, aún tenía que esforzarse mucho si quería ponerse al nivel de algunos caballeros que ella conocía.

La imagen de Harry se agitó en su memoria, y la ahuyentó con esfuerzo. No tenía sentido lamentarse por lo que ya no tenía remedio.

Desde que había rechazado su proposición, no habían dejado de atormentarla las dudas. Dudas a las que no deseaba enfrentarse. No habían vuelto a verse. Harry no había regresado para hincarse de rodillas ante ella. Probablemente, aún no había comprendido el error que había cometido. O quizá, pese a la firme convicción en contra de Lucinda, no la quería. A fin de cuentas, ¿qué sabía ella de aquellas cosas?

Seguía diciéndose que, si así era, tanto mejor. Al verse forzada por Harry a expresar de viva voz lo que pensaba, se había dado cuenta de lo mucho que significaba para ella un matrimonio edificado sobre el amor. Tenía todo lo que podía desear, salvo eso: un amante esposo con el que poder construir un futuro. ¿Y de qué servía todo lo demás sin eso?

Tenía razón, pero su corazón se negaba a animarse y colgaba de su pecho como un peso opresivo.

Lord Sommerville estiró el cuello para mirar hacia delante.

—Parece que ahí delante hay menos gente.

Lucinda asintió. Su sonrisa se hizo más débil. La pareja que iba delante de ellos se detuvo para saludar a alguien. Atrapados, se pararon. Lucinda miró a su izquierda... y vio un alfiler de oro con forma de bellota prendido entre los pliegues de una corbata anudada con matemática precisión. Ella conocía aquel alfiler: lo había soltado de una corbata hacía poco más de veinticuatro horas.

Sintió una tirantez en el pecho y levantó la mirada.

Unos ojos verdes, del color del mar tormentoso, se encontraron con los suyos. Con el corazón en la boca, Lucinda escudriñó su mirada, pero no logró interpretarla.

Harry tenía una expresión dura, impasible. Sus facciones semejaban una máscara impenetrable. Derrotada, Lucinda miró sus labios.

Sólo para verlos crispados en una línea severa.

Atónita, levantó de nuevo la vista... y alcanzó a vislumbrar un fugaz brillo de incertidumbre en su mirada. Sintió su vacilación.

Un par de metros y dos pares de hombros los separaban.

Harry volvió a mirarla; sus ojos se encontraron. Él se movió y sus labios se tensaron, levantándose hacia arriba por las comisuras.

—Ah, aquí estamos. ¡Por fin! —lord Sommerville se giró e hizo una reverencia, señalando delante de ellos.

Distraída, Lucinda miró hacia delante y descubrió que el gentío se había despejado, dejando un camino ante ellos.

—Ah, sí.

Miró a Harry.

Él se había girado para saludar a una imponente señora que llevaba a una jovencita a la zaga. Saludó a la muchacha con una discreta reverencia.

Lucinda, que intentaba disipar la opresión que sentía en el pecho, respiró hondo y se volvió, obligándose a escuchar la conversación de lord Sommerville con aparente interés.

Por el rabillo del ojo, Harry la vio alejarse. Se aferró a su visión hasta que se la tragó la multitud. Sólo entonces concentró su atención en lady Argyle.

—Será sólo una pequeña *soirée*..., unos pocos invitados selectos —lady Argyle sonrió—. Para que ustedes los jóvenes puedan charlar y se conozcan mejor, cosa que, con estas apreturas, resulta imposible, ¿no cree?

Sus ojos saltones lo invitaban a darle la razón. Pero

Harry era demasiado mayor para dejarse atrapar con aquel truco. Con expresión impasible, bajó la mirada hacia ella desde una gran distancia.

—Me temo, lady Argyle, que tengo otro compromiso. En efecto —prosiguió con un deje de hastío—, no espero pasar mucho tiempo en los salones de baile esta temporada —advirtió la mirada desconfiada de su interlocutora—. Tengo asuntos urgentes en otra parte —murmuró. Con una suave reverencia, aprovechó un hueco que se abrió entre el gentío para escabullirse, dejando a lady Argyle sin saber qué había querido decir exactamente.

Una vez libre, Harry titubeó. Después, decidió seguir el rastro de Lucinda. Su afirmación de que había acabado con ella resonaba como una burla en sus oídos. Intentó acallarla. Tras poner a prueba una serie de tácticas, por fin la encontró en el centro de su inevitable cohorte de admiradores. Ruthven estaba allí, al igual que Amberly y Satterly. Harry entornó los ojos.

Amberly estaba junto a Lucinda, charlando tranquilamente. Hizo un amplio ademán y todos se echaron a reír, incluida Lucinda. Luego le llegó el turno a Satterly. Hugo se inclinó hacia delante y sonrió. Saltaba a la vista que estaba contando un chismorreo o alguna anécdota. Ruthven, que permanecía al otro lado de Lucinda, bajó la mirada hacia ella. Parecía observar atentamente su rostro. Harry apretó los labios.

Oculto por la multitud, fijó la mirada en Lucinda. Ella sonreía mientras Satterly hablaba, pero a su sonrisa le faltaba el calor que Harry conocía. La conversación se hizo general. Ella se rió y replicó a algún comentario, pero sin su alegría de costumbre. La tensión que se había apoderado de Harry comenzó a aflojarse.

Lucinda estaba alicaída..., muy posiblemente incluso se sentía infeliz bajo su apariencia de serenidad.

Brotó la culpa, y Harry intentó detenerla. Le estaba bien empleado, a la muy terca. Él la había pedido en matrimonio. Y ella lo había rechazado.

Harry había escapado a una situación peligrosa. La lógica lo invitaba a apartarse de la tentación.

Vaciló, y vio que Ruthven le ofrecía su brazo a Lucinda.

—¿Puedo sugerirle un corto paseo por la terraza, querida? —preocupado por la mirada atormentada de Lucinda, a Ruthven no se le ocurría otro modo de procurarle cierto alivio. Ella paseaba constantemente una mirada sombría por el salón—. Un poco de aire fresco la ayudará a olvidarse de este agobiante salón.

Lucinda sonrió, consciente de que su fulgor se había apagado.

—Sí —dijo, mirando en torno—. El ambiente está demasiado cargado para mi gusto, pero... —titubeó; luego volvió a mirar a Ruthven—. No estoy segura...

Dejó que su voz se apagara, incapaz de darle voz a sus dudas.

—Oh, no se preocupe por eso —el señor Amberly hizo un expresivo ademán—. ¿Sabe qué le digo? Que iremos todos —le sonrió alentadoramente—. Nadie podrá decir nada al respecto, ¿no le parece?

Lucinda parpadeó... y miró a lord Ruthven y al señor Satterly.

—Excelente idea, Amberly —lord Ruthven volvió a ofrecerle el brazo, esta vez con una reverencia galante.

—Justo lo que hacía falta —el señor Satterly asintió con la cabeza y retrocedió, indicándole a Lucinda que le precediera.

Lucinda parpadeó otra vez. Luego, dándose cuenta de que todos la estaban mirando y de que lo único que les alentaba era su preocupación por ella, sonrió agradecida y se relajó.

—Gracias, caballeros, son ustedes muy amables.
—No hay de qué —dijo el señor Satterly.
—Es un placer, querida —añadió el señor Amberly.

Lucinda levantó la mirada y advirtió un brillo melancólico en la mirada de lord Ruthven. Éste frunció los labios en una sonrisa irónica.

—Ya sabe, para eso están los amigos.

Lucinda le devolvió la sonrisa. Estaba de pronto más tranquila que en toda la noche.

Oculto entre la multitud, Harry observó alejarse la pequeña comitiva. Ruthven guiaba a Lucinda con Satterly y Amberly a la zaga. Al darse cuenta de que se dirigían a una de las grandes cristaleras que daban a la terraza, la tensión volvió a adueñarse de él. Dio un paso adelante... y se detuvo en seco.

Lucinda ya no era asunto suyo.

Satterly y Amberly se hicieron a un lado para que Lucinda y Ruthven cruzaran la puerta. Luego, les siguieron. Harry parpadeó. Se quedó mirando un instante con los ojos entornados las cortinas detrás de las cuales habían desaparecido los cuatro.

Luego sus labios se curvaron en una sonrisa cínica. Con semejante cohorte, la señora Babbacombe no necesitaba nuevos defensores.

Algo envarado, giró sobre sus talones y se encaminó a la sala de naipes.

—Aurelia Wilcox siempre ha dado las mejores fiestas —el vestido de seda de Em susurraba en la penumbra del carruaje mientras descendía por Highgate Hill. Al cabo de un momento, añadió tímidamente—: Esta noche no he visto a Harry.

—No estaba allí —Lucinda notó el tono cansino de su

voz y se alegró de que Heather se hubiera quedado dormida en el asiento de enfrente. Su hijastra estaba disfrutando a lo grande de su presentación en sociedad, si bien de un modo totalmente inocente e inocuo. De no haber sido por ella, Lucinda habría considerado seriamente la posibilidad de marcharse de la capital, a pesar de que ello habría significado reconocer su derrota.

Se sentía derrotada. La noche del martes había pasado, y Harry no había dado señales de vida. No lo veía desde el baile de lady Mott, el sábado por la noche; desde entonces, no había vuelto a hacer acto de aparición en los bailes y fiestas a los que acudían. Su presencia jamás le pasaba inadvertida: la mirada de Harry siempre despertaba en ella una sensación única.

Una sensación que echaba terriblemente de menos.

—Puede que se haya ido ya de Londres —su tono carecía de inflexión, pero aquellas palabras encarnaban su temor más profundo. Había jugado sus cartas y había perdido.

—No —Em se removió en el asiento, junto a ella—. Fergus me ha dicho que Dawlish seguía rondando por la cocina —soltó un suave bufido—. Sabrá Dios con qué propósito —al cabo de un momento prosiguió en voz baja—: Esto no iba a ser fácil. Harry es terco como una mula. Casi todos los hombres lo son para estas cosas. Tienes que darle tiempo para que se acostumbre a la idea. Dejar que su resistencia se disipe de manera natural. Al final, entrará en razón. Espera y verás.

Esperar... Mientras el carruaje traqueteaba sobre el empedrado, Lucinda apoyó la cabeza en el cojín e hizo balance de sus actos. Por más que lo intentaba, no conseguía arrepentirse de nada. Enfrentada a la misma situación, habría vuelto a hacer lo mismo. Ni cavilar sobre el pasado ni pasar sus días ociosamente contribuiría al progreso de su causa. Sin embargo, no podía seducir a Harry de nuevo si no se acercaba a ella.

Y, lo que era peor aún, ya ni siquiera le preocupaba su seguridad, a pesar de que lord Ruthven, el señor Amberly y el señor Satterly habían redoblado sus atenciones. En efecto, de no ser por su apoyo entusiasta, aunque platónico, Lucinda dudaba de haber sido capaz de soportar aquellas últimas noches. Los bailes, que al principio le habían parecido admirables, habían perdido para ella todo su atractivo. Las danzas eran aburridas, los valses un calvario. En cuanto a los paseos, las incesantes visitas y las constantes apariciones exigidas por la alta sociedad, cada vez le parecían más una pérdida de tiempo. Sin duda alguna, su talante de empresaria estaba aflorando de nuevo. A decir verdad, el tiempo que pasaba en los saraos de la alta sociedad le parecía una inversión de muy poco valor. Era improbable que fuera a reportarle los réditos que esperaba.

Por desgracia, ignoraba qué nueva técnica adoptar, cómo reorganizar su estrategia para volver a tener su blanco en el punto de mira.

Su blanco —que, en este caso, por desgracia, no era inanimado— había tomado las riendas de la situación, lo cual no le dejaba a ella nada que hacer, salvo esperar, cosa que le parecía sumamente molesta.

Sofocó un bufido. La costumbre de Em se le estaba pegando.

Pero probablemente su anfitriona tenía razón... otra vez. Tenía que esperar; ya había jugado sus cartas.

Ahora era el turno de Harry.

Dos horas después, apoyado con su pose de costumbre en la pared del espacioso salón de baile de la residencia de los Webb en Mount Street, Harry observaba ociosamente el gentío que se había reunido para celebrar los esponsales de su hermano. Su padre estaba allí, por supuesto, sentado en su sillón al otro lado del salón. Junto a él se hallaba Em, resplandeciente con su vestido de seda azul. Su invitada, sin embargo, no había acudido al baile.

Él, naturalmente, no tenía por qué preocuparse de dónde estaba ni de lo que hacía, teniendo en cuenta cómo se estaban comportando sus amigos. Durante los cinco días anteriores, se habían empeñado a acompañar a Lucinda a todas partes y a mirarlo a él con un punto de frialdad. Ruthven, haciendo gala de una olímpica indiferencia por las sutilezas, se había sentido impelido a decirle que estaba siendo «un perfecto imbécil». Ruthven, que era seis meses mayor que él y que aún no había mostrado el más leve interés por buscar esposa; Ruthven, que tenía un título que conservar en la familia. Harry había resoplado, lleno de fastidio, y había informado a su antaño amigo de que, si tan prendado estaba de la dama, pagase él el precio.

Ruthven había parpadeado y a continuación había parecido un poco avergonzado.

Con los ojos entornados, Harry bebió un sorbo de coñac, sujetando la copa con una mano. Pero, en el momento crítico, alguien le dio un golpe en el hombro.

Harry se atragantó. Tras recobrar el aliento, se giró para encararse con su agresor.

—¡Maldita sea! ¡Espero que tu mujer te enseñe buenos modales!

Jack se echó a reír.

—Seguramente, aunque sospecho que a ti de nada te servirá —levantó las cejas mirando a Harry con un brillo en los ojos azules—. Cree que eres peligroso y que necesitas con urgencia una mujer que embote tu filo.

—¿Ah, sí? —contestó Harry con frialdad. Bebió otro sorbo de coñac y apartó la mirada.

Jack no se inmutó.

—Como te lo digo —afirmó—. Pero está convencida de que hará falta una mujer muy valiente, una Boadicea, sospecho, para echarte el guante.

Harry puso los ojos en blanco..., pero no pudo evitar imaginarse a Lucinda medio desnuda, pintada con pintura azul y conduciendo una carroza.

—A tu mujer se le ha concedido el don, típicamente femenino, de una imaginación extravagante.

Jack se echó a reír.

—Ya te contaré después de la luna de miel. Nos vamos a Rawling's Cottage una semana. Ahora en Leicestershire reina la calma.

Harry sacudió la cabeza con una media sonrisa en los labios mientras observaba los ojos brillantes de su hermano.

—Mientras no pierdas ningún órgano vital..., como el sentido.

Jack se echó a reír.

—Creo que las apañaré... más o menos —esbozó una lenta sonrisa al divisar a su mujer en el centro de una multitud, junto a la puerta. Se volvió hacia Harry y le tendió la mano—. ¿No me deseas suerte?

Harry lo miró a los ojos. Se irguió... y le estrechó la mano.

—Sabes que sí. Y a tu mujer también.

Jack sonrió.

—Se lo diré —antes de irse, le lanzó una mirada de soslayo—. Cuídate —con una última inclinación de cabeza, se encaminó hacia su destino.

Harry se quedó preguntándose hasta qué punto se le notaba en la cara el apuro en que se hallaba.

Un cuarto de hora después, vio desde lo alto de la escalinata de la casa de los Webb cómo el carruaje que llevaba a Jack y a su flamante esposa doblaba la esquina de South Audley Street y se perdía de vista. El gentío se volvió con un suspiro y regresó al interior de la casa. Harry se quedó atrás para no encontrarse con Em y su padre. Volvió a entrar en el vestíbulo a la cola de la multitud.

El mayordomo acababa de regresar con sus guantes y su bastón cuando una voz fría y desapasionada preguntó:

—¿No se queda un poco más, señor Lester? Apenas hemos tenido ocasión de conocernos.

Harry se dio la vuelta y vio los delicados rasgos de la señora Webb... y sus ojos entre grises y azulados que —estaba seguro de ello— veían mucho más de lo que a él le convenía.

—Gracias, señora, pero debo irme —hizo una elegante reverencia.

Al incorporarse, la oyó suspirar.

—Espero sinceramente que tome usted la decisión acertada.

Harry se halló atrapado, para su malestar, en la mirada grisácea de su interlocutora.

—Es bastante fácil, ¿sabe usted? No es para tanto, aunque a veces lo parezca. Sólo hay que decidir qué es lo que más se desea en la vida. Se lo digo yo —le dio unas palmaditas en el brazo con un aire maternal que contrastaba con su exquisita elegancia—. Es bastante fácil, si uno pone el alma en ello.

Por primera vez desde hacía mucho tiempo, Harry se quedó sin palabras.

Lucilla Webb le sonrió candorosamente y a continuación agitó una de sus delicadas manos.

—Debo regresar con mis invitados. Pero intente hacerlo bien, señor Lester. Y buena suerte.

Con un ademán despreocupado, regresó al salón.

Harry escapó de allí. Al llegar a la calle, vaciló. ¿Adónde iría? ¿A sus aposentos? ¿Al Brook's? ¿Al Manton's? Frunció el ceño, sacudió la cabeza y echó a andar.

La imagen de Boadicea volvió a asaltarlo. Su ceño se desvaneció. Sus labios se tensaron y al poco se curvaron. Qué idea tan extravagante. Pero ¿acaso era tan peligroso que las mujeres tenían que ponerse una armadura para vérselas con él?

El libertino que había en él no le hacía ascos a aquella analogía. El hombre, en cambio, no estaba tan seguro de que fuera un cumplido. Estaba convencido, sin embargo —y los hechos se lo habían demostrado repetidamente—, de que Lucinda Babbacombe no era de esas mujeres que reconocían el peligro, y mucho menos de las que reflexionaban sobre él. Ella —imaginaba— se habría limitado a mirar a los ojos a los comandantes romanos y a decirles con toda serenidad que estaban allanando sus dominios. Luego esperaría con los brazos cruzados y dando golpecitos con el pie a que se marcharan de sus tierras.

Y, muy probablemente, se habrían ido.

Lo mismo que él...

De pronto, se vio liberado de sus cavilaciones. Respiró hondo, levantó la cabeza... y descubrió que se estaba acercando al final de South Audley Street. Delante de él, el frondoso recinto de Green Park parecía llamarlo.

Sin pensárselo dos veces, siguió andando y cruzó Piccadilly para pasear bajo los árboles. Había poca gente de mundo a la vista. Era aún temprano y la mayoría habría ido a Hyde Park. A su alrededor, las suaves praderas daban cobijo a niños con sus niñeras mientras una o dos parejas paseaban sin rumbo por los senderos.

Siguió caminando lentamente y procuró dejar la mente en blanco para que la paz se apoderara de él.

Hasta que una pelota de cricket le golpeó la rodilla.

Harry sofocó un improperio. Se detuvo, recogió la pelota y la sostuvo en su mano mientras buscaba a su propietario.

O propietarios, más bien.

Había tres. El más mayor no tendría más de siete años. Salieron de detrás de un árbol y se acercaron con gran cautela.

—Yo... lo siento muchísimo, señor —dijo el mayor—. ¿Le ha dolido mucho?

Harry aguantó las ganas de echarse a reír.

—Horriblemente —contestó con mucho énfasis. Los tres niños parecieron abatidos—. Pero creo que sobreviviré —los niños se recuperaron y lo miraron con aire esperanzado, con los grandes ojos orlados por largas pestañas y caras tan inocentes como el amanecer.

Mientras tocaba la pelota, Harry se dio por vencido y sonrió. Se agachó para ponerse a su altura y les tendió la pelota, haciéndola girar de modo que bailó como una peonza entre sus dedos.

—¡Hala!

—¿Cómo lo ha hecho?

Los niños olvidaron su cautela y se reunieron a su alrededor. Harry les enseñó el truco, que había aprendido durante los largos veranos de su niñez. Ellos lo miraron con pasmo y se pusieron a practicar, pidiéndole ávidamente su consejo.

—¡James! ¡Adam! ¿Se puede saber dónde os habéis metido? ¡Mark!

Los tres miraron a su alrededor con aire culpable.

—Tenemos que irnos —dijo el mayor. Luego sonrió con una sonrisa que sólo un niño podía mostrar—. Muchas gracias, señor.

Harry sonrió. Se levantó y los miró alejarse por la pradera hacia la rolliza niñera que los esperaba con impaciencia.

Seguía sonriendo cuando las palabras de la señora Webb desfilaron de nuevo por su cabeza. «Sólo hay que decidir qué es lo que más se desea en la vida».

Hacía años que no pensaba en lo que más deseaba. Lo había hecho una vez, hacía más de diez años. En aquel entonces estaba muy seguro, y, cargado de confianza en sí mismo, había perseguido su meta con su habitual despreocupación sólo para hallar traicionados sus sueños.

De modo que había arrumbado aquellos sueños, los había encerrado bajo siete llaves en el rincón más profundo de su recuerdo, y no había vuelto a dejarlos salir.

Sus labios se tensaron con cinismo. Dio media vuelta y retomó su paseo.

Pero no podía desviar el curso de su pensamiento.

Sabía muy bien qué era lo que más deseaba en la vida. Era lo mismo que entonces. A pesar de los años transcurridos, en el fondo no había cambiado.

Se detuvo y se obligó a respirar hondo. Oía tras él las vocecillas de los niños que, junto con su niñera, se marchaban del parque. En torno suyo, otros niños jugaban y retozaban bajo ojos vigilantes. Aquí y allá, un caballero paseaba con su esposa del brazo mientras sus hijos correteaban a su alrededor.

Harry dejó escapar el aliento atrapado en su pecho.

Las vidas de otros estaban llenas. La suya seguía vacía.

Tal vez, a fin de cuentas, fuera hora de volver a sopesar sus alternativas. La última vez había sido un desastre, pero ¿de veras era tan cobarde que no podía encarar de nuevo aquel dolor?

Esa noche fue al teatro. Personalmente, le interesaba bien poco la obra que se representaba sobre el escenario... y menos aún la que tenía lugar en los pasillos, los pequeños dramas de la vida de la alta sociedad. Por desgracia, la encantadora señora Babbacombe había expresado su deseo de ver la última obra de Edmund Kean, y Amberly se había apresurado a ofrecerse a acompañarla.

Oculto entres las sombras, junto a la pared de la platea, frente al palco que Amberly había alquilado, Harry observó tomar asiento al pequeño grupo. La campana acababa de sonar; el teatro entero bullía mientras lo más granado de la sociedad londinense tomaba asiento en los palcos, los caballeros de la platea miraban a las señoras y señoritas y los menos favorecidos lo contemplaban todo desde las galerías superiores.

Sin apartarse de las densas sombras que proyectaban los palcos de encima de él, Harry vio cómo Amberly le ofrecía una butaca a Lucinda haciendo una reverencia. Ella iba vestida de azul, como de costumbre. El vestido que llevaba esa noche era de un delicado tono lavanda y llevaba el escote recamado con hilo de plata. Se había recogido la negra melena en un moño muy alto sobre la pálida cara. Se alisó las faldas, levantó la mirada hacia Amberly y sonrió.

Mientras la observaba, Harry sintió que un escalofrío penetraba lentamente en su alma.

Amberly hablaba y reía, inclinándose hacia ella de modo que Lucinda no tuviera que esforzarse para oírlo.

Harry dirigió bruscamente su atención hacia los otros miembros del grupo. Satterly estaba conversando con Em, que se había sentado al lado de Lucinda. Junto a ella se hallaba Heather Babbacombe. Harry divisó a Gerald de pie tras ella. La actitud de su hermano evidenciaba hasta qué punto se interesaba por su bella pupila.

Harry frunció el ceño, sorprendido. Le resultaba fácil interpretar la expresión de Gerald, incluso desde aquella distancia. Su hermano parecía demasiado absorto. Estaba pensando que debía darle algún consejo cuando se detuvo en seco. Heather Babbacombe era muy joven, sin duda, pero también era una muchacha inocente y honesta. ¿Quién era él para hablar en su contra?

Su mirada volvió a posarse en Lucinda. Sus labios se tensaron en una mueca más burlona que humorística.

¿Quién era él para oponerse al amor?

¿Qué otra razón había para que estuviera allí..., como no fuera una profunda necesidad de sosiego? Hasta a Dawlish le había dado por mirarlo con algo peligrosamente parecido a la lástima. Cuando le había preguntado con cierta irritación qué demonios le pasaba, su lacayo se había frotado la barbilla y había dicho: «Es sólo que no parece estar divirtiéndose precisamente..., si usted me entiende».

Harry lo había mirado con enojo y había entrado en la biblioteca, pero sabía muy bien a qué se refería su ayuda de cámara. La semana anterior había sido un infierno. Había creído que, dado que Lucinda Babbacombe acababa de hacer acto de aparición en su vida, expulsarla de ella sería muy fácil. A fin de cuentas, siempre había sido un maestro en el arte de olvidarse de las mujeres. Evitar cualquier relación duradera formaba parte del bagaje de un libertino.

Pero olvidarse de la señora Babbacombe había resultado una empresa imposible.

Lo cual le dejaba sólo una alternativa.

Como la señora Webb había dicho concisamente: lo que más deseaba.

Pero ¿seguiría deseándolo ella?

Harry siguió observando a Amberly, que parloteaba con elegantes ademanes. Amberly era muy ocurrente, y un narrador consumado. La posibilidad de que Lucinda, tras rechazar su proposición, lo hubiera desterrado de su corazón por considerarlo indigno de sus atenciones y hubiera recurrido a otro en busca de consuelo no era muy reconfortante.

Y aún menos lo era la convicción de que, si así había sido, no le daría una segunda oportunidad; él no tenía derecho a exigírsela, ni a estorbar las pretensiones de su amigo.

Harry sintió una opresión en el pecho. Amberly gesticuló de nuevo y Em se echó a reír. Lucinda lo miró con una sonrisa en los labios. Harry forzó la vista, intentando ver la expresión de sus ojos.

Pero Lucinda estaba demasiado lejos; cuando se volvió hacia delante, tenía los ojos velados por los párpados.

Sonó la fanfarria, emergiendo del foso de los músicos ante el escenario, y fue recibida por un guirigay de silbidos desde la platea y de comedidos aplausos desde los palcos. Se apagaron las lámparas de la platea y se encendieron las del escenario. Los actores hicieron su entrada; todos los ojos se dirigieron hacia el escenario.

Todos, excepto los de Lucinda.

Harry, cuyos ojos se habían acostumbrado a la oscuridad, la vio mirar hacia abajo. No parecía estar mirando el escenario, sino sus manos. Quizá estuviera jugando con su abanico. Tenía la cabeza alta, de modo que ninguna de las personas que se hallaban tras ella podía sospechar que no estaba atenta a la obra, como ellos. La luz movediza danzaba sobre su semblante sereno pero triste, reservado pero elocuentemente expresivo.

Harry respiró hondo y se apartó de la pared. La tirantez que notaba en el pecho se había disipado en parte.

Lucinda levantó bruscamente la cabeza y miró a su alrededor, no al escenario, sino al público, sin importarle quién pudiera notar su distracción. Harry se quedó inmóvil mientras su mirada recorría los palcos que había sobre él y pasaba de largo.

A pesar de que la luz era escasa, percibió la esperanza que iluminaba su rostro e investía su cuerpo de una súbita animación.

Observó cómo se disipaba lentamente aquella repentina viveza.

Lucinda parpadeó y volvió a recostarse en su butaca, el semblante sereno pero mucho más triste que antes.

A Harry se le encogió dolorosamente el corazón. Esta vez, no intentó ahuyentar el dolor, ni borrar la emoción, pero, al girarse y avanzar en silencio hacia la puerta, reconoció la dicha que aquellos sentimientos dejaban a su paso.

No se había equivocado con Lucinda Babbacombe. Aquella condenada mujer estaba tan ridículamente segura de sí misma que ni siquiera había tenido en cuenta el riesgo que suponía amarlo.

Harry abandonó la penumbra de la platea con una sonrisa en los labios.

Dos pisos más arriba, en el gallinero atestado de gente, Earle Joliffe estaba muy lejos de sonreír. De hecho, tenía el ceño fruncido… y la mirada fija en Lucinda y en el grupo que ocupaba el palco de Amberly.

—¡Demontre! ¿Qué rayos está pasando? —siseó.

A su lado, Mortimer Babbacombe le lanzó una mirada perpleja.

Joliffe señaló con fastidio el palco de enfrente.

—¿Qué les está haciendo? Ha convertido en gatitos a una manada de los peores lobos de Londres.

Mortimer parpadeó.

—¿En gatitos?

Joliffe soltó un bufido.

—¡En perritos falderos, entonces! Scrugthorpe tenía razón: ¡es una bruja!

—¡Silencio!

—¡Chist! —dijeron a su alrededor.

Joliffe contempló por un momento la posibilidad de liarse a puñetazos, pero al cabo de un momento recuperó la cordura y se obligó a quedarse en su asiento. Sus ojos, sin embargo, permanecían fijos en su chivo expiatorio..., que se había metamorfoseado en una domadora de lobos.

Al cabo de un momento, Mortimer se inclinó hacia él.

—Puede que la estén engatusando..., poniéndole una venda sobre los ojos. Podemos permitirnos el lujo de darles un poco más de tiempo. Tampoco nos corre tanta prisa el dinero.

Joliffe lo miró con enojo y luego apoyó la barbilla en las manos.

—Esos crápulas no se comportan así con una mujer si andan buscando algo —explicó con los dientes apretados. Su mirada se clavó en Amberly y Satterly—. Están siendo amables, ¡por el amor de Dios! ¿Es que no lo ves?

Mortimer miró hacia el otro extremo del teatro y observó la escena con el ceño fruncido.

Joliffe sofocó una maldición. En cuanto al dinero, les corría prisa, y mucha. La noche anterior se había encontrado inesperadamente con su acreedor, lo cual había servido para demostrarle hasta qué punto estaban desesperados. Sintió un escalofrío al recordar la voz extraña y descarnada que había salido del carruaje, deteniendo su avance en medio de la calle envuelta en niebla.

—Pronto, Joliffe. Muy pronto —había seguido una pausa. Luego—: No soy un hombre paciente.

Joliffe había oído contar suficientes historias acerca de la falta de paciencia de aquel sujeto en cuestión... y acerca de sus consecuencias.

Estaba desesperado, sí. Pero Mortimer tenía tan pocas luces que de nada serviría confiarle sus tribulaciones.

Joliffe se concentró en la mujer sentada al otro lado de la platea en sombras.

—Tendremos que hacer algo..., tomar cartas en el asunto —hablaba más para sí mismo que para Mortimer.

Pero Mortimer lo oyó.

—¿Qué? —se volvió hacia él con estupor—. Pero... creía que estábamos de acuerdo en que no había necesidad de involucrarse directamente en el asunto..., de hacer nada nosotros mismos.

Había levantado la voz.

—¡Chist! —les dijeron de todos lados.

Joliffe lo agarró de la levita, exasperado, y le hizo levantarse.

—Salgamos de aquí —lanzó una mirada venenosa al otro lado del teatro—. Ya he visto suficiente.

Empujó a Mortimer delante de él hacia la salida.

Nada más salir al pasillo, Mortimer se volvió hacia él, agarrándose a su levita.

—Pero dijiste que no tendríamos que secuestrarla.

Joliffe lo miró con fastidio.

—No hablo de secuestrarla —replicó, y le hizo soltar la levita de un tirón. Miró hacia delante y sus rasgos se endurecieron—. Hay otro camino más acorde con nuestros propósitos —miró a Mortimer con desprecio—. Vamos..., tenemos que visitar a ciertas personas.

10

El viernes por la mañana, al tomar asiento ante la mesa del desayuno, Em estaba considerando la posibilidad de hacerle una visita a Harry Lester. Sabía que no serviría de nada, pero la impotencia se apoderaba de ella cada vez que miraba a Lucinda. Serena y pálida, su invitada jugueteaba distraídamente con una tostada fría.

Em sofocó un bufido. Sintiéndose derrotada, se sirvió una taza de té.

—¿Vamos a ir a algún sitio hoy? —sentada al otro lado de la mesa, Heather fijó en ella una mirada casi suplicante.

Em miró a Lucinda de reojo.

—Creo que hoy vamos a pasar un día tranquilo. Por la tarde iremos a dar un paseo en coche por el parque. Esta noche tenemos el baile de lady Halifax.

Lucinda forzó una sonrisa.

—Qué bien lo pasamos en Greenwich —Heather intentó infundir convicción a sus palabras. El día anterior, lord Ruthven había organizado una excursión al Observatorio con la esperanza de animar a Lucinda. El señor Satterly, que se había unido a ellos, y él se habían esforzado con denuedo, pero en vano.

Lucinda se removió en la silla.

—Lord Ruthven fue muy amable al organizar la excursión. Debo enviarle una nota para darle las gracias.

Em dudaba de que Ruthven se lo agradeciera. El pobre hacía cuanto estaba en su mano, pero estaba claro que Lucinda apenas reparaba en él. Su invitada no hacía comentario alguno acerca de lo que ocupaba su mente. Su actitud era impecable; aquellos que no la conocieran no habrían notado nada extraño en ella. Los que la conocían, en cambio, percibían la superficialidad de sus sonrisas, que ya no alcanzaban sus ojos, cada vez más brumosos y distantes. Lucinda era reservada por naturaleza; ahora, a pesar de que seguía entre ellos, parecía haberse replegado sobre sí misma huyendo de todo contacto.

—Podríamos ir al museo —sugirió Heather—. Todavía no hemos visto las esculturas de lord Elgin. Dijiste que te gustaría.

Lucinda ladeó la cabeza.

—Quizá.

Heather miró a Em, abatida.

Em sacudió la cabeza. Al principio, Heather le había parecido demasiado joven e inmadura para comprender el sufrimiento de su madrastra. Pero, con el paso de los días, había llegado a darse cuenta de que la muchacha lo veía y lo comprendía todo, y que, sin embargo, con esa confianza propia de la juventud, había imaginado que las cosas se arreglarían por sí solas. Su confianza, pese a todo, empezaba a tambalearse. Estaba tan preocupada como Em, lo cual angustiaba aún más a ésta.

La puerta se abrió. Fergus se acercó a Em y le presentó una bandejita de plata.

—El correo, señora. Y acaban de entregar en mano una carta para la señora Babbacombe. El mozo no ha esperado respuesta.

Em notó, acongojada, la tensión que se apoderaba de Lucinda mientras recogía el sobre blanco y lacrado. Una mirada a las señas garabateadas bastó para convencerla de que la misiva no era de Harry. Incapaz de hacer otra cosa, se lo entregó a Lucinda sin decir nada y procuró no mirar su rostro, en el que al romper el sello se disipó la expectación que por un instante lo había iluminado.

Lucinda leyó la breve misiva con el ceño fruncido y luego, haciendo una mueca, la dejó a un lado. Miró su tostada, ya completamente fría, y con un leve suspiro echó mano de la tetera.

Em no estaba de humor para andarse con cumplidos.

—¿Y bien?

Lucinda la miró y se encogió de hombros.

—Es una invitación para no sé qué fiesta en el campo.

—¿De quién?

Lucinda arrugó el ceño.

—No me acuerdo de la dama en cuestión —bebió un poco de té mientras miraba la nota—. Lady Martindale, de Asterley Place.

—¿Martindale? —Em empezó a arrugar el ceño, y luego su cara se iluminó—. ¡Ah, será Marguerite! Es la hija de Elmira, de lady Asterley. Debe de estar echándole una mano. ¡Qué maravilla! —Em se volvió hacia Lucinda—. ¡Es perfecto! Lo que necesitas es entretenerte y que te dé el aire. Elmira y yo somos amigas desde hace muchísimo tiempo, aunque hace siglos que no nos vemos. ¿Cuándo es la fiesta?

Lucinda vaciló y luego hizo una mueca.

—Empieza esta tarde..., pero la invitación es sólo para mí.

Em parpadeó.

—¿Sólo para...? —parpadeó de nuevo y su rostro se aclaró—. ¡Ah, ya entiendo!

Lucinda levantó la mirada.

—¿Qué sucede?

Em se estiró.

—Acabo de acordarme. Harry es muy amigo del hijo de Elmira, lord Alfred Asterley. Son uña y carne desde que estuvieron juntos en Eton.

Vio que Lucinda recogía de nuevo la nota.

—¿Ah, sí?

—Sí —a Em le brillaron los ojos—. Siempre andaban haciendo travesuras. Más de una vez los expulsaron a los dos —permaneció un momento enfrascada en sus pensamientos; luego miró a Lucinda, que seguía escudriñando la invitación—. ¿Sabes? —dijo Em, recostándose en su silla—, no me sorprende que la invitación sea sólo para ti. Me imagino perfectamente cómo han sucedido las cosas. Alguien canceló su visita en el último momento y Elmira le preguntó a Alfred si se le ocurría alguien que pudiera rellenar el hueco de forma conveniente —titubeó y añadió—: Y Alfred y Harry están muy unidos.

Cuanto más pensaba en ello, más convencida estaba de que la mano de Harry se hallaba tras aquella invitación inesperada. Sería muy propio de él maniobrar para llevar a Lucinda al campo, donde estaría libre de mentores, admiradores e hijastras, para poder enmendar su comportamiento lejos de miradas curiosas. Muy propio de Harry, sí.

Em soltó un bufido.

En la mesa del desayuno, el ambiente había cambiado drásticamente. El aire parecía de pronto impregnado de curiosidad y expectación, en vez de teñido de resignación rayana en la apatía. Los semblantes de las señoras reflejaban diversos grados de empeño y premeditación.

Heather apartó su plato y expresó en voz alta lo que estaba pensando.

—Tienes que ir.

—Desde luego que sí —añadió Em—. Heather y yo somos muy capaces de entretenernos la una a la otra un par de días.

Lucinda, que parecía más animada a pesar de su expresión ceñuda, levantó la mirada de la invitación.

—¿Estás segura de que no es indecoroso que vaya sola?

—¿A Asterley Place? ¡Por supuesto que no! —Em zanjó la cuestión con un aspaviento—. No eres ninguna cría que acabara de presentarse en sociedad. Y no me cabe ninguna duda de que allí habrá mucha gente a la que ya conoces. Las fiestas de Elmira son muy elegantes.

—Ve, por favor —Heather se inclinó sobre la mesa—. Me encantaría que luego me lo contaras todo. Puede que la próxima vez nos inviten a las tres.

Lucinda miró el rostro ávido de la joven. Sus titubeos eran, en realidad, un simple subterfugio. Si cabía la posibilidad, por remota que fuera, de que Harry estuviera detrás de aquella invitación, no le quedaba más remedio: tenía que ir.

Se irguió y, al tomar aire, sintió que una oleada de esperanza la revivía.

—Muy bien. Si estáis seguras de que podéis pasar sin mí…

Em y Heather le aseguraron efusivamente que, en efecto, podían pasar sin ella.

Después de comer, Em se retiró al saloncito de mañana. Se sentía llena de una grata expectación. Se dejó caer en el diván y mientras miraba con agrado a su alrededor se recostó en los cojines, se quitó las pantuflas y levantó los pies. Apoyó la cabeza en un almohadón, cerró los ojos y exhaló un profundo suspiro.

Se preguntaba si sería demasiado pronto para cantar victoria.

Estaba profundamente dormida, soñando con confeti y tul blanco, cuando el chasquido de la cerradura la despertó.

¿En qué estaba pensando Fergus?

Giró la cabeza, exasperada... y vio entrar a Harry.

Parpadeó de nuevo. Abrió la boca... y entonces reparó en la flor blanca que Harry llevaba en el ojal.

Harry jamás llevaba flores en el ojal..., como no fuera en una boda.

Él notó su mirada atónita y se encogió por dentro. Debería haber prescindido de la flor. Pero se había vestido con especial esmero. Le había parecido lo más adecuado. Estaba decidido a hacer las cosas bien. Si ellas hubieran tenido el buen sentido de quedarse en casa el día anterior, aquel calvario ya habría terminado. Refrenó su impaciencia, cerró la puerta y se giró para mirar a su tía, que acababa de recuperar el habla.

—Eh...

—Exacto —dijo Harry sin su habitual languidez—. Si no te importa, tía, quisiera ver a la señora Babbacombe —miró los ojos ligeramente saltones de Em—. A solas.

Em parpadeó.

—Pero si se ha ido.

—¿Que se ha ido? —el semblante de Harry quedó inexpresivo. Por un momento, no pudo respirar—. ¿Adónde?

Em se llevó una mano a la cabeza, que empezaba a darle vueltas.

—Pues... a casa de Asterley, naturalmente —se sentó, con los ojos como platos—. ¿Tú no vas a ir?

Harry la miró, estupefacto.

—He recibido una invitación —reconoció con cierta cautela.

Em se irguió sobre los cojines con una mano en el pecho.

—Gracias a Dios. Sólo ha ido por eso —recordó lo que había pasado y miró a Harry con enojo—. No es que vaya a servir de nada, desde luego. Está más claro que el agua que no la han invitado por sugerencia tuya.

—¿Por sugerencia...? —Harry la miraba como si se hubiera vuelto loca—. ¡Por supuesto que no! —hizo una pausa y luego preguntó—: ¿Por qué demonios crees que iba a hacer una cosa así?

Em apretó los labios y se encogió de hombros.

—Bueno, cabía dentro de lo posible que hubiera sido idea tuya. Estoy segura de que Alfred podría haber puesto otro nombre en la lista de Elmira si tú se lo hubieras pedido.

—¿Elmira?

Em hizo un aspaviento.

—Sé que es Marguerite quien envía las invitaciones, pero aún es la fiesta de Elmira.

Harry apretó los puños y cerró los ojos... y sofocó la ira que empezaba a adueñarse de él. Su padre era más mayor que Em... y sufría del mismo mal que su tía: una memoria extrañamente selectiva. Estaba claro que Em recordaba su amistad con Alfred y que, sin embargo, había olvidado por completo que su madre, Elmira, llevaba cerca de ocho años muerta.

Las fiestas en Asterley Place eran, desde entonces, muy distintas a las que recordaba su tía.

Harry respiró hondo y abrió los ojos.

—¿Cuándo se ha ido?

Em frunció el ceño con cierta petulancia.

—Sobre las once —miró el reloj de la repisa de la chimenea—. Estará ya a mitad de camino.

Harry hizo una mueca y giró sobre sus talones.

Em se quedó mirándolo.

—¿Adónde vas?

Él miró hacia atrás con la mano en el picaporte y una expresión dura e implacable.

—A rescatar a Boadicea de un hatajo de romanos poseídos por la lujuria.

Con ésas, salió cerrando la puerta a su espalda. Em se quedó mirando, divertida, los inexpresivos paneles de la puerta.

—¿Boadicea?

Harry cruzó la puerta de sus habitaciones, se arrancó el clavel blanco de la solapa y lo tiró encima de la mesa.

—¡Dawlish! ¿Dónde demonios te has metido?

—Estoy aquí —se oyó mascullar desde el fondo del pasillo. Dawlish apareció con un delantal sobre la ropa de calle. Llevaba en las manos unas cucharas de plata y un paño de bruñir—. ¿Qué mosca le ha picado ahora? Creía que había ido a arreglar las cosas.

Harry apretó los dientes.

—Y fui…, pero por lo visto debería haber pedido cita. La muy condenada se ha ido a pasar unos días al campo. A Asterley Place.

Rara vez había visto a Dawlish tan perplejo.

—¿A Asterley Place?

—Exactamente —Harry se quitó el gabán—. Y no es que haya cambiado de estilo de vida. La muy terca no tiene ni idea de dónde se va a meter.

Dawlish puso unos ojos como platos.

—Que Dios la ampare —tomó el gabán de Harry.

—Francamente, dudo que pueda —Harry se quitó los guantes y los tiró sobre la mesa, junto con el clavel.

Luego se volvió hacia las escaleras–. Vamos, no te quedemos ahí parado como un pasmarote. Necesitamos los caballos. Nos lleva más de dos horas de ventaja.

Mientras Harry subía a toda prisa las escaleras, Dawlish parpadeó y a continuación se zarandeó a sí mismo.

–Con usted tan enfadado y los caballos de su humor habitual, reduciremos su ventaja a la mitad en un periquete.

Harry no le oyó. Entró en su dormitorio y tardó apenas un par de minutos en meter algo de ropa en una bolsa. Dawlish entró mientras luchaba por ponerse una levita verde botella. Ya había cambiado sus calzas de paño de color marfil por otras de gamuza.

–No hace falta que se mate –le aconsejó Dawlish, recogiendo la bolsa–. Iremos pisándole los talones.

Harry salió con el ceño fruncido.

–Llegaremos una hora después que ella –gruñó.

Una hora durante la cual tendría que vérselas con una casa llena de lobos convencidos de que era una presa fácil.

Lucinda se apeó del carruaje ante la escalinata de Asterley Place y miró a su alrededor. La casa presentaba una fachada relativamente reciente, con columnas jónicas que sostenían el tejado del porche y cercos geométricos de corte clásico delimitando las grandes ventanas. El edificio se levantaba en medio de un extenso parque, delante de una espaciosa pradera de césped que descendía hacia las orillas de un lago. A ambos lados se vislumbraban hermosos jardines, y el olor sutil de las rosas se elevaba por encima de una tapia de ladrillo. Los anchos escalones de piedra llevaban al pórtico. Mientras los lacayos corrían a hacerse cargo de su equipaje, Lucinda subió sin prisas a saludar a sus anfitriones, que la esperaban junto al mayordomo.

—Bienvenida a Asterley Place, mi querida señora Babbacombe. No sabe cuánto me alegra verla —lord Asterley, un caballero de estatura media cuya tendencia a engordar era severamente reprimida, se inclinó ante ella y le estrechó la mano.

Lucinda sonrió. Recordaba ya que había conocido a lord Asterley durante sus primeras semanas en la capital.

—He de darle las gracias por su invitación, milord. Ha sido de lo más... oportuna. Le estoy muy agradecida —no podía sofocar la esperanza que brotaba dentro de ella. La ilusión hacía brillar sus ojos y su sonrisa.

Lord Asterley lo notó... y se sintió halagado.

—¿De veras? Cuánto me alegra saberlo, querida —le dio unas palmaditas en la mano y a continuación se volvió hacia la dama que permanecía a su lado—. Permítame presentarle a mi hermana, lady Martindale, que actúa como mi anfitriona en estas pequeñas reuniones.

Lucinda se volvió y al instante se sintió acogida por una cálida sonrisa.

Lady Martindale la tomó de las manos y una sonrisa arrugó su bella cara.

—Por favor, llámeme Marguerite, como todos los demás —lady Martindale era unos años mayor que Lucinda, tenía el cabello rubio, el pecho prominente y un talante tan bonachón como el de su hermano—. Espero que se divierta mientras esté aquí. No dude en avisarme si echa algo en falta.

Lucinda sintió que se relajaba.

—Gracias.

—Los demás van a reunirse en el invernadero. Por favor, únase a ellos en cuanto haya descansado un rato —Marguerite señaló la casa—. Estoy segura de que ya conoce a muchos de nuestros invitados, pero aquí nos preciamos de nuestra falta de etiqueta —se inclinó hacia ella y añadió—: Descuide, no hay nadie que no sepa comportarse, así que no tiene que preocuparse por nada, salvo por decidir con quién quiere pasar el rato —Lucinda le devolvió la sonrisa—. Bueno..., la hemos puesto en el cuarto azul —Marguerite miró el vestido de batista de Lucinda—. Y creo que hemos dado en el clavo. Melthorpe le mostrará el camino y se encargará de su doncella y su equipaje. La cena es a las seis.

Lucinda le dio las gracias de nuevo y siguió al mayordomo. Era éste un hombre menudo y como encogido entre sus ropas oscuras, con una nariz alargada y unos hombros hundidos que le daban el aspecto de un cuervo.

Al llegar a lo alto de la amplia escalera principal, Lucinda pudo verle los ojos. El mayordomo le señaló un pasillo. Ella echó a andar de nuevo tras él y frunció el ceño para sus adentros. ¿Por qué demonios la miraba Melthorpe con tanta severidad? El mayordomo se detuvo ante una puerta del fondo del pasillo, la abrió y se retiró para permitirle el paso. Al pasar a su lado, Lucinda pudo echarle un vistazo a su cara desde más cerca.

Luego paseó la mirada por la habitación y asintió con la cabeza, complacida.

—Gracias, Melthorpe. Haga el favor de mandarme inmediatamente a mi doncella.

—Como desee, señora.

Lucinda lo observó mientras, con un aire gélido que rozaba la descortesía, Melthorpe se inclinaba y salía de la habitación. Cuando cerró la puerta tras él, frunció el ceño.

Había escasas posibilidades de que hubiera malinterpretado sus modales. Llevaba demasiados años tratando con sirvientes y criados como para caer en ese error. El mayordomo la había mirado, la había tratado como si… Tardó un momento en encontrar una definición precisa para su conducta. Cuando lo hizo, se quedó de una pieza.

La puerta se abrió y apareció Agatha, seguida por un lacayo que portaba su equipaje. Lucinda se quedó mirando mientras su doncella, tan severa como siempre, daba instrucciones al lacayo para que dejara la maleta junto al tocador. Después, cerró la puerta tras él.

—¡Bueno! —Agatha se volvió para mirarla.

Lucinda notó su mirada curiosa, pero no respondió. Sabía por experiencia que obtendría más información si dejaba que Agatha la dosificara a su manera. Y de pronto sentía gran curiosidad por Asterley Place.

Se quitó los guantes y los arrojó sobre la cama, una cama muy amplia, con cuatro postes y cubierta por un dosel. Su sombrero siguió a los guantes. Luego se alisó las faldas y se quedó mirándolas.

—Humm. Demasiado arrugadas. Creo que me pondré mi vestido de té nuevo, hasta la hora de cenar.

Agatha se puso a refunfuñar mientras abría los cierres de la maleta.

—Casi no los he visto, pero parecen todos muy elegantes. Al pasar por la cocina, he visto un buen montón de ayudas de cámara… y por la pinta de algunas doncellas, creo que habrá tortas por las tenacillas de rizar el pelo antes de que caiga la noche. Será mejor que deje que le recoja el pelo.

—Luego —Lucinda se miró en el espejo del tocador—. Habrá tiempo antes de la cena.

—A las seis, han dicho. Ni como en el campo, ni como en la ciudad —Agatha sacó un montón de vestidos de la maleta—. He oído decir a un lacayo que cenan a esa hora para tener más tiempo para sus jueguecitos, vaya usted a saber qué quería decir con eso.

—¿Jueguecitos? —tal vez la familia Asterley se divertía con los juegos de salón propios de una casa de campo. Lucinda arrugó el ceño. No se imaginaba a lord Asterley y a Marguerite presidiendo tales entretenimientos. Apretó los labios y se levantó—: Ven, ayúdame a cambiarme. Quiero reunirme con los otros invitados antes de cenar.

Tal y como le habían dicho, los demás se habían reunido en el invernadero. Éste, de grandes proporciones, se alzaba en la parte de atrás de la casa y se hallaba repleto de palmeras que, plantadas en macetas, formaban una suerte de gruta exuberante y frondosa. En el centro había una piscina alicatada alrededor de la cual se habían dado cita los invitados, algunos sentados en sillones de mimbre y otros de pie, charlando en pequeño grupos.

Lucinda se alegró enseguida de haberse cambiado de ropa. Los invitados formaban, en efecto, un grupo muy elegante, como aves de vistoso plumaje cobijadas entre la espesura. Lucinda saludó a la señora Walker, una elegante viuda, y a lady Morcombe, una dama muy distinguida. A ambas las había conocido en la ciudad.

—Mi querida señora Babbacombe —Marguerite se apresuró a saludarla—. Permítame presentarle a lord Dewhurst. Acaba de regresar de viaje. Por eso no se conocen aún.

Lucinda respondió con calma al saludo de lord Dewhurst mientras, para sus adentros, calibraba a sus acompañantes. No advirtió nada raro a lo que achacar su estado de nerviosismo.

—En efecto —dijo en respuesta a una pregunta de lord Dewhurst—, he disfrutado bastante de mi estancia en la ciudad. Pero los bailes empiezan a resultarme un tanto... —hizo un gesto—... excesivos, ¿no le parece a usted? Hay tanta gente que apenas se oye uno pensar. Y en cuanto a respirar...

Lord Dewhurst se echó a reír. Su risa era suave y tersa.

–Tiene usted razón, querida. Las pequeñas reuniones como ésta son mucho más convenientes.

El leve énfasis que puso en la última palabra hizo levantar la mirada a Lucinda. Lord Dewhurst la observaba con viveza.

–Estoy seguro de que pronto descubrirá que en Asterley Place es muy fácil encontrar tanto tiempo como lugar para... pensar.

Lucinda lo miró con extrañeza. Pero antes de que pudiera llegar a una conclusión, él la tomó de la mano y se inclinó.

–Si desea usted compañía, querida, no dude en acudir a mí. Puedo ser sumamente reflexivo, se lo aseguro.

–Eh... sí. Quiero decir que... –Lucinda luchó por concentrarse–... tendré en cuenta su ofrecimiento, milord –inclinó la cabeza con cierta rigidez.

Aguardó mientras Dewhurst hacía otra reverencia y se alejaba luego tranquilamente. Después respiró hondo... y lanzó otra mirada, mucho más crítica, a su alrededor.

De pronto se preguntó cómo había podido estar tan ciega. Todas las damas presentes eran indudablemente mujeres de alcurnia, todas ellas casadas o viudas, pero se hallaban en una edad en la que era fácil imaginar que estuvieran interesadas en solazarse en discretos devaneos amorosos.

En cuanto a los caballeros, todos y cada uno de ellos pertenecían a una clase que conocía muy bien.

Antes de que le diera tiempo a llevar adelante sus reflexiones, lord Asterley se acercó a ella.

–Mi querida señora Babbacombe, no sabe cuánto me alegró saber que estaba usted interesada en nuestras pequeñas reuniones.

—¿Interesada? —Lucinda intentó disimular su asombro y levantó fríamente las cejas.

Lord Asterley sonrió sagazmente. Lucinda casi temió que le guiñara un ojo o le diera un codazo.

—Bueno, quizá no expresamente en nuestras reuniones, pero sí en el tipo de entretenimientos que todos nosotros encontramos tan... —hizo una amplio gesto-... satisfactorios —bajó la mirada hacia ella—. Espero, querida, que, si se siente inclinada a ello, no dude en avisarme para... ayudarla a hacer más llevadera su estancia en nuestra casa.

Lucinda inclinó la cabeza educadamente. Como no encontraba palabras para responder a lord Asterley, le dejó creer lo que le conviniera.

Él sonrió e hizo una reverencia. Lucinda descubrió, para su consternación, que le resultaba sumamente difícil indignarse con un hombre tan cordial. Inclinó la cabeza y se acercó a la piscina. Había una silla vacía junto a la señora Allerdyne, una distinguida viuda que —Lucinda se dio cuenta de repente— probablemente no era tan virtuosa como parecía.

La señora Allerdyne se giró cuando Lucinda se sentó en el sillón de mimbre.

—Buenas tardes, señora Babbacombe... ¿o puedo prescindir de cumplidos y llamarte Lucinda?

Lucinda miró con estupor el semblante encantador de Henrietta Allerdyne.

—Sí, por supuesto —miró de nuevo a su alrededor, algo aturdida. Tenía la impresión de haber abierto los ojos a un nuevo aspecto de la vida en los círculos de la alta sociedad.

—Es la primera vez que viene, ¿verdad? —Henrietta se inclinó hacia ella—. Me lo ha dicho Marguerite —explicó cuando Lucinda volvió a mirarla—. No tiene por qué sentirse violenta —le dio unas palmaditas en la mano—. Aquí somos todos amigos, naturalmente. El colmo de la discreción. Descuide, no habrá ni un solo comentario cuando regrese a la ciudad −Henrietta miró a su alrededor con aire despreocupado−. Hace años que es así. Desde que Harry empezó.

Lucinda se quedó sin aliento.

−¿Harry? ¿Harry Lester?

−Mmm −Henrietta intercambiaba miradas cargadas de intención con un caballero muy bien vestido que había al otro lado del salón−. Que yo recuerde, fue a Harry a quien se le ocurrió la idea. Alfred simplemente la llevó a cabo siguiendo sus instrucciones.

Harry..., que la había enviado allí.

Por un instante, Lucinda se sintió al borde del desmayo. La habitación quedó oscurecida por una densa bruma y un escalofrío se apoderó de ella. Tragó saliva. Apretó los puños sobre su regazo y luchó contra su aturdimiento. Cuando se sintió con fuerzas murmuró:

−Entiendo −Henrietta, absorta en su caballero, no había notado su turbación... ni su repentina palidez. Lucinda notaba las mejillas heladas. Aprovechó la ocasión para intentar rehacerse. Luego preguntó con la mayor despreocupación de que fue capaz−: ¿Y él viene a menudo?

−¿Harry? −Henrietta inclinó la cabeza mirando a su caballero con una sonrisa y a continuación se volvió hacia ella−. De vez en cuando. Siempre está invitado, pero nunca se sabe si aparecerá −su sonrisa se tornó afectuosa−. A ése no hay quien le ponga el arnés.

−No, desde luego −Lucinda ignoró la mirada inquisitiva de su interlocutora. Dentro de ella empezaba a agitarse una rabia como no había conocido otra.

¿Había pretendido Harry demostrarle lo que pensaba de ella al invitarla allí? ¿Que para él se había convertido en una de aquellas mujeres que se solazaban con cualquier caballero de su antojo? ¿La había enviado allí para que disfrutara de la grata compañía que ella le había asegurado andar buscando?

¿O acaso pretendía darle un escarmiento y pensaba llegar justo a tiempo para sacarla de aquel atolladero?

Apretó la mandíbula, cerró los puños y se levantó bruscamente. Tenía ganas de gritar, de dar vueltas, de tirar cosas. No sabía cuál de los posibles motivos de Harry la enfurecía más. Respiró hondo.

—Espero que venga —masculló entre dientes.

—¿Lucinda? —Henrietta se inclinó para mirarla—. ¿Te encuentras bien?

Lucinda compuso una sonrisa, envarada.

—Perfectamente, gracias.

Henrietta no parecía muy convencida.

Por suerte sonó el gong y todos se retiraron a sus habitaciones. Lucinda logró refrenar su impaciencia y acompañó a Henrietta hasta su puerta. Después recorrió rápidamente el pasillo hasta el cuarto azul.

—¿Qué has oído? —le preguntó a Agatha en cuanto hubo cerrado la puerta.

Agatha levantó la vista del vestido de seda azul marino que estaba extendiendo sobre la cama. Echó un vistazo a la cara de Lucinda... y contestó sin ambages.

—No mucho..., pero nada bueno. Montones de indirectas sobre lo que hacen los señores por las noches. Puertas abriéndose y cerrándose a todas horas... —Agatha resopló—. Y cosas así.

Lucinda se sentó ante el tocador y comenzó a quitarse las horquillas del pelo. Miró a su doncella con severidad.

—¿Qué más?

Agatha se encogió de hombros.

—Parece que es lo que se espera aquí. No sólo una pareja de vez en cuando, como pasa en todas partes —hizo una mueca—. He oído que un lacayo lo comparaba con una casa de postas. No bien sale un carruaje cuando ya está entrando otro.

Lucinda se recostó en la silla y se quedó mirando a Agatha por el espejo.

—Cielo santo —dijo por fin débilmente. Luego se recobró: fueran cuales fuesen las costumbres de la casa, estaba segura de que ningún caballero de los presentes forzaría los favores de una dama que no estuviera dispuesta a ofrecérselos por propia voluntad.

Su mirada se posó sobre el vestido azul marino.

—Ése, no —entornó los ojos—. El de gasa.

Agatha se incorporó con los brazos en jarras.

—¿El de gasa?

Lucinda levantó las cejas sin apartar la mirada del espejo.

Agatha soltó un bufido.

—Pero si es casi indecente.

—Es perfecto para mis propósitos —contestó Lucinda casi ronroneando. No iba a ser ella quien recibiera una lección esa noche.

Agatha comenzó a rezongar, apartó el vestido azul marino y sacó el de gasa, de color celeste tirando a plateado. Lo colocó cuidadosamente sobre la cama, bufó con exasperación y empezó a aflojarle las cintas del corsé a Lucinda. Entre tanto, ésta daba golpecitos con el peine sobre la mesa.

—Qué embrollo tan espantoso —frunció el ceño—. ¿Has preguntado por lady Asterley?

Agatha asintió con la cabeza.

—No hay tal señora Asterley. La última, la madre de lord Asterley, murió hace años.

—Ah —Lucinda parpadeó. Después respiró hondo y

cuadró los hombros–. En fin, lo de esta noche ya no tiene remedio, pero mañana nos vamos.

–Sí. Eso pensaba yo.

Lucinda advirtió el alivio de su doncella y disimuló una sonrisa afectuosa.

–No te preocupes, pese a todas las evidencias en contra, en el fondo son unos perfectos caballeros.

Agatha profirió un bufido.

–Si usted lo dice…, pero un caballero puede ser muy persuasivo a veces.

Lucinda se levantó y dejó que su vestido cayera al suelo. Se apartó y permitió que Agatha la ayudara a enfundarse el vestido de gasa azul. Sólo cuando estaba ya lista para bajar al salón se dignó contestar al último comentario de su doncella.

–Espero que a estas alturas sepas ya –dijo fijando en Agatha una mirada altiva– que soy perfectamente capaz de vérmelas con cualquier caballero que se interponga en mi camino. Así que recógelo todo aquí y dile a Joshua que nos vamos por la mañana –se acercó a la puerta y se detuvo para mirar de nuevo a su doncella–. Y no te preocupes, vieja cascarrabias.

Con ésas, se dio la vuelta y salió envuelta en esplendorosa seda azul.

El salón se llenó rápidamente. Los invitados parecían ansiosos de hallarse en su mutua compañía. Lucinda, que ya sabía a qué atenerse, se movió sin dificultades entre ellos, respondiendo a los cumplidos y a la franca admiración que veía en los ojos de los caballeros, cuyas sutiles insinuaciones eludía con pericia. Era de nuevo dueña de sí misma…, pero tenía los nervios de punta y se sentía en vilo.

El momento que había estado esperando llegó al fin.

Harry entró en el salón, y Lucinda se percató al instante de cierto revuelo. Debía de haber llegado mientras se estaban cambiando; iba vestido en blanco y negro, como de costumbre, y su hermoso pelo relucía a la luz de las velas. Marguerite interrumpió su conversación para acercarse a saludarlo... con un beso en la mejilla, notó Lucinda. Lord Asterley fue a estrecharle la mano. Otros caballeros inclinaron la cabeza o se acercaron a presentarle sus respetos. Muchas de las damas sonrieron, alborozadas, mientras se atusaban el pelo.

Encontrándose de pronto objeto de una mirada penetrante, Lucinda no sonrió. Su corazón dio un vuelco y luego se aceleró. Sintió una lenta opresión en el pecho. Con expresión remota, inclinó la cabeza un poco y se volvió hacia el señor Ormesby y lady Morcombe.

Y esperó a que Harry se acercara a ella.

Pero Harry no se acercó..., ni parecía dispuesto a hacerlo, lo cual quedó claro al cabo de diez minutos. Lucinda apretó los dientes y maldijo para sus adentros, consciente de que la mirada de Harry reposaba sobre sus hombros, desnudos por encima del amplio escote de su vestido, y sobre la parte superior de sus pechos, que quedaba al descubierto. ¿Qué demonios estaba tramando ahora?

En realidad, Harry la estaba maldiciendo. Apenas podía refrenar el deseo de cruzar la habitación, apoderarse de su delicada muñeca y sacarla de allí. ¿Qué diablos pretendía presentándose con aquel vestido de finísima seda, que relucía y brillaba como una provocación? El suave tejido se ceñía a todo lo que tocaba, ocultaba y perfilaba por momentos su esbelta silueta, mostrando sutilmente las bellas curvas de sus caderas y sus muslos y la suave superficie de su espalda. En cuanto a sus pechos, apenas permanecían ocultos: el escote cuadrado había sido cortado por un avaro. Harry apretó los dientes y obligó a sus pies a estarse quietos. Los demás caballeros parecían cautivados, de modo que al menos no tenía que disimular su interés.

—¡Harry, viejo zorro! No esperaba verte aquí. Creía que estabas pensando en seguir el ejemplo de Jack.

Harry miró con intensa irritación a lord Cranbourne.

—Ése no es mi estilo, Bentley. Pero ¿en quién tienes puestas tus miras?

Lord Cranbourne sonrió.

—En lady Morcombe. Es una ciruelita madura..., ese carcamal de su marido no sabe apreciarla como debería.

—Hmm —Harry paseó la mirada por la habitación—. Los de siempre, ¿eh?

—Todos, excepto la encantadora señora Babbacombe..., pero creo recordar que tú la conoces muy bien.

—En efecto —Harry posó la mirada sobre Lucinda y sofocó de nuevo el impulso de correr a su lado.

—¿Tus intereses van por ahí esta noche?

Harry lanzó una rápida mirada a lord Cranbourne, pero estaba claro que éste había formulado la pregunta sin mala intención.

—No en el sentido que tú crees.

Inclinó la cabeza y se alejó tranquilamente, antes de que lord Cranbourne saliera de su asombro y pudiera preguntarle qué había querido decir.

Harry recorrió el salón con estudiada calma, observándolo todo. Su interés se centraba, ciertamente, en Lucinda..., pero su principal preocupación consistía en averiguar quién había incluido su nombre en la lista de invitados. Se hallaba a medio camino de Asterley Place cuando se había despejado lo suficiente como para formularse aquella pregunta. Él no había sugerido su nombre, así pues ¿quién había sido? ¿Y por qué?

Se paseó por la habitación observando cuidadosamente no sólo a Lucinda, sino a todos aquellos que se le acercaban, ansioso por adivinar cuál de aquellos truhanes —sus compañeros de armas— sería el primero en abordarla.

Cuando Melthorpe anunció la cena con su habitual aire de sepulturero, Lucinda había llegado a la conclusión de que Harry estaba esperando que le sucediera algo —presumiblemente un desastre— para acudir en su ayuda y hacerse de nuevo cargo de ella. Se prometió a sí misma que aquello no volvería a ocurrir y sonrió amablemente cuando el señor Ormesby le ofreció su brazo.

—¿Viene usted a menudo, señor?

El señor Ormesby hizo un gesto despreocupado.

—De vez en cuando. Es agradable alejarse un tiempo del ajetreo de la ciudad, ¿no le parece?

—Desde luego —por el rabillo del ojo, Lucinda vio fruncir el ceño a Harry. Luego Marguerite se detuvo a su lado y reclamó su brazo. Lucinda se volvió hacia el señor Ormesby con una sonrisa radiante—. Si me lo permite, confío en que me instruya usted en la costumbres de Asterley.

El señor Ormesby pareció alborozado.

—Será un placer, querida.

Lucinda parpadeó, y confió en no estar levantando falsas esperanzas.

—Dígame…, ¿son muy sofisticadas las cenas?

La de esa noche no lo era, pero era, en todo caso, una cena distinguida, con cuatro platos y dos servicios. La conversación, para alivio de Lucinda, giró en torno a los temas habituales, con intercambio de anécdotas y chismorreos, todo ello del mejor gusto. En efecto, de no haber sido por las sutiles insinuaciones, las miradas elocuentes y algún que otro susurro, Lucinda se habría divertido sin reservas.

—Mi querida señora Babbacombe —lord Dewhurst,

sentado a su izquierda, se inclinó para llamar su atención–, ¿le han hablado de la búsqueda del tesoro que ha organizado Marguerite para mañana?

–¿La búsqueda del tesoro? –consciente del creciente ardor de la mirada de su interlocutor, Lucinda se preguntó vagamente si tal empresa, en aquella compañía, podía ser inocente.

–Sí..., y también jugamos a una versión del juego de la oca que estoy seguro será de su agrado. Ni qué decir tiene que no usamos tablero –lord Dewhurst sonrió–. Nosotros mismos somos las fichas.

Lucinda podía imaginárselo, pero mantuvo una sonrisa serena y aprovechó que le ofrecían unas natillas para eludir cualquier comentario al respecto. Al hacerlo, sorprendió la mirada de Harry fija en ella. Estaba sentado al otro lado de la mesa, algo alejado de ella. A pesar de la distancia, Lucinda sentía su creciente irritación en la extraña tensión que atenazaba su cuerpo, aparentemente relajado, y en el modo en que sus largos dedos asían la copa de vino. Lucinda compuso una sonrisa radiante e ingenua... y se la dedicó al señor Ormesby.

Harry sintió crisparse los músculos de su mandíbula. Tenía los dientes apretados. Se obligó a relajar la mandíbula y se giró al ver que Marguerite le hacía señas desde el otro extremo de la mesa.

Lucinda esperaba tener ocasión de recobrar el aliento, serenarse y fortalecer sus defensas cuando las señoras se retiraran al salón. Pero, en Asterley, a los caballeros no les interesaba el oporto; siguieron a las damas sin mirar siquiera las botellas del aparador.

–La primera noche, solemos tomarnos las cosas con calma –informó el señor Ormesby a Lucinda al reunirse con ella junto a la chimenea–. Para... ir conociéndonos los unos a los otros, usted ya me entiende.

—Exacto —dijo lord Asterley, que había seguido al señor Ormesby—. Mañana, naturalmente, las cosas se animarán un poco —se frotó las manos y miró a los invitados—. Pensábamos empezar navegando un rato por el lago, y pasar luego a la búsqueda del tesoro. Marguerite lo tiene todo organizado. Será en los jardines, por supuesto —fijó en Lucinda una sonrisa perfectamente inocente—. En nuestros jardines hay muchos rincones tranquilos donde encontrar un tesoro.

—¿Ah, sí? —Lucinda logró parecer educadamente distante.

—No empezamos hasta después de mediodía, por supuesto. Solemos reunirnos en el salón del desayuno a eso de las diez. Así todo el mundo tiene ocasión de recuperar el sueño perdido, ¿sabe usted?

Lucinda asintió con la cabeza y tomó nota de que debía ponerse en camino poco después de las diez. Ignoraba aún qué excusa iba a poner, pero ya se le ocurriría algo al día siguiente.

Lord Cranbourne y lady Morcombe se reunieron con ellos. La conversación giró en torno a los pasatiempos de los días siguientes. Los pasatiempos comunes, naturalmente. En cuanto a los demás, Lucinda era cada vez más consciente de las miradas curiosas que le lanzaban el señor Ormesby, lord Asterley y lord Dewhurst en particular.

Por primera vez desde su llegada a Asterley Place, comenzó a sentirse realmente intranquila. No porque temiera por su virtud, sino por el desagrado que le producía la idea de verse envuelta en una situación embarazosa. El señor Ormesby y lord Asterley no parecían dispuestos a apartarse de su lado. Para alivio de Lucinda, Marguerite reclamó su atención para ayudar a pasar las tazas de té. Ella aprovechó la ocasión para sentarse en una silla, junto al diván, en cuyo extremo se sentaba una mujer muy guapa de edad parecida a la suya. Lucinda recordaba vagamente que se la habían presentado en Almack's.

—Lady Coleby..., Millicent —la mujer sonrió e inclinó la cabeza al pasarle una taza de té—. Siempre es un placer dar la bienvenida a un nuevo miembro de nuestro círculo.

Lucinda contestó con una sonrisa algo endeble y se escondió tras su taza de té. Empezaba a preguntarse si no debería haberse marchado tres horas antes, a pesar del revuelo que se habría armado.

—¿Ha elegido ya? —lady Coleby levantó una ceja por encima del borde de su taza.

Lucinda parpadeó.

—¿Elegir?

Lady Coleby abarcó el salón con un gesto.

—Entre los caballeros —Lucinda se quedó perpleja—. Ah, había olvidado que es usted nueva —lady Coleby bajó la taza y se inclinó hacia ella—. Es todo muy sencillo. Una sólo tiene que decidir cuál de los caballeros le gusta más. Uno, dos o más, si le place. Luego, se lo hace saber... discretamente, desde luego. No hay que hacer nada más. Está todo maravillosamente bien organizado.

Al hallarse de nuevo frente a la mirada inquisitiva de su interlocutora, Lucinda tragó un sorbo de té.

—Eh..., no estoy segura.

—Pues no lo dejé para muy tarde, o los mejores estarán ya ocupados —lady Coleby le tocó la manga—. Yo voy detrás de Harry Lester —le confesó, señalando con la cabeza a Harry, que estaba al otro lado del salón—. Hacía siglos que no venía..., por lo menos, desde que vengo yo, y hace más de un año. Es tan elegante, tan exquisito... Tan seductor... —lady Coleby se interrumpió con un delicado escalofrío—. Las aguas profundas ocultan corrientes peligrosas, o eso dicen —bebió un sorbo de té con la mirada fija en Harry—. Nunca hubiera creído que Harry se volvería así. Es extraño. No se parece nada al joven inmaduro e inexperto que pidió mi mano hace tantos años.

Lucinda se quedó paralizada. Luego volvió a dejar lentamente la taza sobre el platillo.

—¿Pidió su mano?

—Pues sí. No oficialmente..., no fue para tanto. Fue hace diez años o más —lady Coleby fingió que se le empañaban los ojos y luego soltó una risilla—. Estaba terriblemente enamorado. En fin, ya sabe cómo son los jóvenes —agitó la mano—. Completamente extasiado. Me decía unas cosas tan ardientes y apasionadas... Era todo muy emocionante y ya entonces era muy guapo.

Lucinda estudió la cara de lady Coleby mientras ésta observaba a Harry, que parecía enfrascado en su conversación con el señor Harding.

—Pero ¿no aceptó su ofrecimiento?

—¡Cielos, no! Los Lester son pobres como ratones de iglesia. O lo eran. Pero... —un brillo iluminó los ojos castaños de lady Coleby—, ahora que mi marido ha muerto y los Lester han tenido un golpe de suerte... —lady Coleby dejó la frase en suspenso y afirmó—: Un golpe de suerte tremendo, o eso me han dicho, querida. En fin... —volvió a mirar a Harry y la expectación iluminó su cara—. Creo que debería retomar nuestra amistad.

En ese momento, Harry y el señor Harding se separaron, y Harry les lanzó una mirada penetrante desde el otro lado de la habitación.

Lady Coleby sonrió, radiante, dejó su taza de té a un lado y se levantó.

—Y éste parece ser el momento adecuado. Discúlpeme, querida.

Lucinda inclinó la cabeza con esfuerzo. Recogió ambas tazas y las llevó al carrito, junto al cual estaba sentada Marguerite, sin apartar la mirada de su anfitriona.

Harry, en cambio, tenía la mirada fija en ella. Titubeó, ceñudo, y apretó los labios. Ningún caballero la había abordado aún. Ninguno había pretendido acapararla. Tres o cuatro parecían seriamente encaprichados, y algunos otros la vigilaban de cerca. Pero ninguno parecía creer tener derechos sobre ella. Todos competían por sus favores como si Lucinda hubiera entrado en su órbita por propia voluntad.

Lo cual no contestaba a su pregunta. Haciendo una mueca, decidió dejar de lado aquel asunto hasta el día siguiente. Estaba a punto de cruzar la habitación para evitar lo que sabía sería una situación confusa y embarazosa cuando sintió que le tocaban la manga.

—Harry... —lady Millicent Coleby pronunció su nombre con un largo suspiro. Abrió de par en par sus ojos castaños y sus mejillas, delicadamente maquilladas, refulgieron.

Harry inclinó la cabeza secamente.

—Millie —levantó la cabeza de nuevo para mirar a Lucinda, que seguía conversando con Marguerite.

—Querido Harry —Millie, que parecía absorta en su corbata, no notó su distracción—, siempre he tenido debilidad por ti..., lo sabes, ¿verdad? Tuve que casarme con Coleby..., como bien sabes. Ahora eres mucho más mayor y entiendes cómo funciona nuestro mundo —Millie dejó que una sonrisa perspicaz curvara sus labios—. Tengo entendido que conoces muy bien cómo funcionan las cosas, Harry. Tal vez podamos... recorrer algunos caminos juntos esta noche.

Millie levantó la mirada en el instante en que Lucinda se despedía de Marguerite y se dirigía hacia la puerta. Harry se vio obligando a fijar su atención en Millie, que se hallaba justo enfrente de él.

—Discúlpame, Millie. Tengo que irme.

Inclinó la cabeza, esquivó a lady Coleby y un instante después se detuvo con la mirada fija en Lucinda... y en los tres caballeros que le habían salido al paso. Haciendo un esfuerzo de concentración, logró distinguir lo que decían.

—Mi querida señora Babbacombe —dijo Alfred, el primero en llegar a su lado—, confío en que la velada haya sido de su agrado.

—Ha sido una suerte que se sumara usted a nuestras filas, señora —Ormesby también se había acercado—. Espero que podamos persuadirla para que pase más tiempo con nosotros. Por mi parte, he de decir que pocas cosas me gustarían más.

Lucinda parpadeó. Antes de que pudiera responder, lord Dewhurst se unió a ellos. La tomó de la mano e hizo una reverencia.

—Ha sido un placer, querida. Confío en que tengamos ocasión de llegar a conocernos mejor.

Lucinda sostuvo la mirada serena pero ardiente de lord Dewhurst... y deseó estar en otra parte. El rubor tiñó sus mejillas. Luego, por el rabillo del ojo, vio a Harry. Observándola.

Respiró hondo para calmarse y sonrió a sus pretendientes. Después, confiando en que comprendieran lo poco que le interesaban sus insinuaciones, afirmó con calma:

—Si me disculpan, caballeros, creo que hoy voy a retirarme temprano.

Esbozó una sonrisa benévola y les hizo una reverencia. Ellos se apresuraron a inclinarse ante ella. Lucinda se incorporó y se fue derecha hacia la puerta. Salió de la habitación con la cabeza muy alta, convencida de haberse librado del atolladero.

Harry la siguió con la mirada.

Luego masculló un improperio, giró sobre sus talones y salió apresuradamente del salón por las puertas que daban a la terraza.

Millie se quedó mirándolo. Luego se encogió de hombros... y se fue en busca del señor Harding.

Lucinda subió las escaleras y atravesó los pasillos pensando no en los pormenores de su inminente partida, ni en lo que acababa de dejar atrás. Lo que ocupaba su mente eran las revelaciones de lady Coleby acerca del desengaño que había sufrido Harry unos años atrás.

Podía imaginarse con toda claridad cómo había sucedido todo; cómo, con el ímpetu propio de su juventud, Harry había puesto su amor a los pies de aquella mujer, sólo para verlo pisoteado. Debía de haber sido muy doloroso. Muchísimo. Aquello explicaba muchas cosas: por qué era tan cínico respecto al amor —no respecto al matrimonio, sino al amor necesario para sostenerlo—, la vehemencia de la que ahora hacía gala, ese algo especial que hacía que muchas mujeres lo consideraran un peligro —si bien un peligro sumamente excitante— y la cautela con que afrontaba sus propios sentimientos.

Al llegar a su cuarto, Lucinda cerró la puerta con firmeza. Buscó la llave e hizo una mueca, resignada, al descubrir que no había ninguna.

Gracias a lady Coleby y a su insensibilidad —o al menos eso pensaba Lucinda—, ya podía comprender por qué era Harry como era. Eso, sin embargo, no excusaba el hecho de que la hubiera metido en aquel lío.

Entornó los ojos mientras meditaba acerca de su perfidia. Cruzó la habitación, encendió el único candelabro que había sobre la mesa y tiró con firmeza del cordón de la campanilla.

La puerta se abrió. Con el cordón bordado aún en la mano, Lucinda se dio la vuelta.

Y vio entrar a Harry por la puerta.

Él paseó la mirada por la habitación y la encontró.

—No tiene sentido que llames a tu doncella. Las normas de la casa prohíben que los criados se paseen por los pasillos de arriba después de las diez.

Lucinda se había quedado de una pieza.

—¿Qué? Pero ¿qué haces aquí?

Harry cerró la puerta y volvió a mirar en derredor.

Lucinda ya había tenido suficiente. Achicó los ojos y cruzó la habitación con paso decidido para encararse con él.

—Ya que estás aquí, tengo algo que decirte.

Más tranquilo al ver que estaban solos, Harry fijó la mirada en su cara cuando se detuvo, esbelta y derecha, ante él.

—¿Ah, sí?

—¡Lo sabes muy bien! —Lucinda lo miró con enojo—. ¿Cómo te atreves a hacerme invitar a una reunión semejante? Sé que estás irritado porque no acepté tu proposición... —se interrumpió al darse cuenta de que ella, al igual que lady Coleby, le había rechazado—. Pero las circunstancias en nada se parecen a las de lady Coleby. O a como quiera que se llamara entonces —agitó la mano, exasperada—. Sean cuales sean tus sentimientos al respecto, he de decirte que tu comportamiento me parece intolerable. Completamente insensible y sin justificación alguna. Me resulta inconcebible que hayas...

—No he sido yo.

El acero que se escondía tras las palabras de Harry atajó la reprimenda de Lucinda, que lo miró parpadeando.

—¿No has sido tú?

Harry apretó la mandíbula y tensó los labios mientras la miraba con los ojos entornados.

—Para ser tan inteligente, a menudo se te ocurren ideas

de lo más estrafalarias. Yo no dispuse que te invitaran aquí. Muy al contrario —su tono se volvió despreocupado, pero su voz seguía sonando crispada—. Cuando descubra quién te invitó, pienso retorcerle el pescuezo.

—Ah —Lucinda dio un paso atrás cuando Harry se acercó a ella. Sus ojos se encontraron. De pronto se envaró y se plantó en el sitio—. Todo eso está muy bien..., ¿pero qué estás haciendo aquí?

—Protegerte de tu último despropósito.

—¿Despropósito? —Lucinda levantó fríamente las cejas... y el mentón—. ¿Qué despropósito?

—La invitación que, sin darte cuenta, acabas de hacer —Harry miró la cama y luego la chimenea. El fuego estaba encendido. La llama era aún débil, pero había suficiente madera en el hogar, delante del cual había colocado un sillón.

Lucinda frunció el ceño.

—¿Qué invitación?

Harry volvió a mirarla y se limitó a levantar las cejas.

Ella soltó un bufido.

—Tonterías. Eso son imaginaciones tuyas. Yo no he hecho invitación de ninguna clase.

Harry señaló el sillón.

—¿Quieres que esperemos, a ver qué pasa?

—No, quiero que te vayas —Lucinda no podía levantar más alto la barbilla—. Es una indecencia que estés aquí.

Los ojos de Harry brillaron.

—Naturalmente. Ése es el propósito de estas fiestas, por si no lo has notado —posó la mirada sobre sus pechos—. Y, hablando de indecencias, ¿quién demonios te ha dicho que ese vestido era decente?

—Un montón de caballeros llenos de admiración —replicó Lucinda, poniendo los brazos en jarras con actitud desafiante—. Y no hace falta que me digas cuál es el propósito de estas pequeñas reuniones, pero, para que lo sepas, no pienso tener nada que ver con ellas.

—Bien. En eso al menos estamos de acuerdo.

Lucinda achicó los ojos. Harry le sostuvo la mirada tercamente.

Alguien llamó a la puerta.

Harry sonrió con frialdad. Señaló con el dedo la nariz de Lucinda.

—Espera aquí.

Sin esperar respuesta, giró sobre sus talones y volvió sobre sus pasos. Abrió la puerta.

—¿Sí?

Alfred dio un respingo.

—¡Eh! ¡Ah! —parpadeó rápidamente—. Ah…, eres tú, Harry. Esto…, no me había dado cuenta.

—Eso es obvio.

Alfred cambió el peso del cuerpo de un pie a otro y a continuación hizo un gesto vago.

—¡Bueno, bueno! Creo que… vendré más tarde, entonces.

—No te molestes. La recepción será la misma.

Sus palabras sonaron como una clara advertencia. Le cerró la puerta en las narices a su antiguo compañero de colegio antes de que éste supiera qué hacer con su semblante bonachón. Luego dio media vuelta… y se encontró a Lucinda mirando perpleja la puerta.

—¡Cielo santo! ¡Qué cara!

Harry sonrió.

—Me alegra que me des la razón.

Lucinda parpadeó y luego señaló la puerta.

—Pero ya se ha ido. Le has dicho que no volviera —al ver que Harry se limitaba a levantar las cejas, dobló los brazos y levantó la barbilla—. No hay razón para que no te vayas tú también.

La sonrisa de Harry se volvió voraz.

—Puedo darte dos razones de peso.

Volvieron a llamar dos veces en un intervalo de una hora.

Tras la primera vez, Lucinda dejó de sonrojarse.

También dejó de insistir en que Harry se marchara. Aquélla no era la clase de fiesta campestre en la que se sentía a gusto.

Pasada la una de la noche, al ver que nadie volvía a tocar a la puerta, Lucinda se relajó al fin. Acurrucada contra los cojines de su cama, miró a Harry, que estaba tumbado con los ojos cerrados en el sillón, frente al fuego.

No quería que se fuera.

—Métete en la cama. Yo me quedo aquí.

Él no se había movido, ni había abierto los ojos. Lucinda sintió que su corazón se aceleraba.

—¿Ahí?

Los labios de Harry se tensaron.

—Soy perfectamente capaz de pasar la noche en un sillón por una buena causa —se removió, estirando las piernas—. No es tan incómodo.

Lucinda se quedó pensando un momento y luego asintió con la cabeza. Él parecía tener los ojos cerrados.

—¿Necesitas ayuda con el vestido?

Ella negó con la cabeza.

—No —contestó.

—Bien —Harry se relajó—. Buenas noches, entonces.

—Buenas noches.

Lucinda se quedó mirándolo un momento; luego se acomodó entre las mantas y se tapó. A pesar de que la cama tenía cuatro postes, no tenía cortinas, ni había biombo detrás del que pudiera cambiarse. Se apoyó en los almohadones. Al ver que Harry no hacía ningún ruido, ni se movía, se puso de lado.

La suave luz del fuego acariciaba la cara de Harry, iluminaba los huecos de sus facciones, realzaba su sólida estructura facial y ensombrecía sus densas pestañas al tiempo que perfilaba los nítidos contornos de sus labios.

Lucinda cerró los ojos lentamente y se quedó dormida.

Cuando se despertó a la mañana siguiente, el fuego se había apagado y el sillón estaba vacío.

Dejó que se le cerraran los párpados y se acurrucó bajo las mantas. Sus labios se curvaron en una sonrisa indolente; un profundo bienestar la embargaba. Buscó vagamente el origen de aquella sensación... y recordó lo que había soñado.

Era muy tarde –recordaba–, de madrugada. La casa estaba en silencio cuando se despertaba súbitamente y veía a Harry recostado en el sillón, delante del fuego moribundo. Él se removía, inquieto, y ella se acordaba de la manta que había en una silla, junto a la cama. Salía de debajo de las mantas, el vestido irisado deslizándose sobre sus miembros, y con paso sigiloso recogía la manta y se acercaba al sillón junto al fuego.

Se detenía a unos pasos, advertida por un sexto sentido. Harry tenía los ojos cerrados y las puntas de sus largas pestañas casi rozaban sus altos pómulos. Ella observaba su cara, los contornos y los ángulos de sus facciones austeras, la mandíbula cincelada, los labios esculpidos. Su mirada vagaba sobre el rostro de Harry, sobre su cuerpo alargado y bello, que el sueño despojaba de la sutil tensión que solía dominarlo.

Un leve suspiro quedaba atascado en su garganta.

Y entonces sentía la caricia de su mirada.

Al levantar la vista, veía sus ojos soñolientos, abiertos y fijos en su cara. Harry la estaba observando con una suave expresión meditabunda que la mantenía paralizada.

Ella percibía su vacilación y el instante preciso en que Harry la hacía a un lado. Entonces él le tendía la mano con la palma hacia arriba.

Atrapada por sus propias dudas, Lucinda se quedaba un momento en suspenso, temblando. Harry no decía nada; su mano no se movía. Ella exhalaba un largo y profundo suspiro... y le daba la mano. Los dedos de Harry se cerraban suavemente sobre los suyos, y la atraían lentamente hacia sí.

La manta caía de la mano de Lucinda y quedaba olvidada en el suelo. Harry la acercaba, le tendía los brazos, la sentaba con delicadeza sobre su regazo.

Lucinda se dejaba hacer, su corazón ardía al sentir que la pasión de Harry la envolvía, al notar sus recios muslos bajo ella. Luego, Harry la estrechaba entre sus brazos y ella levantaba la cara para recibir su beso.

La primera vez que se habían amado, el deseo los había impulsado hacia la intimidad sin dejar tiempo para el lado más tierno de la pasión. En su sueño, Harry y ella habían explorado por entero aquel aspecto, pasando largas horas frente al fuego, envueltos en las redes de la pasión.

Bajo las mantas, Lucinda cerró los ojos con fuerza y un largo y delicioso estremecimiento recorrió su cuerpo.

Creía sentir las manos de Harry sobre ella, sus largos y hábiles dedos, sus palmas duras y encallecidas por el manejo de las riendas. Él le había abierto las puertas del placer y la había conducido a través de ellas, educando sus sentidos hasta colmarlos de dicha... y de él.

Le había ido quitando el vestido poco a poco, siguiendo la senda marcada por sus labios a partir del escote, que le había bajado muy despacio hasta desnudar sus pechos, a los que había dedicado exquisitas atenciones. Lucinda imaginaba de nuevo el tacto de su pelo, suave como la seda sobre su piel ardiente.

Ignoraba cuánto tiempo había permanecido desnuda entre sus brazos mientras él la amaba y la luz del fuego teñía su piel de bronce y oro, pero tenía la impresión de que habían pasado horas antes de que Harry la levantara y la llevara a la cama.

Él había retirado las mantas y la había depositado sobre las sábanas; después había vuelto a encender las velas del candelabro y había puesto éste sobre la mesita de noche. Ella se había sonrojado y había echado mano de la sábana.

—No, deja que te mire.

Su voz era baja, suave, profunda. Aguas profundas, sí, pero no turbulentas ni peligrosas, sino apacibles y calmas, constantes e infinitamente poderosas. Aquellas aguas habían arrastrado todas sus inhibiciones, dejándola sin reservas. Atrapada en la verde mirada de Harry, había yacido sobre la cama tal y como él la había dejado y lo había mirado desvestirse.

Luego, Harry se había tumbado a su lado y el deseo había ardido de nuevo. Esta vez, él lo había mantenido bajo su yugo y la había enseñado a manejar las riendas. Su poder no era menos intenso, pero esta vez Lucinda había podido apreciarlo por completo, había sentido su presencia en cada instante, en cada movimiento sutil, en cada morosa caricia.

El final había sido igualmente delicioso, pero le había reportado una sensación de paz más honda, una comprensión más profunda de la fuerza que los unía.

Había lágrimas en sus ojos cuando, al acabar todo, había levantado los párpados y contemplado el rostro de Harry.

Y había visto en él lo que casi había perdido la esperanza de llegar a ver alguna vez: resignación, quizá, pero también aceptación. Estaba allí, en sus ojos, brillando bajo las densas pestañas y en sus facciones en reposo. Pero sobre todo estaba en sus labios, que ya no eran duros y severos, sino suaves y maleables. Harry le había sostenido la mirada... y no había intentado ocultar su turbación, ni negar la realidad.

Por el contrario, había bajado la cabeza y le había dado un largo beso, profundo y lento. Luego se había alzado sobre ella y la había envuelto en sus brazos.

Un sueño..., nada más. Su sueño, la encarnación de todas sus esperanzas, de sus más íntimos deseos, la respuesta a sus más secretos anhelos.

Lucinda apretó los párpados y se aferró a aquella profunda sensación de paz y bienestar, aunque fuera ilusoria.

Había amanecido; la luz se colaba por los postigos abiertos y jugaba sobre sus párpados. Abrió los ojos con desgana... y la manta, todavía medio doblada, en el suelo, frente a la chimenea.

Sus ojos se abrieron de par en par. Parpadeó y reparó en el candelabro, en la mesita de noche. Lentamente, sin atreverse apenas a respirar, comenzó a girarse. Apenas se había dado la vuelta cuando notó que las sábanas estaban revueltas. Tragó saliva y volvió a tumbarse de espaldas. Miró de soslayo... y dejó escapar el aliento que había estado conteniendo. A su lado, la cama estaba vacía. Pero la almohada, junto a ella, estaba hundida.

Como una prueba definitiva e incontrovertible, un rayo de sol iluminó dos finos cabellos rubios que reposaban sobre la blanca almohada.

Lucinda dejó escapar un gemido y cerró los ojos.

Un instante después, se incorporó bruscamente y apartó las mantas. Sólo entonces recordó que estaba desnuda. Volvió a taparse, revolvió entre las mantas y encontró el camisón que Agatha le había dejado preparado la noche anterior. Luchó por ponérselo mientras mascullaba maldiciones y se levantó de un salto.

Cruzó la habitación con paso decidido y tiró violentamente del cordón de la campanilla.

Se marchaba. Inmediatamente.

En la biblioteca de la planta baja, Harry se paseaba de un lado a otro delante de las ventanas. Había mandado a Melthorpe a buscar a su señor, allá donde estuviera, para decirle que su presencia se requería con urgencia.

La cerradura de la puerta chirrió. Harry se giró al entrar Alfred, elegantemente vestido con una chaqueta a cuadros, pantalones de campo y botas altas. Harry, por su parte, se había vestido para salir de viaje con su levita verde botella y sus calzas de gamuza.

—Ah, estás ahí —Alfred se acercó con una sonrisa, a pesar de haber sido arrancado de la cama de alguien—. Melthorpe no me ha dicho qué pasaba, pero tienes buena cara. Apuesto a que has pasado una noche mucho más emocionante que la mía. La señora Babbacombe parece dispuesta a apropiarse el título de la viuda más deliciosa del año..., sobre todo, si es capaz de entretenerte a ti toda la noche...

Su última palabra acabó en una nota estrangulada al propinarle Harry un puñetazo en la cara.

Harry dejó escapar un gruñido y se llevó la mano a la frente.

—Perdona... perdona —arrepentido, le tendió la mano a

Alfred, que había quedado tendido cuan largo era sobre la alfombra–. No era mi intención pegarte –su mandíbula se endureció–. Pero así aprenderás a callarte tus opiniones acerca de la señora Babbacombe.

Alfred no hizo amago de aceptar su mano, ni de levantarse.

–¿Ah, sí? –parecía intrigado.

Enojado consigo mismo, Harry agitó la mano.

–Ha sido instintivo. No volveré a pegarte.

–Ah, bueno –Alfred se sentó y se palpó con cuidado el pómulo–. Sé que no tenías intención de pegarme. No tengo nada roto, así que no me has pegado con muchas ganas. Te estoy muy agradecido por ello…, pero, si no te importa, me quedaré aquí sentado hasta que me digas qué mosca te ha picado. Sólo por si acaso, como tiendo a hablar más de la cuenta, vuelvo a disparar uno de tus instintos.

Harry hizo una mueca y miró a Alfred con los brazos en jarras.

–Creo que alguien nos está utilizando –hizo un gesto señalando a su alrededor–. Me refiero a las fiestas en Asterley Place.

La mirada de Alfred pareció iluminarse de pronto con una expresión de sorpresa.

–¿Cómo dices?

Harry apretó los labios y luego afirmó:

–Lucinda Babbacombe jamás debió recibir esa invitación. Es una mujer de virtud intachable. Créeme.

Alfred levantó las cejas.

–Entiendo –frunció el ceño–. No, no entiendo nada.

–Lo que quiero saber es quién sugirió que la invitaras.

Alfred se sentó y apoyó los brazos sobre las rodillas. Parpadeó mirando a Harry.

–¿Sabes?, creo que no me gusta que me utilicen. Fue un tipo llamado Joliffe. Hemos coincidido un par de veces en algún tugurio. Suele andar por la ciudad. Se llama Ernest o Earle, o algo así. El miércoles por la noche me lo encontré en una taberna de Sussex Place. Mencionó como por casualidad que la señora Babbacombe estaba buscando un poco de diversión y que había prometido hablarme de ella.

Harry arrugó el ceño.

—¿Joliffe? —sacudió la cabeza—. Creo que no tengo el placer.

Alfred soltó un bufido.

—Yo no lo llamaría precisamente un placer. Es un tipo de cuidado.

La mirada de Harry se enfocó de pronto.

—¿Y aceptas la palabra de semejante individuo sobre la reputación de una dama?

—Claro que no —Alfred se apresuró a ponerse fuera de su alcance echándose hacia atrás con expresión dolida—. Hice mis averiguaciones..., ya sabes que siempre las hago.

—¿Con quién? —preguntó—. ¿Con Em?

—¿Con Em? ¿Tu tía Em? —Alfred parpadeó—. ¿Qué tiene ella que ver con esto? Esa vieja gruñona... Antes, cada vez que iba a visitarla, me pellizcaba los mofletes.

Harry soltó un bufido.

—Si se entera de que has invitado a su protegida, hará algo más que pellizcarte los mofletes.

—¿Su protegida? —Alfred parecía horrorizado.

—Está claro que tus pesquisas no fueron muy exhaustivas —rezongó Harry, y empezó a pasearse de nuevo por la habitación.

Alfred hizo una mueca.

—Bueno, verás, el tiempo apremiaba y teníamos una vacante. El marido de lady Callan volvió de Viena antes de lo esperado.

Harry volvió a bufar.

—Entonces, ¿a quién le preguntaste?

—Al primo político de la dama, o algo parecido. Mortimer Babbacombe.

Harry arrugó el ceño y se detuvo. Aquel nombre emergió de entre sus primeros recuerdos de Lucinda.

—¿Mortimer Babbacombe?

Alfred se encogió de hombros.

—Un mequetrefe inofensivo y un tanto débil, aunque creo que no he oído nada en contra suya..., como no sea que es amigo de Joliffe.

Harry se situó delante de él.

—A ver si me aclaro. ¿Joliffe te sugirió que la señora Babbacombe deseaba recibir una invitación a Asterley Place y Mortimer Babbacombe confirmó que a Lucinda le interesaba entregarse a una discreta vida de libertinaje?

—Bueno, no con esas mismas palabras. No podía esperarse de él que dijera tales cosas de una dama de su familia, ¿no crees? Pero ya sabes cómo son estas cosas. Yo dejé caer alguna insinuación y le di tiempo de sobra para refutarla. Y no lo hizo. A mí me pareció bastante claro.

Harry hizo una mueca. Luego asintió con la cabeza.

—Está bien —miró a Alfred—. Pero Lucinda se va.

—¿Cuándo? —Alfred se puso en pie con esfuerzo.

—Enseguida. Lo antes posible. Y, además, nunca ha estado aquí.

Alfred se encogió de hombros.

—Naturalmente. Ninguna de las damas ha estado aquí.

Harry asintió, satisfecho con su propia perversidad. Había sido su fértil imaginación la que había ideado aquellas fiestas en las que mujeres casadas y viudas de la alta sociedad podían disfrutar de algunos placeres ilícitos sin correr ningún riesgo. El principal requisito de aquellos encuentros era una total discreción. Todas las damas que asistían guardaban el mismo secreto. En cuanto a los caballeros, el honor, el respeto a sus iguales y la posibilidad de recibir alguna vez una invitación bastaban para asegurar su silencio.

Así pues, Lucinda estaba a salvo a pesar de todo…, otra vez.

Harry arrugó de nuevo el ceño.

—Venga, vamos a desayunar —Alfred se giró hacia la puerta—. Ya que estamos levantados, hay que aprovechar las ventajas de haber madrugado. Podemos servirnos doble ración de arroz con pescado y huevos.

Harry lo siguió hacia la puerta, todavía ceñudo.

Una hora después, Lucinda bajó la escalera principal. Agatha iba tres pasos más atrás, atenta y recelosa. Un ceño incipiente arrugaba la frente de Lucinda. El responsable era Melthorpe, que había llamado a su puerta mientras estaban haciendo la maleta para llevarle la bandeja con el desayuno y decirle que el señor la esperaba para emprender viaje en cuanto estuviera lista. Después, apenas unos minutos antes de que bajaran, Agatha había abierto la puerta y se había encontrado con un lacayo que aguardaba pacientemente para bajar su equipaje.

Lucinda no alcanzaba a entender cómo sabían que se iba.

Todo aquello era de lo más desconcertante, y el súbito pánico que se había apoderado de ella y minaba su confianza no contribuía a mejorar la situación.

Al poner el pie en el último tramo de la escalera, lord Asterley salió del comedor. Harry iba tras él. Al verlo, Lucinda maldijo para sus adentros. Fijó la mirada en sus guantes mientras se los ponía y, cuando volvió a levantar la cabeza, había logrado componer una expresión decidida.

—Buenos días, milord. Me temo que he de marcharme enseguida.

—Sí, por supuesto. Lo entiendo perfectamente —Alfred esperó al pie de la escalera con su sonrisa más encantadora.

Lucinda hizo un esfuerzo por no fruncir el ceño.

—Me alegra saberlo. He disfrutado de mi estancia, pero estoy segura de que marcharme esta mañana es lo más conveniente —evitó mirar a Harry, que permanecía detrás de su anfitrión.

Alfred le ofreció su brazo.

—Sentimos mucho que se marche, desde luego, pero ya he hecho traer su carruaje.

Lucinda, que empezaba a sentirse aturdida, puso la mano sobre su manga.

—Es usted muy amable —murmuró. Miró por debajo de las pestañas a Harry, pero no logró interpretar su semblante cortés.

—Hace un día muy agradable para viajar en coche. Espero que alcance su destino sin ningún contratiempo.

Lucinda permitió que lord Asterley guiara sus pasos al bajar la escalinata. Tal y como había dicho, el carruaje estaba esperando, con Joshua sentado en el pescante. Lucinda se detuvo en el último escalón y se volvió hacia su anfitrión mientras Agatha pasaba a su lado. Le tendió la mano con calma.

—Gracias, milord, por una estancia de lo más interesante..., aunque haya sido tan corta.

—Ha sido un placer, querida, un auténtico placer —Alfred se inclinó efusivamente sobre su mano—. Estoy seguro de que nos veremos pronto en Londres —al enderezarse, se encontró con la mirada de Harry por encima del hombro de Lucinda—. En los salones de baile —se apresuró a añadir.

Lucinda parpadeó. Luego se volvió hacia el coche y descubrió que Agatha, con cara de malas pulgas, se había sentado junto a Joshua en el pescante.

—Permítame.

Antes de que pudiera hacer algo respecto al inesperado lugar que ocupaba su doncella, Lucinda se halló conducida al interior del carruaje. Pensó, sin embargo, que partir cuanto antes era sin duda lo mejor y, tomando asiento junto a la ventana, se alisó las faldas. Podía decirle a Agatha que bajara en cuanto salieran de la finca.

Lord Asterley le habló a través de la ventanilla.

—Confío en que haya disfrutado de su estancia. Estamos deseando volver a verla la próxima... —se calló de repente con una mirada cómica en la cara—. Eh... no. Ya no más.

—Exacto —dijo Harry con voz crispada a su espalda.

Lord Asterley retrocedió rápidamente. Lucinda, cuyo rostro parecía crispado, tomó aliento para despedirse de su voraz protector... y vio que Harry saludaba a su amigo con una inclinación de cabeza y se disponía a subir al carruaje.

Lucinda se quedó mirándolo, pasmada.

Harry sonrió con cierta acritud mientras decía *sotto voce* al pasar a su lado:

—Sonríele dulcemente a Alfred... o se quedará aún más desconcertado.

Lucinda hizo lo que le decía y compuso una sonrisa banal. Lord Asterley se quedó saludándolos en la escalinata hasta que se perdieron de vista más allá de la curva de la avenida. Un instante después, Lucinda se volvió hacia Harry.

—¿Se puede saber qué estás tramando? ¿Qué es esto? ¿Otra de tus repatriaciones forzosas?

Harry apoyó los hombros contra el asiento.

—Sí —giró la cabeza para mirarla y levantó las cejas con petulancia—. No irás a decirme que te encontrabas a gusto en Asterley Place..., ¿verdad?

Lucinda se sonrojó y cambió de táctica.

—¿Adónde vamos?

No había dejado Asterley Place con tantas prisas sólo por las actividades a las que se entregaban los invitados. Después de lo sucedido la noche anterior, ignoraba qué opinión tenía Harry de ella, a pesar de lo que había sentido y de las esperanzas que abrigaba. La convicción de que, si Harry la deseaba, volvería a entregarse a él sin que mediaran los votos nupciales ni ninguna otra promesa, menoscababa su confianza. Tenía previsto buscar cobijo junto a Em, cuyo sentido del decoro mantendría a raya sus flaquezas.

Nunca antes había huido ni de nada ni de nadie..., pero no tenía fuerzas para enfrentarse a lo que sentía por Harry.

Con el corazón acelerado, observó a Harry, que se había reclinado en el asiento con la cabeza apoyada en los cojines y las piernas estiradas y cruzadas a la altura de los tobillos. Él cerró los ojos.

—A Lester Hall.

—¿A Lester Hall? —Lucinda parpadeó. Harry no se refería a Lestershall, su propia casa, sino a Lester Hall, la casa solariega de su familia.

Él asintió con la cabeza y apoyó la barbilla sobre su corbata.

—¿Por qué?

—Porque allí es donde has estado desde ayer. Te fuiste de la ciudad en tu coche, acompañada de tu doncella y el cochero. Yo te seguí varias horas después en mi carrocín. Em y Heather llegarán en el coche de Em esta misma mañana. Em estaba indispuesta ayer. Por eso no pudo acompañarte.

Lucinda parpadeó otra vez.

—¿Y por qué me fui y las dejé allí?

—Porque mi padre te esperaba anoche y no querías decepcionarlo.

—Ah —al cabo de un momento de vacilación, preguntó—: ¿Y me está esperando?

Harry abrió un ojo, observó la deliciosa estampa que componía Lucinda con su vestido de viaje azul y el pelo pulcramente recogido en un rodete, con el sombrero enmarcándole la cara —cuyo atractivo realzaba la incertidumbre que advertía en sus ojos brumosos y su expresión levemente perpleja— y luego volvió a cerrar los párpados.

—Estará encantado de verte.

Lucinda se quedó pensando un rato.

—¿Dónde está tu carrocín? —preguntó al fin.

—Dawlish regresó con él anoche, llevando un mensaje para Em. No te preocupes: mi tía estará allí cuando lleguemos.

No parecía quedar nada más que decir. Lucinda se reclinó... e intentó comprender lo que acababa de descubrir.

Unas millas después, Harry rompió el silencio.

—Háblame de Mortimer Babbacombe.

Arrancada a la fuerza de sus cavilaciones, Lucinda frunció el ceño.

—¿Por qué te interesa?

—¿Es primo de tu difunto esposo?

—No, era sobrino de Charles. Heredó Grange y el patrimonio adscrito a la finca al morir mi marido.

Harry frunció el ceño con los ojos cerrados.

—Háblame de Grange.

Lucinda se encogió de hombros.

—Es una finca relativamente pequeña. Sólo la casa y unos cuantos campos de labor que apenas dan para mantenerla. El dinero de Charles procedía de las posadas, que compró con la fortuna que heredó de su abuelo materno.

Pasó media milla antes de que Harry preguntara:

—¿Mortimer Babbacombe conocía bien Grange?

—No —Lucinda dejó que su mirada vagara por los frondosos campos por los que pasaban—. Ésa fue una de las cosas que más me sorprendió: que, sin haber pisado apenas la finca, creo que estuvo un día de visita un año antes de que Charles y yo nos casáramos, estuviera tan ansioso por instalarse allí.

Siguió otro largo silencio, que de nuevo rompió Harry.

—¿Sabes si Mortimer estaba al tanto de la situación financiera de Charles?

Lucinda arrugó el ceño y tardó un momento en contestar.

—Si te refieres a si sabía que Charles era rico, sí, creo que debía de saberlo. Aunque no fue a visitarnos mientras yo viví en Grange, solía recurrir a Charles cuando se encontraba en apuros. Más o menos una vez al año. Charles lo consideraba una especie de pensión dedicada a su heredero, pero a menudo eran sumas bastante elevadas. Las dos últimas veces le dio doscientas y trescientas libras, respectivamente. Sin embargo... —Lucinda se detuvo para tomar aliento. Miró a Harry. Éste parecía sopesar sus palabras mientras miraba fijamente el asiento de enfrente con los ojos entornados—. Si te refieres a si Mortimer conocía al detalle la situación financiera de Charles, no estoy del todo segura. Ciertamente, en los últimos diez años Charles no hizo intento alguno de mantenerlo al tanto de tales asuntos —se encogió de hombros—. A fin de cuentas, no eran de su incumbencia.

—Entonces, ¿quizá no supiera que el dinero de Charles no procedía de Grange?

Lucinda soltó un bufido.

—Yo pensaba que cualquier necio se daría cuenta de que Grange no podía generar las cantidades que Charles le mandaba a Mortimer con regularidad.

No, si uno vivía en Londres. Y, además, no sabían si Mortimer Babbacombe no sería, a fin de cuentas, necio hasta ese extremo. Pero Harry se calló aquellas reflexiones. Cerró los ojos y se quedó escuchando el traqueteo de las ruedas mientras barajaba mentalmente los hechos. Alguien —estaba convencido de ello— se estaba entrometiendo en los asuntos de Lucinda, aunque no alcanzaba a entender con qué propósito. No cabía descartar la pura y simple malicia, y sin embargo su instinto le decía que ésa no era razón suficiente. En apariencia, Mortimer Babbacombe era el candidato más probable, pero resultaba imposible ignorar el hecho de que no era el heredero de Lucinda, cuya tía de Yorkshire tenía precedencia sobre él. Y, de todas formas, ¿por qué iba a enviarla a Asterley?

¿Quién podía beneficiarse de que Lucinda disfrutara de una discreta relación amorosa?

Harry sacudió la cabeza para sus adentros... y dejó pasar la cuestión. Tendría tiempo de sobra para volver sobre ella cuando emprendieran el regreso a Londres. Hasta entonces, no perdería de vista a Lucinda ni un minuto del día... ni, muy probablemente, de la noche. Lester Hall y sus alrededores eran el lugar más seguro de la tierra para la prometida de un miembro de la familia Lester.

Con los ojos fijos en la vegetación que veía pasar por la ventanilla, Lucinda llegó a la conclusión de que debía sentirse tranquila, no sólo por la actitud de Harry, sino también por sus esfuerzos por salvaguardar su buen nombre. Le lanzó una mirada de soslayo. Parecía dormido. A Lucinda, que recordaba cómo había pasado la noche, no le sorprendió. Ella también estaba cansada, pero los nervios no le permitían relajarse.

No obstante, a medida que iban pasando las millas tuvo más tiempo para reflexionar sobre su situación y de pronto se le ocurrió que no tenía prueba alguna de que Harry hubiera cambiado de actitud.

El carruaje pisó un bache y un brazo fuerte se alargó para evitar que cayera al suelo.

Lucinda se enderezó y Harry apartó la mano. Ella se volvió hacia él… y miró con enfado sus ojos, todavía cerrados.

—Ayer estuve hablando con lady Coleby.

Él levantó las cejas lánguidamente.

—¿Ah, sí?

A pesar de su tono, se había puesto tenso. Lucinda apretó los labios y prosiguió.

—Me dijo que una vez estuviste enamorado de ella.

Sintió cómo le martilleaba el corazón en el pecho y la garganta.

Harry abrió los ojos y giró lentamente la cabeza hasta que sus ojos se encontraron.

—Entonces no sabía lo que era el amor.

Sostuvo la mirada de Lucinda un momento y luego se volvió y cerró de nuevo los ojos.

El carruaje siguió avanzando; Lucinda miró enojada a Harry. Después respiró hondo muy despacio. Una sonrisa —de alivio y de esperanza— se dibujó en su rostro. Con los labios aún curvados, recostó la cabeza en el asiento… y siguió el ejemplo de Harry.

12

Tres días después, sentado en una silla de jardín bajo las extensas ramas del roble que había al pie de la pradera de césped de Lester Hall, Harry miraba con los ojos entornados para protegerse del sol la figura ataviada de azul que acababa de salir a la terraza.

Lucinda lo vio; levantó la mano, bajó las escaleras y se dirigió hacia él. Harry sonrió y se quedó mirándola.

El vestido de muselina azul celeste se ceñía a su figura al andar. El sombrero de campesina, cuya cinta decoraban tres florecillas azules, dejaba su rostro en sombras. El propio Harry había prendido allí las flores a primera hora de la mañana, cuando en sus pétalos aún brillaba el rocío.

La sonrisa de Harry se intensificó y una sensación de bienestar se apoderó de él. Aquello era lo que quería: lo que se había propuesto conseguir.

Un grito, acompañado por una risa alegre, desvió su atención hacia el lago. Gerald estaba dando un paseo en barca con Heather Babbacombe. Con el rostro iluminado por la alegría, la muchacha se reía de Gerald, que le sonreía desde su puesto en la popa.

Harry levantó las cejas, resignado a lo que sospechaba ya inevitable. Pero Heather era todavía muy joven, al igual que Gerald. Pasarían aún algunos años antes de que llegaran a comprender lo que había dado comienzo esa estación.

No le había sorprendido en absoluto ver llegar a su hermano a Lester Hall apenas una hora después de que llegaran Lucinda y él. Tal y como había previsto, Em y Heather habían llegado antes que ellos, y Em ya había tomado las riendas de la casa.

Aparte de lanzarle una mirada curiosa y casi de desconfianza, su tía no había hecho comentario alguno acerca de la situación. Para satisfacción de Harry, desde el debacle de Asterley Place, Em parecía contentarse con seguirle la corriente.

Lo mismo que hacía su futura esposa, si bien con cierto recelo.

Harry se levantó al acercarse Lucinda y sonrió abiertamente para darle la bienvenida.

Ella le devolvió la sonrisa y se llevó una mano al sombrero cuando una suave brisa le agitó las faldas.

—Hace una tarde tan agradable que se me ha ocurrido dar un paseo por el jardín.

—Excelente idea —la brisa se extinguió. Harry tomó la mano de Lucinda y se la puso en el brazo con aire satisfecho—. Aún no has visto la gruta que hay al final del lago, ¿verdad?

Lucinda reconoció su ignorancia y dejó que la condujera por el sendero que bordeaba el lago. Heather agitó la mano al verlos. Gerald los saludó con un grito. Lucinda sonrió y devolvió el saludo agitando el brazo. Luego, volvió a guardar silencio.

Y esperó.

Como llevaba tres días esperando.

Su estancia en Lester Hall estaba resultando mucho más placentera de lo que podía haber sido nunca su visita a Asterley Place. Desde el momento en que Harry la había llevado al salón y le había presentado a su padre, sus intenciones habían quedado claras. Todo —cada mirada, cada caricia, cada pequeño gesto, cada palabra y cada pensamiento que habían intercambiado desde entonces— apuntalaba aquella convicción. Pero ni una sola vez durante sus paseos al atardecer por la terraza, durante sus excursiones en coche por los bosques y campos, o durante las horas que habían pasado juntos a lo largo de aquellos tres días, había dicho Harry una palabra al respecto.

Tampoco la había besado, lo cual alimentaba la impaciencia de Lucinda. Sin embargo, no podía reprocharle su actitud, que consideraba tremendamente caballerosa. La sospecha de que la estaba cortejando a la manera tradicional y según las normas aceptadas, con esa sutil elegancia que sólo un hombre de su experiencia podía mostrar, había arraigado firmemente en su imaginación.

Todo lo cual estaba muy bien, pero...

Con una mano sobre el sombrero, Lucinda levantó la cabeza y observó el cielo.

—Hace tanto sol que uno olvida que los días pasan volando. Temo que pronto tengamos que regresar a Londres.

—Te acompañaré de vuelta a la ciudad mañana por la tarde.

Lucinda parpadeó.

—¿Mañana por la tarde?

Harry levantó las cejas.

—Si mal no recuerdo, prometimos asistir al baile de lady Mickleham pasado mañana. Y sospecho que a Em le vendrá bien descansar.

—Tienes razón —Lucinda había olvidado por completo el baile de lady Mickelham. Tras un momento de vacilación añadió–: A veces me pregunto si Em no se estará esforzando demasiado por nuestra culpa. Heather y yo jamás nos lo perdonaríamos si le sucediera algo por causa nuestra.

Harry tensó los labios en una sonrisa remolona.

–No temas. Mi tía tiene mucha experiencia. Sabe dosificarse. Además, te aseguro que la idea de ser vuestra anfitriona el resto de la temporada le produce un placer inefable –Harry sabía muy bien que aquella era la pura verdad.

Lucinda le lanzó una mirada desde debajo de las pestañas y luego miró hacia adelante.

–Me alegra saberlo, porque he de confesar que estoy deseando regresar a Londres. Parece que ha pasado un siglo desde la última vez que giré por un salón de baile en brazos de un caballero.

Harry le lanzó una mirada claramente irónica.

–En efecto. Yo también estoy deseando volver a los salones de baile.

–¿Ah, sí? –Lucinda le dedicó una mirada risueña–. No sabía que te gustaran tanto los bailes.

–Y no me gustan.

Lucinda lo miró con sorpresa.

–¿Qué es entonces lo que te atrae?

Una sirena. Harry miró sus ojos azules y levantó las cejas.

–Creo que lo entenderás en cuanto volvamos a encontrarnos entre la multitud.

Lucinda respondió con una sonrisa débil. Miró adelante y procuró no apretar los dientes. Se preguntaba si Harry estaba intentando incitarla a hacer una locura. Como visitar su habitación a altas horas de la noche.

El hecho de que sopesara la idea de mala gana antes de descartarla daba la medida de su frustración. No era ella

ya quien tenía la iniciativa. Harry había tomado las riendas al llevarla a Lester Hall, y ella no sabía cómo arrebatárselas... y menos aún si él estaría dispuesto a soltarlas.
—Ya estamos aquí.
Harry señaló un lugar en el que el sendero parecía perderse entre un seto de matorrales. Se acercaron allí; él apartó una cortina de enredaderas, entre las que había una madreselva en flor, y dejó al descubierto unos peldaños de mármol blanco que ascendían hacia una cueva fresca y poco iluminada.
Maravillada, Lucinda pasó agachándose bajo su brazo y, al subir los escalones, se halló en un templete con el suelo de mosaico y formado por cuatro pilares de mármol que separaban, de un lado, la roca desnuda y, del otro, el lago. Los pilares sostenían un techo abovedado y recubierto de azulejos esmaltados, verdes y azules, en los que se reflejaba la luz del sol que el lago descomponía en un sinfín de tonos, del turquesa al verde oscuro. Las frondosas enredaderas y las flores anaranjadas de la madreselva, cuyas sombras agitaba la brisa, envolvían los arcos que miraban al lago.
El templete había sido construido sobre el agua, y su arcada central daba a unos peldaños que descendían hacia un pequeño embarcadero de piedra. Lucinda se detuvo en el centro del templete, extasiada... y descubrió uno de sus secretos. Cada uno de los tres arcos abiertos ofrecía un paisaje distinto. El de la derecha dirigía la mirada hacia un breve tramo del lago y, más allá, hacia una cañada repleta de helechos y matorrales. A su izquierda se extendía un largo brazo del lago, cuya lejana orilla bordeaban sauces y hayas. Frente a ella se extendía, perfectamente enmarcada por el arco, el agua refulgente del lago en primer plano y, más allá, una cuidada pradera de césped que ascendía hacia la imponente fachada de la

casa, flanqueada a la izquierda por páramos y maleza y a la derecha por la rosaleda, cuyas matas empezaban a florecer, y los jardines.

—Es precioso —Lucinda se situó junto a uno de los pilares para admirar la vista.

Harry permaneció entre las sombras y se contentó con observar el jugueteo de la luz del sol sobre su cara. Cuando Lucinda se apoyó en el pilar y suspiró, satisfecha, se acercó a ella y al cabo de un momento preguntó:

—¿Has disfrutado de la temporada? ¿Crees que vas a convertirte en una devota admiradora, en una enamorada de la alta sociedad en todo su esplendor, de las aglomeraciones, del carrusel interminable de los bailes y las fiestas?

Lucinda se giró a medias para mirarlo. Escudriñó sus ojos, pero ni éstos ni su semblante dejaban traslucir sus emociones. Se quedó pensando un momento y luego respondió:

—La alta sociedad y sus pasatiempos me parecen divertidos, desde luego —sus labios se curvaron en una sonrisa burlona dirigida contra sí misma, y en sus ojos apareció un brillo desganado—. Pero debes recordar que ésta es la primera vez que me monto en el carrusel. Todavía estoy disfrutando de la novedad —su semblante se tornó serio, y ladeó la cabeza para mirar con más comodidad a Harry—. Pero la alta sociedad es tu hábitat. ¿No has disfrutado de los bailes de esta temporada?

Harry acarició sus ojos con la mirada y a continuación bajó la vista y la agarró de la mano. Lucinda posó confiada su mano pequeña y fina sobre la palma, mucho más grande, de él. Harry cerró los dedos y esbozó una sonrisa.

—Ha habido... compensaciones.

Levantó los párpados y miró a Lucinda a los ojos.

Ella levantó despacio las cejas.

—¿De veras? —al ver que él no decía nada más, sino que

se limitaba a contemplar el lago, Lucinda siguió su mirada hasta Lester Hall, que aparecía bañada por el sol de la tarde. Como le sucedía en Hallows Hall, sintió avivarse viejos recuerdos y suspiró.

—Sin embargo, para contestar a tu pregunta, a pesar de mi fascinación dudo que pudiera soportar eternamente el tren de vida de la alta sociedad. Temo que necesitaría una dieta regular de paz campestre para ser capaz de afrontar la temporada cada año —le lanzó a Harry una mirada de soslayo y descubrió que la estaba observando. Sus labios se tensaron—. Mis padres vivían muy apartados en una casa vieja y laberíntica, en Hampshire. Cuando murieron, me mudé a los páramos de Yorkshire, que, naturalmente, están todo lo retirados que uno pueda imaginar.

El semblante de Harry se relajó sutilmente.

—Entonces, ¿en el fondo eres una chica de campo? —levantó una ceja. Lentamente, sin apartar los ojos de ella, le subió la mano—. ¿Inocente? —besó las puntas de sus dedos y luego le giró la mano—. ¿Cándida? —bajó los párpados al besarle la palma.

Lucinda se estremeció, pero no hizo esfuerzo alguno por ocultarlo. No podía respirar y apenas podía pensar cuando Harry levantó los párpados y sus ojos verdes y francos la miraron. Sus labios se tensaron. Él titubeó y luego se acercó a ella e inclinó la cabeza.

—¿Y mía? —susurró contra sus labios, y acto seguido se apoderó de ellos en un largo y apasionado beso.

Lucinda respondió del único modo que podía hacerlo: se volvió hacia él, levantó los brazos y rodeó con ellos su cuello; después lo besó con un fervor semejante al de Harry.

Impulsado por su instinto, Harry retrocedió, llevándola hasta el otro lado del pilar, donde las sombras los protegerían de miradas curiosas.

El silencio colmaba el pequeño pabellón. La brisa jugueteaba ociosamente con la madreselva, arrastrando su perfume. Un pato graznó desde alguna orilla lejana orlada de juncos. Las sombras se agitaban suavemente por encima de las figuras entrelazadas al socaire del pilar. La primavera florecía y el verano aguardaba, ansioso porque llegara su día.

—¡Oh, qué bonito! ¡Un templete griego! ¿Podemos ir a verlo?

La voz aguda de Heather les llegó fácilmente por encima del agua, devolviéndoles la cordura. Harry exhaló un profundo suspiro... y bajó la mirada. Los ojos de Lucinda se llenaron lentamente de comprensión; Harry notó que sus labios se tensaban al ver su frustración reflejada en la mirada brumosa de Lucinda.

Masculló una maldición e inclinó la cabeza para saborear sus labios una última vez. Luego apartó la mano de su pecho y le colocó rápidamente el corpiño, abrochando sus botoncillos con la misma destreza con que los había desabrochado.

Lucinda parpadeó y luchó por aquietar su respiración mientras se enderezaba el cuello del vestido y se apartaba un mechón de pelo de la cara. Había descolocado la corbata de Harry. Sus manos aleteaban, inseguras.

Harry retrocedió bruscamente y echó manos de los pliegues almidonados de la corbata.

—Tu falda.

Lucinda bajó la mirada... y tuvo que sofocar un gemido de sorpresa. Le lanzó a Harry una mirada indignada, a la que él respondió arqueando una ceja con arrogancia, y luego se bajó la falda de muselina y alisó sus pliegues de modo que colgaran de nuevo libremente. Vio su sombrero en el suelo; lo recogió y se lo puso, enredando los lazos con las prisas.

—Espera, permíteme —Harry separó hábilmente las cintas y se las ató en un pulcro lazo.

Lucinda levantó una mano y le lanzó una mirada altiva.

—Tus talentos resultan sorprendentes.

La sonrisa de Harry era algo severa.

—Y sumamente útiles, reconócelo.

Lucinda levantó la barbilla, se dio la vuelta y compuso una sonrisa radiante al oír la voz de Gerald más allá de la escalinata del templete.

—¡Ten cuidado! Espera a que amarre la barca.

Lucinda salió al sol en lo alto de la escalinata.

—Hola. ¿Lo habéis pasado bien en el lago?

Gerald levantó la mirada hacia ella y parpadeó. Al ver surgir a Harry de entre las sombras, su expresión se tornó recelosa.

Pero Harry se limitó a sonreír, si bien con cierta frialdad.

—Justo a tiempo, Gerald. Así nosotros podemos tomar la barca y tú puedes enseñarle el templete a la señorita Babbacombe y volver luego dando un paseo.

—¡Sí! ¡Hagamos eso! —Heather parecía impaciente porque Gerald la ayudara a bajar de la barca—. Es un sitio tan bonito... y tan solitario...

—Casi siempre —murmuró Harry en voz tan baja que sólo Lucinda lo oyó.

Ella le lanzó una mirada de advertencia, pero su sonrisa no vaciló.

—Los azulejos del techo son espléndidos.

—¿Ah, sí? —Heather subió trotando los escalones y entró en el templete sin esperar a que la animaran.

Gerald, entre tanto, miraba como hipnotizado el alfiler de oro con que su hermano solía sujetarse la corbata. El alfiler estaba torcido. Gerald parpadeó, divertido, y miró a

Harry a los ojos, pero sólo vio una mirada lánguida y aburrida…, una mirada que le advertía de que haría bien evitando a su hermano de allí en adelante–. Eh… sí. Volveremos andando.

Gerald saludó a Lucinda inclinando la cabeza y se apresuró a seguir a Heather.

–¿Señora Babbacombe?

Lucinda se dio la vuelta y vio a Harry con la larga pértiga en una mano, equilibrando la barca, mientras le tendía la otra. Ella le dio la mano y Harry la ayudó a subir a la barca. Una vez ella hubo acomodado sus faldas sobre los cojines del asiento de proa, Harry se colocó en la popa y se alejó de la orilla impulsándose con la pértiga.

El agua oscura se deslizaba sobre el casco. Reclinada en los cojines, Lucinda acariciaba el lago con la punta de los dedos mientras contemplaba a Harry. Él evitaba su mirada, aparentemente concentrado en los alrededores.

Lucinda dejó escapar un leve bufido de incredulidad y posó la mirada en las orillas.

Las comisuras de los labios de Harry se alzaron; su mirada, al posarse en el perfil de Lucinda, tenía una expresión extrañamente suave, pero también cínica. Con las manos en la pértiga, impulsaba la barca a través del agua; ni el crápula más inveterado podía seducir a una mujer manejando una barca. No había planeado su reciente encuentro y, por una vez, se alegraba sinceramente de que su hermano les hubiera interrumpido. Tenía razones de sobra para casarse con su sirena, y demasiadas excusas que ya no necesitaba, de lo cual aún tenía que convencer a Lucinda. La noche que habían pasado en Asterley sólo se había sumado a la lista, aumentando el peso de las presiones sociales que, en opinión de Lucinda, habían influido en su decisión; presiones sociales que él mismo había invocado absurdamente para ocultar la verdad.

Harry levantó la mirada hacia el paisaje que se extendía ante ellos: la fachada de Lester Hall, la casa de Jack, no la suya. Sus ojos adquirieron una expresión ausente; su mandíbula se tensó.

Lucinda le había dejado bien claro que para ella era importante conocer los verdaderos motivos por los que deseaba casarse con ella. Durante los días anteriores, Harry se había dado cuenta de que para él también era importante que los conociera, de forma que, antes de zanjar la cuestión, antes de que volviera a pedirle que fuera su esposa, todo quedara aclarado entre ellos.

Su sirena sabría la verdad... y la creería.

A la mañana siguiente, al abrir los ojos, Lucinda vio una rosa sobre su almohada. Conmovida, tomó el delicado capullo y lo acarició suavemente. El rocío de sus pétalos fragmentaba la luz del sol.

Con una sonrisa llena de placer se sentó y apartó las mantas. Cada mañana que había pasado en Lester Hall se encontraba al despertar un presente esperándola en alguna parte de la habitación.

Pero ¿sobre la almohada...?

Aún sonriendo, se levantó.

Quince minutos después cruzó las puertas de la salita del desayuno con expresión serena y la rosa entre los dedos. Como de costumbre, el padre de Harry no estaba presente; era casi inválido y no se levantaba antes de mediodía. Em, por su parte, se ceñía a los horarios de la ciudad y no se levantaría hasta las once. En cuanto a Heather y Gerald, la noche anterior había anunciado su intención de hacer una larga excursión a caballo. Lucinda suponía que habrían emprendido el camino hacía rato. De modo que Harry se hallaba sentado solo a la cabecera de la mesa, con las largas piernas estiradas y una taza en la mano.

Lucinda sintió su mirada al entrar. Miró con aparente indiferencia el regalo de su amante y luego, con una sonrisa suavemente distante, se la puso en el escote, cobijando con cuidado los pétalos aterciopelados entre sus pechos.

Al levantar la mirada, vio a Harry embelesado. Sus dedos se habían crispado alrededor del asa de la taza y una quietud semejante a la de un depredador a punto de saltar sobre su presa se había apoderado de su figura. Su mirada permanecía clavada en la rosa.

—Buenos días —Lucinda esbozó una sonrisa luminosa y fue a sentarse en la silla que le había apartado el mayordomo.

Harry intentó decir algo, pero tuvo que aclararse la garganta.

—Buenos días —se obligó a mirar a Lucinda a los ojos, y su mirada se agudizó al ver su expresión. Se removió en su asiento—. Se me ha ocurrido visitar la cuadra antes de que volvamos a la ciudad. Me preguntaba si te apetecía acompañarme... y volver a ver a Thistledown.

Lucinda tomó la tetera.

—¿Thistledown está aquí?

Harry asintió con la cabeza y bebió un largo trago de café.

—¿Está lejos?

—A unas pocas millas —observó a Lucinda mientras ésta untaba con mermelada una magdalena. Ella apoyó los codos en la mesa, sujetó la magdalena con las manos y le dio un mordisco; un minuto después, la punta de su lengua se deslizó por sus labios. Harry parpadeó.

—¿Iremos a caballo? —a Lucinda no se le ocurrió dar su consentimiento formalmente. Harry sabía desde el principio que iría con él.

Él se quedó mirando la rosa cobijada entre sus pechos.
—No, llevaremos la calesa.

Lucinda sonrió mirando su magdalena... y le dio otro mordisco.

Veinte minutos después, vestida todavía con su traje de paseo de color lila y la rosa en el escote, Lucinda iba sentada junto a Harry, que conducía la calesa por una callejuela.

—Entonces, ¿no pasas mucho tiempo en Londres?

Harry levantó las cejas, con la atención fija en el caballo bayo enganchado al coche.

—Lo menos posible —hizo una mueca—. Pero, teniendo una cuadra, es necesario dejarse ver de vez en cuanto entre los aficionados, o sea, entre los caballeros de la alta sociedad.

—Ah..., entiendo —Lucinda asintió sagazmente. El ala del sombrero de campesina enmarcaba su cara—. A pesar de las apariencias, no te interesan en absoluto los bailes, ni las fiestas... y menos aún la buena opinión de la mitad femenina de la alta sociedad. La verdad —abrió mucho los ojos—, no sé cómo has llegado a tener esa reputación. A no ser... —se interrumpió y lo miró inquisitivamente—. Tal vez sea todo un espejismo.

Harry había apartado la mirada del caballo y la había fijado en Lucinda, a la que la luz de sus ojos bastó para hacerla estremecerse.

—Esa reputación, querida, no me la he ganado en los salones de baile.

Lucinda siguió mirándolo con los ojos muy abiertos.

—¿Ah, no?

—No —dijo Harry con firmeza..., más en respuesta a su mirada esperanzada que a su pregunta. Con una severa expresión de reproche, hizo restallar las riendas para que el caballo se pusiera al trote.

Lucinda sonrió.

Pronto llegaron a las cuadras. Harry le tiró las riendas de la calesa a un mozo y ayudó a apearse a Lucinda.

—Tengo que hablar con Hamish MacDowell, el jefe de cuadra —dijo mientras caminaban hacia los establos—. Thistledown estará en su caballeriza. Está en el segundo patio.

Lucinda asintió con la cabeza.

—Te espero allí.

Los establos estaban formados por un conglomerado de grandes edificios: los establos propiamente dichos, así como diversos cuartos de arreos y graneros que contenían carruajes de entrenamiento y lo que parecían ser enormes cantidades de forraje.

—¿La cuadra la fundaste tú... o ya existía?

—La fundó mi padre en su juventud. Yo me hice cargo de ella después del accidente..., hará unos ochos años —Harry paseó la mirada por la cuadra: los pulcros patios empedrados y los edificios de piedra ante ellos, flanqueados a ambos lados por campos vallados—. Siempre que estoy en casa me ofrezco a traerlo en coche..., pero nunca viene —bajó la mirada y añadió—: Creo que ver todo esto, y sobre todo los caballos, le recuerda su incapacidad. Era un jinete magnífico hasta que una caída le dejó en esa silla de ruedas.

—Entonces, ¿tú eres el hijo que más sale a él en el gusto por los caballos?

Harry tensó los labios.

—En eso... y también, dirían algunos, en su otra pasión.

Lucinda lo miró y luego apartó los ojos.

—Entiendo —contestó con cierta aspereza—. Entonces, ¿ahora todo esto es tuyo? —abarcó con un gesto el complejo—. ¿O es de la familia?

Miró a Harry con las mejillas algo coloreadas, pero no hizo intento alguno de excusarse por su pregunta.

Harry sonrió.

—Legalmente, la cuadra sigue siendo de mi padre. Pero a efectos prácticos... —se detuvo y levantó la cabeza para mirar a su alrededor antes de volver a mirar a Lucinda—. Soy el dueño de cuanto veo.

Lucinda levantó las cejas lentamente.

—¿Ah, sí? —si él era su dueño, ¿la convertía eso en su amante? Pero no. Ella sabía muy bien que no era eso lo que pretendía—. ¿Has dicho que Thistledown estaba en el segundo patio? —al ver que Harry asentía, inclinó la cabeza con aire majestuoso—. Te espero allí.

Con la cabeza muy alta, atravesó el arco que daba acceso al segundo patio. Para sus adentros iba resoplando, llena de fastidio. ¿A qué se debía la demora de Harry?

Encontró a Thistledown mediante el sencillo procedimiento de situarse en medio del patio cuadrado y mirar a su alrededor hasta que le llamó la atención una cabeza que se sacudía alegremente.

La yegua parecía alborozada y apretaba el hocico contra sus faldas. Lucinda se sacó del bolsillo los terrones de azúcar que había robado de la mesa del desayuno; su ofrecimiento fue aceptado con todo tipo de muestras de placer equino.

Lucinda apoyó los brazos sobre la puerta de la caballeriza y observó a la yegua mientras ésta bebía de su cubo de agua.

—¿Tan difícil le resulta volver a pedírmelo?

Thistledown giró uno de sus ojos oscuros y la miró inquisitivamente.

Lucinda hizo un ademán.

—Las mujeres son muy volubles. En todas las novelas

que he leído, la heroína siempre dice que no la primera vez que se lo piden.

Thistledown bufó y fue a frotar el hocico contra su hombro.

—Exacto —Lucinda asintió con la cabeza mientras le acariciaba distraídamente el morro—. Tengo derecho a cambiar de opinión una vez —al cabo de un momento, arrugó la nariz—. Bueno, o al menos a reconsiderar mi decisión a la luz de nuevos acontecimientos.

A fin de cuentas, no había cambiado de idea. Sabía lo que sabía... y Harry también. Era sólo cuestión de que el muy terco lo reconociera.

Lucinda resopló. Thistledown relinchó suavemente.

Junto al cuarto de arreos, entre las sombras, Harry vio a la yegua sacudir la cabeza y restregar el hocico contra Lucinda. Sonrió para sí mismo. Luego se giró al oír llegar renqueando a Dawlish.

—Ha visto a Hamish, ¿no?

—Sí. Estoy de acuerdo, ese potro de Warlock promete.

—Sí, seguro que acabará ganando —Dawlish siguió la mirada de Harry y señaló a Lucinda con la cabeza—. Podría presentárselo a la señora para que tenga una charla con él, como hizo con la yegua.

Harry miró a su criado con burlona sorpresa.

—¿Eso que detecto es simpatía? ¿Tú, el misógino?

Dawlish frunció el ceño.

—No sé qué diantre es un misógino, pero por lo menos ha tenido usted el buen sentido de buscarse una que les gusta a los caballos... y que quizá nos ayude a ganar —soltó un bufido—. Lo que me pregunto es por qué no hace algo de una vez para que todos sepamos a qué atenernos.

La mirada de Harry se nubló.

—Estoy atando unos cabos sueltos.

—¿Así se llama ahora?
—A propósito —prosiguió Harry sin inmutarse—, ¿le llevaste ese mensaje a lord Ruthven?
—Sí. Dijo que se encargaría de ello.
—Bien —Harry había vuelto a mirar a Lucinda—. Nos iremos sobre las dos. Yo llevaré el carrocín. Tú puedes ir con Em.

Echó a andar hacia Lucinda sin aguardar a que Dawlish empezara a refunfuñar. Ella se había alejado de la yegua y, tras pasear un rato a lo largo de las caballerizas, se había detenido al final del pasillo, donde una cabeza gris había salido a saludarla.

Miró a su alrededor al acercarse Harry.
—¿Éste fue el que ganó en Newmarket?
Harry sonrió y acarició el hocico de Cribb.
—Sí —el caballo le olfateó los bolsillos, pero Harry sacudió la cabeza—. Me temo que hoy no hay manzanas.
—¿Cuándo vuelve a correr?
—Este año ya no —Harry la tomó del brazo y la condujo hacia la salida—. La carrera de Newmarket lo situó a la cabeza de los de su clase, y he decidido retirarlo en su momento álgido, por así decirlo. Pasará el resto de la temporada descansando. Puede que el año que viene vuelva a participar en alguna carrera, pero si sigue interesando tanto como semental, sería una idiotez dejar que malgaste sus energías en la pista.

Los labios de Lucinda se curvaron y luchó por disimular su sonrisa.

Harry lo notó.
—¿Qué ocurre?
Ella se ruborizó ligeramente y lo miró por debajo de las pestañas.

Harry levantó aún más las cejas.
Lucinda hizo una mueca.

—Ya que quieres saberlo —dijo, fijando la mirada en el horizonte—, estaba pensando que dedicarse a la cría de caballos es un trabajo especialmente idóneo para alguien con tu... cualificación.

Harry se echó a reír, y Lucinda pensó que nunca antes había oído aquella risa tan espontánea.

—¡Mi querida señora Babbacombe! —sus ojos la escudriñaban—. ¡Qué ideas se le ocurren!

Lucinda lo miró con enojo y levantó la nariz.

Harry volvió a reírse. Ignorando su rubor, la atrajo hacia sí.

—Por raro que parezca —dijo con una sonrisa—, eres la primera que lo ha dicho en voz alta.

Lucinda imitó uno de los bufidos de Em: el que significaba desaprobación. Pero la desaprobación dio paso a la esperanza cuando se dio cuenta de que Harry no la estaba llevando hacia la calesa, sino hacia un bosquecillo que bordeaba un campo cercano. Entre los árboles se abría una senda lo bastante despejada como para pasear por ella.

¿Quizá...? Lucinda no concluyó aquel pensamiento, distraída al comprobar que el bosquecillo no era en realidad más que un lindero de árboles. Más allá, el sendero empedrado discurría alrededor de un pequeño estanque en el que los nenúfares batallaban con los juncos.

—Hay que despejarlo.

Harry miró el estanque.

—Ya lo haremos.

Lucinda levantó la vista y siguió su mirada... hasta la casa. Grande, laberíntica y provista de anticuados gabletes, había sido construida con la piedra de aquellos parajes y el tejado de pizarra. En la planta baja, las ventanas ojivales permanecían abiertas a la brisa del verano. Un rosal trepaba por una de las paredes y florecía en capullos amarillos ante una de las ventanas del piso de arriba. A cada lado de la casa había un roble grande y frondoso que proyectaba una fresca sombra sobre el camino de gravilla, el cual serpeaba desde una cerca, que no alcanzaba a divisarse, hasta una larga avenida que concluía en una pradera frente a la puerta principal.

Lucinda miró a Harry.

—¿Eso es Lestershall?

Él asintió con la cabeza sin apartar la mirada de la casona.

—Mi casa —sus labios se tensaron un instante—. Mi hogar —señaló hacia delante con un ademán lánguido—. ¿Vamos?

Lucinda inclinó la cabeza; de pronto se sentía sin aliento.

Caminaron hasta el lugar donde el sendero desembocaba en la pradera, cruzaron la explanada de hierba y pasaron agachándose bajo las ramas de uno de los robles para salir al camino de entrada. Al acercarse a los escalones de piedra, Lucinda se fijó en que la puerta estaba entreabierta.

—En realidad, nunca he vivido aquí —dijo Harry mientras avanzaban por el camino de gravilla—. La casa está algo descuidada, así que he hecho venir a un pequeño ejército para repararla.

Un hombre corpulento ataviado con mandil de carpintero apareció en la puerta cuando pusieron pie en los escalones.

—Buenos días, señor Lester —el hombre agachó la cabeza, el rostro risueño iluminado por una sonrisa—. Todo va como la seda..., creo que me dará la razón. No queda casi nada por hacer.

—Buenos días, Catchbrick. Ésta es la señora Babbacombe. Si no les importa a usted y a sus hombres, me gustaría enseñarle todo esto.

—En absoluto, señor —Catchbrick se inclinó ante Lucinda con una mirada curiosa—. No es ninguna molestia. Como le decía, ya casi hemos acabado.

El carpintero se apartó y les indicó que pasaran al vestíbulo.

Lucinda cruzó el umbral y entró en un recibidor alargado y sorprendentemente espacioso, de forma rectangular. Por encima del friso de cálida madera de roble, las paredes enyesadas se hallaban desnudas. El bulto cubierto con paños que ocupaba el centro de la estancia parecía contener una mesa redonda y un aparador de recibidor de buen tamaño. La luz entraba a raudales por el amplio montante circular. Las escaleras eran también de roble, con una ornamentada balaustrada labrada, y el descansillo de la mitad tenía una gran ventana que —sospechaba Lucinda— miraba a los jardines de atrás. Dos pasillos flanqueaban la escalera, de los cuales el de la izquierda llevaba a una puerta de bayeta verde.

—El salón está por aquí.

Lucinda se dio la vuelta y vio a Harry junto a unas hermosas puertas abiertas de par en par y cuyos paneles estaba puliendo meticulosamente un muchacho.

El salón era de proporciones generosas, aunque mucho más pequeño que el de Lester Hall. Tenía una ventana ojival y profunda, provista de un poyete para sentarse, y una chimenea larga y baja coronada por una ancha repisa. El comedor, que los obreros estaban convirtiendo en un elegante apartamento, tenía, al igual que el salón, un gran bulto de muebles cubierto de paños en el centro. Lucinda no pudo resistir la tentación de levantar un pico del paño.

—Habrá que cambiar algunos muebles, pero la mayoría están en buen estado —Harry seguía mirando su cara.

—¿En bastante buen estado? —Lucinda retiró el paño y

dejó al descubierto la parte de arriba de un aparador de roble de aspecto antiguo–. Es mucho más que eso. Esta pieza es excelente… y alguien ha tenido el buen sentido de mantenerla bien bruñida.

–La señora Simpkins, el ama de llaves –dijo Harry al ver que Lucinda levantaba las cejas–. La conocerás enseguida.

Lucinda dejó caer el paño, se acercó a una de las dos grandes ventanas, que estaba abierta, y se asomó fuera. Las ventanas daban a una terraza que corría por el lateral de la casa y desaparecía al otro lado de la esquina, a partir de donde discurría por debajo de las ventanas de la salita, que a su vez daba al comedor, como Lucinda descubrió enseguida.

Mientras permanecía ante las ventanas de la salita, mirando los campos ondulados y rodeados de canteros repletos de flores, Lucinda experimentó una profunda sensación de certidumbre, de pertenencia, como si hubiera echado raíces allí donde estaba. Sabía que podía vivir en aquella casa y verla crecer y florecer.

–Estas tres salas están comunicadas –Harry señaló los paneles que separaban la salita del comedor–. Son lo bastante grandes como para celebrar un baile.

Lucinda lo miró parpadeando.

–¿Ah, sí?

Harry asintió con expresión impasible y la invitó a proseguir con un gesto.

–La salita del desayuno está por aquí.

Al igual que la salita de mañana. Mientras la guiaba por las habitaciones alegres y vacías, iluminadas por la luz del sol que entraba por las ventanas emplomadas, Lucinda se fijó en las paredes enyesadas, que aguardaban el empapelado. Las molduras de madera y los frisos estaban ya pulidos y relucían.

Todos los muebles que veía, la mayoría de roble, eran antiguos pero tenían una pátina brillante.

—Sólo falta decorarla —le dijo Harry mientras la conducía por un corto pasillo que corría junto a la espaciosa sala que le había descrito como su estudio-biblioteca. Las estanterías de aquella sala habían sido vaciadas y pulimentadas minuciosamente, y los montones de libros esperaban listos para regresar a su sitio una vez estuviera acabada la decoración—. Pero la empresa que he contratado tardará aún un par de semanas en venir..., tiempo de sobra para tomar las decisiones que sean necesarias.

Lucinda lo miró entornando los ojos..., pero antes de que se le ocurriera un comentario adecuado, le distrajo lo que había más allá de la puerta del final del pasillo. Se trataba de una habitación de proporciones elegantes que miraba al jardín lateral. Las rosas cabeceaban junto a las grandes ventanas, enmarcando un paisaje lleno de verdor.

Harry miró a su alrededor.

—Aún no he decidido para qué va a ser esta habitación.

Lucinda miró en torno, pero no vio muebles tapados. Su mirada, sin embargo, se vio atraída por unas estanterías nuevas que flanqueaban la pared. Eran grandes y abiertas, como hechas a propósito para guardar libros de cuentas. Miró de nuevo a su alrededor. Las ventanas daban buena luz, lo cual era esencial para hacer cuentas y ocuparse de la correspondencia.

Sintió que su corazón latía con una cadencia extraña y se volvió para mirar a Harry.

—¿De veras?

—Hmm —él le señaló la puerta con semblante pensativo—. Ven, voy a presentarte a la señora Simpkins.

Lucinda reprimió un bufido de impaciencia y dejó que la condujera de vuelta por el pasillo y a través de la puerta de bayeta verde. Allí se encontró con los primeros indicios de vida doméstica. Las cocinas estaban muy limpias, las cazuelas relucían en sus ganchos, clavados a la pared, y en el centro de la amplia chimenea había un hornillo nuevo.

Sentados a la mesa había un hombre y una mujer de mediana edad que se apresuraron a levantarse, azorados, al ver a Lucinda.

–Aquí Simpkins es nuestro hombre para todo y se encarga de vigilar la casa. Su tío es el mayordomo de Lester Hall. Simpkins, la señora Babbacombe.

–Señora –Simpkins hizo una reverencia.

–Y ésta es la señora Simpkins, cocinera y ama de llaves..., y sin la cual los muebles no habrían sobrevivido.

La señora Simpkins, una mujer de amplio pecho, mejillas sonrosadas y anchura imponente, se inclinó ante Lucinda, pero siguió mirando ceñuda a Harry.

–Sí..., y si se le hubiera ocurrido avisarme, señor Harry, habría tenido preparado té y unos pasteles.

–Como habrás adivinado –dijo Harry suavemente–, la señora Simpkins fue en otro tiempo niñera en Lester Hall.

–Sí..., y todavía me acuerdo de usted en pantalones cortos, señorito –la señora Simpkins lo miró con el ceño fruncido–. Ande, llévese a dar un paseo a la señora, que yo voy a preparar algo. Cuando vuelvan, tendré el té preparado en el jardín.

–No quisiera causarle...

Harry interrumpió a Lucinda con un suspiro.

–No sé si decírtelo, querida, pero Martha Simpkins es una tirana. Será mejor que obedezcas –diciendo esto, la tomó de la mano y la condujo hacia la puerta–. Voy a enseñarle las habitaciones de arriba a la señora Babbacombe, Martha.

Lucinda giró la cabeza y sonrió a la señora Simpkins, que contestó con una sonrisa radiante.

Las escaleras llevaban a una corta galería.

—No hay retratos de familia, me temo —dijo Harry—. Están en Lester Hall.

—¿Hay alguno tuyo? —Lucinda levantó la mirada hacia él.

—Sí..., pero no se me parece mucho. Me lo hicieron cuando tenía dieciocho años.

Lucinda levantó las cejas pero, al recordar las palabras de lady Coleby, no hizo comentario alguno.

—Éste es el dormitorio principal —Harry abrió un par de puertas al fondo del pasillo. La habitación era larga y tenía un friso de madera que se extendía hasta la ventana ojival y su poyete. Una repisa labrada enmarcaba la chimenea, más grande lo habitual. En el centro de la estancia había una estructura de grandes proporciones cubierta con lienzos. Lucinda miró aquel bulto con curiosidad, pero se volvió hacia Harry que, con una mano sobre su espalda, la condujo hacia el vestidor contiguo.

—Me temo —dijo él cuando regresaron al dormitorio— que en Lestershall no hay dormitorios separados para marido y mujer —Lucinda lo miró—. Aunque a ti, naturalmente, eso no debería preocuparte —prosiguió, imperturbable.

Lucinda lo miró apoyarse contra el marco de la ventana. Al ver que se limitaba a devolverle su mirada expectante con una expresión candorosa, soltó un bufido y fijó su atención en el bulto cubierto que ocupaba el centro de la habitación.

—Es una cama —dijo. Se acercó para levantar el lienzo y mirar debajo. Ante ella se extendía una cueva oscura. La cama tenía postes gruesos de color tostado, un amplio dosel y cortinas de brocado a juego—. Es enorme.

—Sí —Harry observaba su expresión absorta—. Y también tiene historia, si las cosas que se cuentan son verdad.

Lucinda levantó la vista.

—¿Qué cosas?

—Se rumorea que esta cama data de la época isabelina, igual que la casa. Por lo visto, todas las novias que han vivido en esta casa la han usado.

Lucinda arrugó la nariz.

—Eso no es nada sorprendente —dejó caer el lienzo y se sacudió las manos.

Los labios de Harry se curvaron lentamente.

—No en sí mismo, quizá —se apartó de la ventana y se acercó a Lucinda—. Pero en el cabecero hay engarzadas unas anillas de metal —levantó las cejas y su expresión se tornó pensativa—. Unas anillas que avivan la imaginación —tomó a Lucinda del brazo y la condujo hacia la puerta—. Debo acordarme de enseñártelas alguna vez.

Lucinda abrió la boca y volvió a cerrarla bruscamente. Dejó que la llevara de vuelta al pasillo. Seguía pensando en las anillas de metal cuando llegaron al final del pasillo tras echar un vistazo a las habitaciones que lo flanqueaban.

—Estas escaleras llevan al desván. El cuarto de los niños está arriba, al igual que las habitaciones de los Simpkins.

El cuarto de los niños ocupaba la mitad del amplio espacio que se abría bajo las vigas del tejado. Las ventanas abuhardilladas, muy bajas, eran perfectas para los pequeños. En realidad, el cuarto estaba formado por cinco salitas que se comunicaban entre sí.

—Los dormitorios para la niñera y el preceptor están en los extremos. Luego están los dormitorios de los niños, uno para niños y otro para niñas. Y esto es el aula, por supuesto —parado en el centro de la espaciosa habitación, Harry miró a su alrededor con cierto orgullo.

Lucinda lo observaba pensativamente.

—Estas habitaciones son incluso más grandes, relativamente hablando, que tu cama.

Harry levantó las cejas.

—He pensado que hacía falta espacio. Pienso tener una gran familia.

Lucinda se quedó mirando sus ojos verdes... y se preguntó cómo se atrevía.

—¿Una gran familia? —preguntó, negándose a emprender la retirada—. ¿También en eso sales a tu padre? —le sostuvo la mirada un instante y luego se acercó a la ventana—. Supongo que querrás tener tres hijos varones.

Harry la siguió con la mirada.

—Y tres niñas. Para que haya un equilibrio razonable —añadió en respuesta a la mirada sorprendida de Lucinda.

Enojada por su propia reacción y por el hormigueo que se había adueñado de su estómago, ella profirió un bufido. Y volvió a mirar a su alrededor.

—Hasta con seis, hay espacio de sobra.

Había creído que aquello zanjaría la conversación, pero Harry aún no había acabado.

—Ah..., pero se me ha ocurrido dejar suficiente espacio para los que no vengan en el orden correcto, tú ya me entiendes. A fin de cuentas, engendrar un niño o una niña depende del azar.

Lucinda se quedó mirando sus ojos verdes e impasibles... y sintió ganas de preguntarle si le estaba tomando el pelo. Pero había algo en la sutil tensión de su cuerpo que la convenció de que no era así.

Sintió que un estremecimiento la recorría y decidió que ya había tenido suficiente. Si Harry podía hablar de tener hijos, bien podía concentrarse en las cosas que había que resolver primero. Lucinda se irguió, levantó la cabeza y le sostuvo la mirada.

—Harry...

Él se giró para mirar por la ventana.

—La señora Simpkins nos está esperando con el té y los pasteles. Ven..., no podemos decepcionarla —tomó a Lucinda del brazo con una sonrisa inocente y se giró hacia la puerta—. Además, casi es mediodía. Creo que deberíamos volver en cuanto acabemos nuestro refrigerio improvisado. Esta tarde tenemos que marcharnos pronto.

Lucinda lo miró extrañada.

Harry sonrió.

—Sé que estás deseando volver a Londres... y bailar el vals en brazos de tus admiradores.

Lucinda sintió que la embargaba una frustración tan intensa que la aturdió. Al ver que Harry se limitaba a levantar las cejas con aire candoroso, achicó los ojos y lo miró con enfado.

Harry tensó los labios y le indicó la puerta.

Ella respiró hondo para calmarse. Si no fuera una dama...

Procurando no rechinar los dientes, le dio el brazo a Harry. Luego apretó los labios en un mohín de enojo y dejó que la condujera abajo.

13

—Entonces, ¿le ha quedado claro? —sentado tras el escritorio de la biblioteca, Harry jugueteaba con una pluma mientras observaba al hombre que ocupaba la silla frente a él.

Unos ojos marrones y anodinos lo miraban desde un semblante vulgar. El atuendo de aquel individuo evidenciaba que no pertenecía a la alta sociedad, pero no daba pista alguna en lo tocante a su profesión. Phineas Salter podía haber sido cualquier cosa... o casi. Por eso precisamente le iba tan bien en su negocio.

El ex policía de Bow Street asintió con la cabeza.

—Sí, señor. Debo hacer averiguaciones acerca de esos caballeros, el señor Earle Joliffe y el señor Mortimer Babbacombe, con el fin de descubrir los motivos por los que podrían estar interesados en perjudicar a la señora Lucinda Babbacombe, tía política del susodicho Mortimer.

—Y ha de hacerlo sin levantar sospechas —la mirada de Harry se agudizó.

Salter inclinó la cabeza.

—Naturalmente, señor. Si esos caballeros están tramando algo, no nos interesa alertarles. Al menos, hasta que estemos preparados.

Harry hizo una mueca.

—Exacto. Pero insisto también en que la señora Babbacombe no ha de enterarse en ningún caso de nuestras sospechas. Ni de que podría haber motivos para hacer averiguaciones.

Salter frunció el ceño.

—Con el debido respeto, señor, ¿le parece lo más sensato? Por lo que me ha dicho, esos canallas podrían recurrir a medidas drásticas. ¿No convendría que la señora estuviera advertida?

—Si fuera cualquier otra dama, una que se contentara con dejar el asunto en nuestras manos, le daría la razón sin dudarlo. Pero la señora Babbacombe no es de ésas —Harry observó a su nuevo empleado; cuando volvió a hablar, su tono sonó didáctico—. Estaría dispuesto a apostar a que, si se enterara de la aparente implicación de Babbacombe en los últimos acontecimientos, la señora Babbacombe pediría su coche y se haría llevar a casa de su sobrino con la intención de pedirle explicaciones. Sola.

El semblante de Salter pareció quedar en blanco.

—Ah —parpadeó—. Es un poco ingenua, entonces.

—No —la voz de Harry se endureció—. No especialmente. Es sencillamente incapaz de reconocer su propia debilidad y, por el contrario, tiene una infinita confianza en su capacidad de persuasión —sus facciones se alteraron y su semblante reflejó como un espejo su tono de voz—. En este caso, prefiero no arriesgarme.

—No, desde luego —Salter asintió con la cabeza—. Por lo poco que sé, ese tal Joliffe no es un individuo con el que deba vérselas una dama.

—Exactamente —Harry se levantó, seguido por Salter. El ex policía era un hombre recio, ancho y pesado. Harry inclinó la cabeza—. Infórmeme en cuanto sepa algo.

—Así lo haré, señor. Puede confiar en mí.

Harry le estrechó la mano. Dawlish, que, por sugerencia de Harry, había presenciado en silencio la entrevista, se apartó de la puerta y acompañó a Salter a la salida. Harry se volvió hacia las ventanas y se puso a jugar ociosamente con la pluma mientras miraba sin verlo el patio que se extendía más allá.

Salter era muy conocido entre los asiduos a la taberna de Jackson y al salón de Cribb. Boxeador de cierta experiencia, era una de las pocas personas no pertenecientes a la alta sociedad a las que se les permitía el acceso a aquellos locales selectos. Pero eran sus otras habilidades las que habían impulsado a Harry a llamarlo. La fama de Salter como policía había sido considerable, pero se había visto empañada. Los magistrados no aprobaban su costumbre de utilizar literalmente a ladrones para atrapar a otros ladrones. Sus éxitos no habían mejorado la opinión de los jueces y Salter había abandonado el cuerpo de policía de Londres. Desde entonces se había labrado un nombre entre ciertos caballeros de la alta sociedad como hombre de confianza cuando era necesario investigar cuestiones delicadas e incluso ilegales.

Cuestiones como, en opinión de Harry, el aparente interés de Mortimer Babbacombe por el bienestar de Lucinda.

Harry se habría ocupado del asunto en persona, pero ignoraba por completo los motivos de Mortimer. No podía dejar pasar el asunto y, dada su convicción de que el sobrino de Lucinda tenía algo que ver con el incidente de la carretera de Newmarket, había optado por la cautela y había recurrido a la discreción y la pericia por las que Salter era conocido.

—¡Bueno! —Dawlish regresó y cerró la puerta—. Menudo lío —miró de soslayo a Harry—. ¿Quiere que la vigile?

Harry levantó las cejas lentamente.

—No es mala idea —hizo una pausa y luego preguntó—: ¿Cómo crees que se tomaría la noticia su cochero? Joshua, ¿no?

—Se preocuparía mucho.

Harry entornó los ojos.

—¿Y su doncella, la eficiente Agatha?

—Más aún, o eso creo. Agatha es muy desconfiada, pero después de que las sacara usted de Asterley y lo organizara todo para echar tierra sobre el asunto, tiene mejor opinión de usted.

Harry tensó los labios.

—Bien. Entonces, reclútala a ella también. Tengo la sensación de que, cuantos más ojos vigilen a la señora Babbacombe, mejor. Sólo por si acaso.

—Sí, no tiene sentido correr ningún riesgo —Dawlish se dirigió a la puerta—. Sobre todo, después de lo mucho que se ha esforzado.

Harry levantó las cejas y se volvió…, pero Dawlish ya se había ido.

¿Lo mucho que se había esforzado? Sus labios se convirtieron en una línea fina. Con expresión resignada, se volvió de nuevo hacia el jardín. Lo más difícil estaba aún por llegar, pero ya había fijado su rumbo y pensaba ceñirse a él.

La próxima vez que se declarara a su sirena, no quería discusiones sobre el amor.

—¡Ah! —Dawlish asomó la cabeza por la puerta—. Acabo de acordarme de que esta noche es el baile de lady Mickleham. ¿Quiere que disponga los carruajes y todo lo demás cuando vea a Joshua?

Harry asintió con la cabeza. Fuera, el cielo era de un hermoso color azul.

—Antes de irte, avisa de que enganche los caballos.

—¿Va a salir?

—Sí —su expresión se volvió severa—. Voy a ir al parque.

Quince minutos después, Fergus le abrió la puerta de la casa de su tía. Harry le entregó los guantes y se quitó el gabán.

—Supongo que mi tía estará descansando.

—En efecto, señor. Lleva más de una hora echada.

—No quiero molestarla. Es a la señora Babbacombe a quien deseo ver.

—Ah —Fergus parpadeó con cierta perplejidad—. Me temo que la señora Babbacombe está ocupada, señor.

Harry giró lentamente la cabeza hasta que su mirada se posó en el semblante impasible del mayordomo.

—¿De veras?

Aguardó. Para alivio suyo, Fergus se dignó contestar a su pregunta sin necesidad de que insistiera.

—Está en el saloncito de atrás, en su despacho, con un tal señor Mabberly. Un joven muy educado. Es su apoderado, según tengo entendido.

—Comprendo —Harry titubeó y luego, sabiendo que Fergus lo entendía todo a la perfección, lo despachó con un ademán—. No es necesario que me anuncie —con ésas, subió las escaleras refrenando su impaciencia lo justo como para aparentar despreocupación. Pero cuando llegó al pasillo de arriba, sus zancadas se alargaron. Se detuvo con la mano en el picaporte del saloncito. Oía voces amortiguadas dentro de la habitación.

Abrió la puerta con expresión severa.

Lucinda estaba sentada en el sillón, con un libro de cuentas abierto sobre el regazo. Levantó la mirada y, al verlo, se interrumpió en mitad de una frase.

Un joven de aspecto pulcro y sobrio se inclinaba sobre su hombro para mirar las cifras que ella le señalaba con el dedo.

—No te esperaba —dijo Lucinda tras reponerse de la sorpresa.

—Buenas tardes —contestó Harry.

—Buenas tardes —la mirada de Lucinda contenía una advertencia—. Creo que te he hablado alguna vez del señor Mabberly. Es mi apoderado. Me ayuda con las posadas. Señor Mabberly, el señor Lester.

El señor Mabberly le tendió con cierta vacilación la mano. Harry se quedó mirándola un instante y luego se la estrechó brevemente. Y enseguida se volvió hacia Lucinda.

—¿Vas a tardar mucho?

Lucinda lo miró a los ojos.

—Media hora más, por lo menos.

El señor Mabberly se removió y los miró a ambos con nerviosismo.

—Eh... quizás...

—Todavía tenemos que repasar las cuentas de Edimburgo —afirmó Lucinda, cerrando el pesado libro y quitándoselo de las rodillas. El señor Mabberly se apresuró a recogerlo—. Es ese libro de ahí..., el tercero —mientras el señor Mabberly se apresuraba a cruzar la habitación para tomar el libro que le había pedido, Lucinda levantó sus ojos límpidos hacia la cara de Harry—. Tal vez, señor Lester...

—Esperaré —dijo Harry y, acercándose en dos zancadas a la silla más cercana, tomó asiento.

Lucinda lo miró, impasible. No se atrevía a sonreír. Entonces Anthony Mabberly volvió y ella fijó su atención en las tres posadas de Edimburgo.

Mientras Lucinda revisaba cifras, cuentas y tasas, comparando el cuatrimestre en el que estaban con el último y con el del año anterior, Harry observaba al señor Mabberly. Pasados unos minutos, había visto suficiente como para sentirse más tranquilo. El señor Mabberly podía mirar a su jefa como si fuera una diosa, pero Harry tenía la clara impresión de que su admiración se debía más a la perspicacia de Lucinda para los negocios que a su persona. En efecto, al cabo de diez minutos estaba convencido de que el interés del señor Mabberly era puramente intelectual.

Harry se relajó, estiró las piernas y permitió que su mirada se posara en su principal desvelo.

Lucinda notó con alivio que se relajaba, lo cual no le resultó difícil, dado que su tensión le había llegado en oleadas. Si Harry se negaba a aceptar que debía tratar con personas como Anthony Mabberly, y que, pese a todo lo demás, tenía negocios que atender, sin duda tendrían problemas muy pronto. Pero todo parecía arreglado. Mientras esperaba a que el señor Mabberly sacara el último libro, miró a Harry y lo sorprendió mirándola con cierto hastío.

Él levantó una ceja, pero no dijo nada.

Lucinda volvió a su trabajo y poco después concluyó su tarea.

El señor Mabberly no se entretuvo, pero tampoco se apresuró. Se despidió muy educadamente de Lucinda y se inclinó puntillosamente ante Harry antes de partir con la promesa de llevar a cabo los encargos de Lucinda e informarle a la semana siguiente, como de costumbre.

—¡Buf! —Harry se quedó de pie, mirando la puerta que se había cerrado tras el señor Mabberly.

Lucinda lo miró y dijo:

—Espero que no vayas a decirme que es indecoroso que vea a solas a mi apoderado.

Harry se mordió la lengua. Se giró para mirarla con expresión fría. Mientras la observaba, la mirada de Lucinda se movió, apartándose de él.

—A fin de cuentas —prosiguió—, difícilmente se le puede considerar un peligro.

Harry siguió su mirada hasta el diván que había delante de las ventanas. Volvió a mirarla y sorprendió en su semblante una expresión de incertidumbre, mezclada con un anhelo evidente. Estaban otra vez a solas. Harry sabía que ambos sentían las mismas inclinaciones. Se aclaró la garganta.

—He venido a convencerte de que des conmigo un paseo por el parque.

—¿El parque? —Lucinda lo miró con sorpresa. Em le había dicho que Harry rara vez iba a pasear en coche por el parque durante las horas a las que estaba de moda hacerlo—. ¿Por qué?

—¿Por qué? —Harry la miró con cierto asombro. Luego frunció el ceño—. ¿Qué clase de pregunta es ésa? —al ver que la mirada de Lucinda se volvía recelosa, agitó lánguidamente una mano—. Simplemente he pensado que estarías aburrida y que te sentaría bien un poco de aire fresco. Los bailes de lady Mickleham son muy concurridos.

—Ah —Lucinda se levantó lentamente y escudriñó en vano su cara—. Puede que sea buena idea dar un paseo.

—Indudablemente —Harry le señaló la puerta—. Esperaré abajo mientras vas a buscar tu chaqueta y tu sombrero.

Diez minutos después, Lucinda dejó que la sentara en su carrocín, a pesar de que todavía no entendía a qué obedecía la invitación. Sin embargo, Harry estaba allí..., y ella no veía motivo para negarse el placer de su compañía. Diciéndose que, después de lo sucedido el día anterior, cuando Harry la había conducido en su coche desde Lester Hall a Audley Street, debería estar cansada de sus comentarios ácidos, se colocó despreocupadamente las faldas y se descubrió deseando oír unos cuantos más.

Harry no la decepcionó.

Tras atravesar las verjas de hierro forjado y entrar en el parque, mientras avanzaban por la avenida en sombras, Harry la miró de reojo.

—Me temo, querida, que, como mis caballos están muy frescos, no podremos pararnos a conversar. Tendrás que conformarte con saludar con la mano y sonreír.

Lucinda, que estaba distraída mirando a su alrededor, levantó las cejas.

—¿De veras? Pero, si no podemos conversar, ¿a qué hemos venido?

—A ver y a ser vistos, naturalmente —Harry apartó de nuevo la vista del caballo de cabeza, que estaba, en efecto, muy nervioso, y la miró—. Tengo entendido que ése ha sido siempre el propósito de estos paseos por el parque.

—Ah —Lucinda sonrió, radiante y serena. Le agradaba ir sentada a su lado al sol y verlo maniobrar por las avenidas de gravilla sujetando las riendas con sus largos dedos.

Harry la miró un momento y luego volvió a mirar a sus caballos. Sin dejar de sonreír, Lucinda miró hacia las carrozas y landós de las señoras de la alta sociedad, que flanqueaban la avenida. La tarde estaba bien entrada; mucha gente había llegado al parque antes que ellos. Harry tuvo que refrenar a sus caballos al aumentar el tráfico. Los faetones y los carrocines de todo tipo se abrían paso entre los carruajes aparcados junto al bordillo. Lady Sefton, que presidía su corte sentada en su carroza, les saludó con la mano. Lucinda advirtió que parecía algo sorprendida.

Lady Somercote y la señora Wyncham también les saludaron, y un instante después la condesa Lieven les obsequió con una larga mirada antes de inclinar la cabeza con elegancia.

Harry soltó un bufido.

—Tiene el cuello tan tieso que siempre creo que se va a oír un *crac*.

Lucinda sofocó una carcajada. Al doblar la siguiente curva, se toparon con la princesa Esterhazy, que abrió los ojos de par en par y acto seguido sonrió e inclinó la cabeza, complacida.

Lucinda le devolvió la sonrisa, aunque para sus adentros frunció el ceño. Al cabo de un momento preguntó:

—¿Sueles venir a pasear al parque con señoras?

Harry hizo restallar las riendas. El carrocín se introdujo por un hueco entre un faetón y otro carrocín, dejando a sus dueños boquiabiertos.

—Últimamente, no.

Lucinda entornó los ojos.

—¿Desde cuándo?

Harry se limitó a encoger los hombros con la mirada fija en las orejas de los caballos.

Lucinda lo miraba atentamente. Al ver que no decía nada, preguntó:

—¿Desde lady Coleby?

Harry la miró. Sus ojos verdes parecían contener una advertencia, y sus labios formaban una línea severa. Después volvió a fijar la mirada en los caballos. Al cabo de un momento dijo de mala gana:

—Entonces se llamaba Millicent Pane.

Su memoria voló hacia aquellos años. En aquel entonces, él habría querido que se llamara Millicent Lester. Sus labios se curvaron en una sonrisa burlona. Debería haber notado que el nombre no sonaba bien. Miró a la mujer que iba a su lado vestida de azul, como de costumbre, y cuya tez pálida, enmarcada por algunos rizos suaves, ocultaba a medias el ala del sombrero. Lucinda Lester tenía cierto equilibrio. Sonaba bien.

Harry esbozó una sonrisa pero Lucinda, que parecía abstraída, no lo notó. Él advirtió que parecía enfrascada en sus pensamientos.

Al dejar la zona por la que solían pasear los miembros de la alta sociedad, el camino se despejó ante ellos. Harry tiró de las riendas y se unió a la fila de carruajes que esperaba su turno para dar la vuelta.

—Una pasada más y te llevo a casa.

Lucinda le lanzó una mirada de sorpresa pero no dijo nada. Se enderezó y compuso una sonrisa mientras regresaban hacia la zona más frecuentada.

Esta vez, al ir en sentido contrario, vieron caras nuevas, muchas de las cuales —notó Lucinda— parecían sorprendidas. Pero se movían constantemente, de modo que no tuvo ocasión de analizar las reacciones que parecía provocar en los demás el hecho de verlos allí. La de lady Jersey, no obstante, no requirió análisis alguno.

Lady Jersey estaba en su carroza, recostada lánguidamente sobre uno cojines, cuando su mirada penetrante cayó sobre el carrocín de Harry, que se acercaba pausadamente. Enseguida se incorporó, muy tiesa.

—¡Santo cielo! —exclamó con estridencia—. ¡Jamás creí que vería este día!

Harry le lanzó una mirada malévola, pero se dignó inclinar la cabeza.

—Creo que ya conoce a la señora Babbacombe.

—¡Desde luego que sí! —lady Jersey saludó a Lucinda agitando una mano—. Ya hablaremos la semana que viene, querida.

Su mirada parecía prometer que, en efecto, así sería. Lucinda mantuvo la sonrisa, pero se sintió aliviada cuando pasaron de largo.

Al mirar a Harry de soslayo, descubrió que su semblante tenía una expresión intransigente. En cuanto el tráfico se despejó un poco, hizo restallar las riendas.

—Qué paseo tan corto —murmuró Lucinda cuando divisaron las verjas del parque.

—Puede que sí, pero suficiente para nuestros propósitos.

Su voz sonaba crispada y desalentadora. Lucinda frunció el ceño para sus adentros. ¿Cuáles serían exactamente aquellos propósitos?

Seguía preguntándoselo cuando, vestida en seda azul jacinto, bajó las escaleras esa noche, lista para asistir al baile de lady Mickelham. El hallarse constantemente a la espera de una proposición matrimonial iba minando poco a poco su paciencia. No le cabía duda alguna de que Harry pensaba pedírselo otra vez, pero el cuándo y el porqué de su reticencia le preocupaban cada vez más. Bajó la mayor parte de las escaleras con la mirada ausente y sólo levantó la vista al acercarse a los últimos peldaños. Entonces se topó con una mirada verde. Abrió los ojos de par en par y parpadeó.

—¿Qué estás haciendo aquí?

A pesar de su asombro, se fijó en el esmoquin casi austero de Harry, blanco y negro, como siempre, y en el alfiler de su corbata, que parecía brillar maliciosamente.

Notó que sus labios se curvaban en una mueca irónica.

—He venido a acompañaros al baile de lady Mickelham —dijo con acento comedido y, acercándose a la escalera, le tendió la mano.

Lucinda se quedó mirándolo, algo ruborizada. Se alegraba de que ningún sirviente hubiera presenciado la conversación. Cuando sus dedos se deslizaron como por voluntad propia sobre la mano de Harry, levantó los ojos hacia su cara.

—No sabía que consideraras necesario acompañarnos en tales ocasiones.

El semblante de Harry permaneció impasible mientras la ayudaba a bajar los últimos escalones.

La puerta del fondo del vestíbulo se abrió y apareció Agatha llevando sobre el brazo el manto de Lucinda. Al ver a Harry se detuvo, lo saludó con una severa inclinación de cabeza, a pesar de que su mirada era menos hostil de lo que pretendía, y siguió adelante. Harry alargó una mano. Agatha le entregó el manto y, dando media vuelta, volvió sobre sus pasos.

Lucinda se giró. Harry le puso el manto de terciopelo sobre los hombros. Ella levantó la cabeza y se miró al espejo de la pared. Arriba, en el pasillo, una puerta se abrió y se cerró. La voz de Heather llegó hasta abajo, llamando a Em.

Lucinda sabía que, si se atenía a frases amables, Harry lograría eludir la cuestión. Respiró hondo.

—¿Por qué?

Él la miró un momento a los ojos y luego bajó la mirada hacia su cuello. Lucinda vio que sus labios se curvaban, pero no supo si en una sonrisa o en una mueca.

—Las circunstancias han cambiado —comenzó a decir Harry en voz baja. Levantó la cabeza y la miró a los ojos, levantando las cejas con aire desafiante—. ¿No es cierto?

Lucinda escudriñó sus ojos sin decir nada. No le apetecía contradecirle. Pero ¿habían cambiado realmente las cosas? Ya no estaba tan segura de ello.

Heather bajó corriendo las escaleras, seguida por Em, cuya actitud era más circunspecta. Con el ajetreo de buscar mantos y guantes, Lucinda no tuvo ocasión de reflexionar acerca de la nueva táctica de Harry. La alegre charla de Heather y los recuerdos de Em llenaron el corto trayecto hasta Mickleham House, en Berkeley Square. Lucinda permaneció en silencio. Sentado entre las sombras, frente a ella, Harry tampoco dijo nada.

La escalinata atestada de gente resultó un calvario y no les dio ocasión de hablar en privado. Lucinda sonreía y saludaba a cuantos les rodeaban, consciente de las miradas curiosas que los invitados lanzaban a su acompañante. Harry, por su parte, permanecía impasible. Sin embargo, al acercarse a los anfitriones, inclinó la cabeza y le susurró a Lucinda al oído:

—Me quedo con el vals de antes de la cena... y te acompaño a cenar.

Lucinda apretó los labios y le lanzó una mirada elocuente. ¡Quedarse con el vals de la cena! ¡Sí, ya! Bufó para sus adentros y luego se giró para saludar a lady Mickleham.

Tal y como Harry había predicho, los salones estaban llenos a rebosar.

—Esto es ridículo —masculló Lucinda mientras se abrían paso con dificultad hacia un lado del salón de baile, con la esperanza de encontrar una silla para Em.

—Siempre es así al final de la temporada —repuso Em—. Es como si la gente quisiera entregarse a una especie de frenesí antes de que llegue el verano y deban regresar a casa, al campo.

Lucinda sofocó un suspiro al pensar en el campo y recordar la gruta del lago en Lester Hall y la paz y la quietud de Lestershall.

—Bueno, sólo quedan un par de semanas —dijo Heather—. Así que supongo que deberíamos aprovecharlas al máximo —miró a Lucinda—. ¿Has decidido ya dónde vamos a pasar el verano?

Lucinda parpadeó.

—Eh...

—Creo que tu madrastra piensa que es una decisión un tanto prematura —dijo Harry tranquilamente.

Los labios de Heather formaron una O. La muchacha pareció conformarse con aquella respuesta elusiva. Lucinda dejó escapar un lento suspiro.

Em encontró sitio en un sillón junto a lady Sherringbourne, y las dos damas comenzaron enseguida a intercambiar revelaciones acerca de los enlaces que se habían forjado ese año.

Lucinda se giró y se encontró de pronto rodeada por su cohorte de admiradores que, tal y como se apresuraron a informarle, habían estado esperando su aparición con el aliento contenido.

—Ha estado fuera una semana entera, querida. Hemos estado desolados —el señor Amberly sonrió benévolamente.

—Yo la comprendo muy bien —comentó el señor Satterly—, pero los bailes son cada vez más vulgares, para mi gusto. Ahuyentan a cualquiera —levantó la mirada hacia Harry con expresión inocente—. ¿No está usted de acuerdo, Lester?

—Desde luego —contestó Harry, y lanzó una mirada férrea a su alrededor. Con él a un lado y Ruthven al otro, al menos Lucinda tenía espacio para respirar. El resto de su cohorte se había reunido ante ellos y creaba un cerco de relativa tranquilidad por el que, Harry estaba seguro de ello, todos se felicitaban.

—¿Y dónde fue usted a recuperarse, mi querida señora Babbacombe? ¿Al campo o al mar?

Había sido lord Ruthven quien había formulado la pregunta inevitable. Sonrió a Lucinda amablemente y ella advirtió la leve provocación que había tras su sonrisa.

—Al campo —contestó. Luego, impulsada por una especie de demonio interior, liberado por la presencia opresiva de Harry, añadió—: Mi hijastra y yo acompañamos a lady Hallows en una visita a Lester Hall.

Ruthven parpadeó.

—¿Lester Hall? —levantó lentamente la mirada hacia Harry—. He notado que esta semana no has estado en la ciudad, Harry. ¿Tú también has escapado del torbellino para recobrar fuerzas?

—Naturalmente —contestó Harry, imperturbable—. Acompañé a mi tía y a sus invitadas en su visita.

—Ah, desde luego —dijo Ruthven, y se volvió hacia Lucinda—. ¿Le enseñó Harry la gruta que hay junto al lago?

Lucinda lo miró con la mayor inocencia de que fue capaz.

—Sí... y también el cenador de la colina. Las vistas son preciosas.

—¿Las vistas? —lord Ruthven parecía atónito—. Ah, sí. Las vistas.

Harry apretó los dientes, pero no reaccionó..., al menos, verbalmente. Pero su mirada prometía venganza. Sin embargo, Ruthven, que era uno de sus mejores amigos, la ignoró.

Para alivio de Lucinda, la música puso fin a las pullas de lord Ruthven. Pronto se hizo evidente que lady Mickleham había decidido abrir el baile con un vals.

Aquello produjo el habitual clamor entre los pretendientes de Lucinda. Ella sonrió amablemente... y titubeó. El salón estaba lleno, y la pista de baile estaría aún peor. Bailando el cotillón o la cuadrilla, que exigían más espacio, había pocas posibilidades de que se diera una intimidad inesperada. Pero ¿el vals? ¿Con tantas apreturas?

Aquella idea fue seguida por la certeza de que sus circunstancias habían, en efecto, cambiado. No deseaba bailar el vals con nadie, salvo con Harry. Sus sentidos parecían tenderse hacia él, que permanecía muy tieso a su lado.

Harry la vio levantar la mirada con una súplica inconsciente en los ojos. Su reacción fue inmediata e imposible de reprimir. Cerró la mano sobre la de Lucinda y se la puso sobre la manga.

—Creo que éste es mi vals, querida.

Lucinda sintió una oleada de alivio. Recordó inclinar la cabeza y sonreír fugazmente a sus admiradores antes de que Harry la alejara de ellos.

Al llegar a la zona del salón dedicada al baile, se relajó en brazos de Harry y dejó que la estrechara contra sí sin disimulos. Levantó la mirada hacia él cuando empezaron a girar lentamente. Harry la miraba fijamente, con expresión todavía distante, pero algo más suave. Se sostuvieron la mirada. Se comunicaban sin palabras mientras giraban despacio por el salón.

Luego Lucinda bajó las pestañas. Harry la apretó un poco más fuerte.

Tal y como Lucinda había previsto, la pista de baile estaba llena y las parejas se apretaban las unas contra las otras. Harry la mantenía a salvo entre el círculo de sus brazos. Ella era consciente de que, si algo la amenazaba, sólo tenía que dar un paso adelante y él la protegería. Su cuerpo recio no constituía una amenaza; Lucinda nunca lo había considerado tal. Harry era su guardián en el sentido más antiguo de la palabra: el hombre al que le había confiado su vida.

El vals acabó enseguida. Lucinda parpadeó cuando Harry dejó caer los brazos. Luego se apartó con desgana, le dio el brazo y dejó que la condujera de nuevo por entre la multitud.

Harry miró su cara con cierta preocupación. Al acercarse a sus amigos, se inclinó y murmuró:

—Si no quieres bailar el vals, di simplemente que estás cansada —Lucinda levantó la mirada hacia él; Harry sintió que sus labios se curvaban—. Es el truco de moda.

Ella asintió con la cabeza... y cuadró los hombros al reunirse con su grupo.

Aquel consejo le resultó sumamente útil: su supuesta fatiga fue aceptada sin rechistar. Con el paso de las horas, empezó a sospechar que sus admiradores tampoco disfrutaban tan poco como ella del baile con tanta gente en el salón.

Harry permaneció a su lado, imperturbable, durante la larga velada. Lucinda recibió el vals anterior a la cena con cierto alivio.

—Tengo entendido que el señor Amberly, el señor Satterly y lord Ruthven son muy amigos tuyos, ¿no?

Harry la miró fugazmente.

—Más o menos —contestó con cierta reticencia.

—Jamás lo habría adivinado —Lucinda lo miró con sorpresa. Harry estudió su semblante candoroso y después soltó un soplido y la atrajo hacia sí.

Al acabar el vals, la condujo directamente al comedor. Sin apenas darse cuenta, Lucinda se encontró sentada en una mesa para dos, algo retirada y oculta del resto de la habitación por dos grandes macetas. Una copa de champán y un plato lleno de exquisiteces apareció ante ella. Harry se había recostado elegantemente en la silla de enfrente.

Con los ojos fijos en ella, le dio un mordisco a un pastelillo de langosta.

—¿Te has fijado en la peluca de lady Waldron?

Lucinda se echó a reír.

—Casi se le cae —bebió un sorbo de champán; sus ojos

brillaban–. El señor Anstey tuvo que agarrarla y ponérsela en su sitio.

Para regocijo de Lucinda, durante la media hora siguiente Harry la obsequió con un sinfín de anécdotas, chismes y comentarios mordaces. Era la primera vez que lo tenía para ella sola y de tan buen humor, y se entregó al disfrute de aquel momento.

Sólo cuando acabó y Harry la acompañó de regreso al salón de baile, se le ocurrió preguntarse a qué obedecía su actitud.

O, más concretamente, por qué parecía desvivirse por cautivarla.

–¿Sigues aquí, Ruthven? –la voz socarrona de Harry la devolvió al presente. Harry estaba mirando a su amigo con cierto brillo desafiante en la mirada–. ¿Has encontrado algo que te interese?

–Nada, me temo –lord Ruthven se llevó la mano al corazón y miró a Lucinda–. Nada comparable al placer de conversar con la señora Babbacombe.

Lucinda tuvo que reírse. Harry, naturalmente, no la imitó. Tomó las riendas de la conversación. La forma en que arrastraba las palabras al hablar resultaba evidente, y mientras su deje hastiado y lánguido llenaba sus oídos, Lucinda cayó en la cuenta de que normalmente Harry jamás utilizaba aquel tono con ella. Ni con Em. Cuando hablaba con ellas, su voz sonaba nítida y cortante. Al parecer, reservaba aquella afectación tan en boga para aquéllos a los que deseaba mantener a distancia.

Dirigida por Harry, la conversación resultó, como era previsible, correcta hasta lo ridículo. Lucinda sofocó un bostezo y sopesó una idea que podía al mismo tiempo servir a su causa y rescatar a su pobre cohorte de admiradores.

–Empieza a hacer calor, ¿no les parece? –murmuró, con la mano sobre el brazo de Harry.

Él bajó la mirada levantando las cejas.

—Sí. Sospecho que es hora de que nos vayamos.

Cuando levantó la cabeza para buscar a Em y Heather, Lucinda se permitió proferir un leve resoplido de fastidio. Lo que pretendía era que Harry la llevara a la terraza. Al escudriñar la multitud, vio a Em hablando animadamente con una viuda. Heather, por su parte, estaba con un grupo de amigos.

—Eh... quizá pueda quedarme media hora más si bebo un vaso de agua.

El señor Satterly se ofreció enseguida a llevarle uno y se zambulló entre el gentío.

Harry la miró inquisitivamente.

—¿Estás segura?

Lucinda esbozó una sonrisa débil.

—Sí.

Harry siguió comportándose con tenaz corrección..., lo cual —pensó Lucinda más tarde, cuando el gentío comenzó a menguar poco a poco y ella cobró conciencia de las miradas curiosas que les lanzaban los invitados— no era, en su caso, lo mismo que comportarse con circunspección.

Aquella idea la hizo fruncir el ceño.

Su expresión era aún más ceñuda cuando, cobijados en el carruaje de Em, volvían hacia casa por las calles desiertas. Sentada frente a él, estudiaba el semblante de Harry, iluminado por la luna y los destellos intermitentes de las farolas junto a las que pasaban.

Tenía los ojos cerrados, ocultos tras las densas pestañas. Sus facciones no parecían relajadas, sino más bien desprovistas de expresión, y sus labios se hallaban comprimidos en una línea firme y recta. Vista así, su cara parecía guardar algún secreto. Era la cara de un hombre esencialmente discreto que rara vez desvelaba sus emociones.

Lucinda sintió que el corazón le daba un vuelco y que un dolor sordo afloraba a su pecho.

La alta sociedad era el entorno en el que se movía Harry. Conocía cada matiz del comportamiento, cómo había que interpretar cada gesto, por insignificante que fuera. En los salones atestados de gente se hallaba a sus anchas. Ella, en cambio, no. Al igual que en Lester Hall, Harry era allí quien dominaba la situación.

Lucinda se removió en el asiento. Apoyó la barbilla en la palma de la mano y se quedó mirando con el ceño fruncido las casas dormidas.

Libre por fin de su escrutinio, Harry abrió los ojos. Observó su perfil, claro a la luz de la luna. Sus labios se curvaron en una levísima sonrisa. Apoyando de nuevo la cabeza en el cojín, cerró los ojos.

En ese preciso momento, en las habitaciones de Mortimer Babbacombe en Great Portland Street, tenía lugar una reunión.

—Bueno... ¿has averiguado algo interesante? —Joliffe, que ya no era el elegante caballero que en otro tiempo había trabado amistad con Mortimer, formuló aquella pregunta con aire desdeñoso en cuanto Brawn entró por la puerta. Con los párpados hinchados por la falta de sueño y los colores subidos por el alcohol que había consumido para calmar los nervios, Joliffe fijó en su cómplice más joven una mirada amenazadora.

Brawn era tan joven que no se dio cuenta. Se dejó caer en una silla, junto a la mesa de la salita alrededor de la cual se hallaban sentados Joliffe, Mortimer y Scrugthorpe, y sonrió.

—Sí..., algunas cosas. Estuve charlando con una criadita... un rato. Me contó algunas cosas antes de que apareciera el mozo y se la llevara. Le oí echarle la bronca por hablar con extraños, así que no creo que por ese lado pueda conseguir nada más –Brawn sonrió–. Es una pena. No me habría importado...

–¡Sigue, maldita sea! –bramó Joliffe, dando un puñetazo a la mesa con tanta fuerza que saltaron las jarras–. ¿Qué demonios pasó?

Brawn lo miró con más estupor que miedo.

–Pues... la señora se fue al campo ese día..., como habíamos planeado. Pero por lo visto fue a otra casa..., un sitio llamado Lester Hall. Los demás se fueron al día siguiente. La criada me dijo que creía que estaba todo planeado.

–¡Maldita sea! –Joliffe bebió un trago de cerveza negra–. Con razón no he conseguido que ninguno de los que estuvo en Asterley me dijera que la había visto. Pensé que era por discreción..., ¡pero la muy condenada no estuvo allí!

–Parece que no –Brawn se encogió de hombros–. Bueno, ¿y ahora qué hacemos?

–Ahora nos dejamos de juegos y la secuestramos –Scrugthorpe levantó la jarra de cerveza–. Como dije desde el principio. Es el único modo de asegurarse. Todos esos intentos de conseguir que esos calaveras nos hicieran el trabajo no nos han llevado a ninguna parte –escupió la última palabra. Su desprecio resultaba casi evidente.

Joliffe le sostuvo la mirada. Al final, Scrugthorpe miró de nuevo su jarra.

–Es mi opinión –masculló antes de beber otro trago.

–Hmm –Joliffe hizo una mueca–. Empiezo a estar de acuerdo contigo. Parece que vamos a tener que tomar cartas en el asunto.

–Pero yo pensaba... –la primera contribución de

Mortimer a la conversación se apagó cuando tanto Joliffe como Scrugthorpe se giraron para mirarlo.

—¿Sí? —dijo Joliffe.

Mortimer enrojeció. Se llevó un dedo a la corbata y comenzó a tirar de los pliegues.

—Es sólo que... bueno... si hacemos algo... en fin... ¿no se enterará?

Los labios de Joliffe se curvaron.

—Claro que sí..., pero eso no significa que vaya a ir corriendo a denunciarnos. Sobre todo, después de que Scrugthorpe se tome su venganza.

—Sí —los ojos negros de Scrugthorpe brillaron—. Dejádmela a mí. Yo me aseguraré de que no le queden ganas de hablar de ello —inclinó la cabeza y volvió a su cerveza.

Mortimer lo miraba con creciente horror. Abrió la boca, pero en ese momento advirtió la mirada de Joliffe. Se encogió visiblemente y masculló:

—Tiene que haber otro modo.

—Es muy probable —Joliffe apuró su jarra y echó mano de la botella—. Pero no hay tiempo para más planes.

—¿Tiempo? —Mortimer parecía confuso.

—¡Sí, tiempo! —bramó Joliffe, volviéndose hacia él. Mortimer palideció. Sus ojos se dilataron como los de un conejillo asustado. Joliffe refrenó a duras penas su ira y sonrió, todo dientes—. Pero no le des más vueltas. Déjanoslo todo a Scrugthorpe y a mí. Cumple con tu parte cuando te lo pidamos... y todo saldrá a pedir de boca.

—Sí —dijo Brawn inesperadamente—. Yo estaba pensando que había que cambiar de plan. Por lo que me dijo la criada, parece que la señora está esperando a recibir una oferta, como dicen ellos. Yo no entiendo mucho de estas cosas, pero es absurdo hacerla parecer una furcia si va a casarse con un pez gordo.

—¿Qué? —la exclamación de Joliffe sobresaltó a sus

compañeros, que miraron con pasmo a su jefe mientras éste miraba estupefacto a Brawn–. ¿Está a punto de casarse?

Brawn asintió con cierto recelo.

—Eso me dijo la criada.

—¿Con quién?

—Con un tal Lester.

—¿Harry Lester? —Joliffe se calmó. Frunció el ceño y miró a Brawn–. ¿Estás seguro de que esa criada estaba bien informada? Harry Lester no es de los que se casan.

Brawn se encogió de hombros.

—Eso no lo sé —al cabo de un momento, añadió–: La chica me dijo que ese tal Lester había ido a buscar a la señora esta tarde para dar un paseo en coche por el parque.

Joliffe se quedó mirándolo. Sus certezas parecían haberse disipado de repente.

—El parque —repitió, aturdido.

Brawn se limitó a asentir y bebió con cautela de su cerveza.

Cuando Joliffe volvió a hablar, su voz sonó áspera.

—Tenemos que hacer algo pronto.

—¿Pronto? —Scrugthorpe levantó la mirada–. ¿Cómo de pronto?

—Antes de que se case. Preferiblemente, antes de que se comprometa. No queremos complicaciones legales.

Mortimer tenía el ceño fruncido.

—¿Complicaciones legales?

—¡Sí, maldito seas! —Joliffe luchó por contener su ira–. Si esa maldita mujer se casa, la tutela de su hijastra pasará a manos de su marido. Y, si Harry Lester toma las riendas, podemos despedirnos del dinero de tu encantadora prima.

Los ojos de Mortimer se agrandaron.

—Ah.

—¡Sí, ah! Y, ya que ha salido el tema, tengo que darte una noticia…, sólo para fortalecer tu resolución –Joliffe fijó sus ojos en el semblante pálido de Mortimer–. Me debes cinco mil libras. Firmaste un pagaré, y yo se lo pasé, junto con otro a mi nombre, a un individuo que cobra intereses diarios. Juntos le debemos la friolera de veinte mil libras, Mortimer… y si no le pagamos pronto, nos las sacará del pellejo –hizo una pausa, se inclinó hacia delante y preguntó–: ¿Te ha quedado claro, Mortimer?

Mortimer se quedó tan petrificado que ni siquiera pudo asentir con la cabeza. Tenía la cara pálida como un muerto y los ojos redondos y asombrados.

—¡Bueno! –Scrugthorpe apartó su jarra vacía–. Parece que habrá que hacer planes.

A Joliffe se le había pasado la borrachera de repente. Comenzó a dar golpecitos en la mesa con un dedo.

—Necesitamos información sobre sus movimientos –miró a Brawn, pero el muchacho sacudió la cabeza.

—No hay nada que hacer. La criada no volverá a hablar conmigo después de la bronca que le echó el mozo. Y no hay nadie más.

Joliffe entornó los ojos.

—¿Y las otras mujeres?

Brawn soltó un bufido elocuente.

—Hay unas cuantas, sí, pero son más agrias que las uvas verdes. Hasta a ti te costaría un año conseguir que te dirigieran la palabra… y seguramente no te dirían nada.

—¡Maldita sea! –Joliffe bebió distraídamente un trago de cerveza–. Está bien –dejó la jarra con un golpe seco–. Si no hay otro, lo haremos así.

—¿Cómo? –preguntó Scrugthorpe.

—La vigilaremos todo el tiempo, de día y de noche. Haremos nuestros preparativos y lo tendremos todo listo para apoderarnos de ella en cuanto el destino nos dé una oportunidad.

Scrugthorpe asintió.

—De acuerdo. Pero ¿cómo vamos a hacerlo?

Joliffe miró a Mortimer amenazadoramente.

Mortimer tragó saliva y se encogió en su silla.

Joliffe soltó un bufido desdeñoso y se volvió hacia Scrugthorpe.

—Prestad atención.

14

Cinco noches después, Mortimer Babbacombe se hallaba entre las sombras de un portal de King Street, viendo subir la escalinata de la imponente fachada de Almack's a su tía política.

—En fin —dejó escapar un suspiro, aunque no sabía si de decepción o de alivio y se giró hacia su acompañante—. Ha entrado. No tiene sentido seguir vigilando.

—Sí, claro que lo tiene —aquellas palabras fueron pronunciadas en un gélido siseo. Durante los cinco días anteriores, Joliffe había perdido por completo el buen humor—. Vas a entrar ahí, Mortimer, y a vigilar a tu tía. Quiero saberlo todo. Con quién baila, quién le lleva la limonada... ¡todo! —Joliffe clavó su mirada en la cara de Mortimer—. ¿Está claro?

Mortimer se agarró al marco de la puerta. Su alivio se había disipado rápidamente. Asintió con expresión sombría.

—No sé para qué va a servir —masculló.

—Tú no pienses, Mortimer. Limítate a hacer lo que se te dice —Joliffe observó desde las sombras el rostro redondo y anodino de su acompañante. Era el rostro de un pusilánime, pero, como solía suceder en tales casos, con cierta inclinación a la terquedad. Joliffe frunció los labios—. Intenta recuperar un poco de tu entusiasmo de antes, Mortimer. Recuerda que tu tío ignoró tu pretensión de ser el tutor de tu prima y que el hecho de que nombrara a una joven como tu tía es un ultraje contra tu hombría.

Mortimer se removió, sacando el labio inferior.

—Sí, es cierto.

—En efecto. A fin de cuentas, ¿quién es Lucinda Babbacombe, aparte de una cara bonita que se las ingenió para sorberle el seso a tu tío?

—Cierto —Mortimer asintió con la cabeza—. Y no es que tenga nada contra ella, pero cualquiera reconocería que fue muy injusto que mi tío Charles le dejara todo el dinero a ella... y a mí nada más que unas tierras inservibles.

Joliffe sonrió en la oscuridad.

—Exacto. Sólo buscas reparación por las injusticias que cometió tu tío. Recuérdalo, Mortimer —le dio una palmada en el hombro y señaló hacia Almack's—. Te estaré esperando en tus habitaciones.

Mortimer asintió. Enderezó los hombros redondeados y se dirigió hacia el majestuoso soportal.

En el interior de los salones, Lucinda sonreía e inclinaba la cabeza tranquilamente en respuesta a la cháchara de sus acompañantes mientras su mente recorría la interminable senda de las conjeturas. Harry la había llevado a pasear en coche por el parque los cincos días anteriores, aunque sólo un rato. Cada noche aparecía en casa de Em sin anunciarse y esperaba a que ella descendiera las escaleras para acompañarlas a bailes y fiestas, durante las cuales permanecía a su lado sin decir una palabra respecto a sus propósitos.

A Lucinda se le había agotado la paciencia, y hasta el

disgusto, y se hallaba ahora entre las garras de una insoportable sensación de fatalidad.

Compuso una sonrisa y le ofreció su mano al señor Drumcott, un caballero maduro que se había prometido recientemente con una joven debutante.

—Le ruego me conceda el honor de bailar esta cuadrilla con su humilde servidor, señora Babbacombe.

Lucinda asintió con una sonrisa, pero mientras ocupaban sus puestos se sorprendió escudriñando el salón... y suspiró para sus adentros. Debería alegrarse de que Harry no se hubiera presentado esa noche para acompañarlas a Almack's. Aquello, estaba convencida, habría sido la gota que colmaba el vaso.

Que Harry tenía intención de convertirla en su esposa saltaba a la vista. Lo que desanimaba a Lucinda era el porqué se empeñaba en hacerlo público. El recuerdo de su primera declaración —y de la negativa de ella— la atormentaba. Entonces no sabía nada de lady Coleby y de cómo había rechazado el amor de Harry. Su negativa a casarse con él se había debido a la convicción de que Harry la quería y de que, si se veía obligado a ello, admitiría su amor. Ansiaba oír aquellas palabras en sus labios. Lo necesitaba. Pero cada vez estaba más segura de que a Harry no le sucedía lo mismo.

No lograba desprenderse de la idea de que la estaba acorralando, de que su comportamiento tenía como fin hacerle imposible una nueva negativa. Si, tras todos sus actos, cuidadosamente estudiados, ella volvía a rechazarlo, sería considerada una mujer despiadada y cruel o, más probablemente, como diría Sim, «una mala pécora».

Lucinda hizo una mueca amarga, y tuvo que apresurarse a disimular su expresión con una sonrisa. Mientras se embarcaban en las últimas figuras de la cuadrilla, el señor Drumcott la miraba con cierta preocupación. Ella se obligó a sonreír, pero, teniendo en cuenta su verdadero estado, aquella sonrisa fue una parodia. Si Harry seguía así, la próxima vez que se declarara, ella tendría que aceptarlo aunque él no le ofreciera su corazón junto con su mano.

La cuadrilla acabó. Lucinda ejecutó la reverencia final, se incorporó, cuadró los hombros y le dio las gracias con decisión al señor Drumcott. No seguiría cavilando sobre los motivos de Harry, se dijo con firmeza. Tenía que haber alguna otra explicación..., aunque no se le ocurría cuál podía ser.

En ese preciso instante, el objeto de sus reflexiones se hallaba sentado ante el escritorio de su biblioteca, vestido con una levita negra de faldones largos y calzas hasta la rodilla, prendas que consideraba pasadas de moda en grado sumo.

—¿Qué ha averiguado? —Harry apoyó los brazos sobre el cartapacio y fijó la mirada en Salter.

—Lo suficiente como para darme mala espina —Salter se acomodó en la silla delante del escritorio. Dawlish, que le había acompañado hasta la habitación, cerró la puerta, cruzó los brazos y se apoyó en ella. Salter sacó un cuaderno—. Primero..., ese tal Joliffe es un pájaro peor de lo que creía. Un auténtico estafador, especializado en ganarse la confianza de mentecatos, preferiblemente recién llegados a la ciudad, crédulos y casi siempre jóvenes, aunque, como ya no está en la flor de la vida, desde hace un tiempo sus víctimas tienden a ser más mayores. Un buen historial..., aunque nunca le hayan echado el guante. Últimamente, sin embargo, aparte de sus actividades de costumbre, Joliffe se ha dado al juego, y a lo grande. Y no precisamente en tugurios de mala muerte. Corre el rumor de que está de deudas hasta el cuello, aunque no con sus compañeros de juego. A ésos, los ha pagado. Pero la suma total constituye una fortuna. Todo apunta a que ha caído en las garras de un auténtico vampiro. Cierto sujeto que trabaja en la clandestinidad. No tengo ninguna noticia sobre él, salvo que conviene no hacerle esperar mucho. Un error que a menudo resulta fatal, usted ya me entiende.

Levantó la mirada hacia Harry, y éste asintió con expresión adusta.

—Respecto a Mortimer Babbacombe... Es un caso perdido. Si no hubiera caído en las redes de Joliffe, habría caído en las de otro estafador. Es un mentecato de nacimiento. Joliffe lo tomó bajo su ala y se hizo cargo de sus pérdidas..., así es como suelen empezar estas cosas. Luego, cuando el primo recibe el botín que está esperando, sea cual sea, el estafador se lleva la mayor tajada. Así que, cuando Mortimer recibió su herencia, Joliffe estaba esperándolo. A partir de entonces, sin embargo, las cosas se torcieron.

Salter consultó su libreta.

—Como le dijo la señora Babbacombe, parece que Mortimer no conocía los pormenores de su herencia. Pero Charles Babbacombe había pagado sus deudas anualmente. La última vez, por un montante de tres mil libras. Parece claro que Mortimer daba por sentado que el dinero procedía de las tierras de su tío y que, por tanto, dichas tierras valían mucho más de lo que valen. Mi gente ha hecho averiguaciones. Esa finca apenas genera beneficios. Por lo visto allí todo el mundo sabe que el dinero de Charles Babbacombe procedía de Babbacombe & Company.

Salter cerró el libro e hizo una mueca.

—Todo eso está muy claro, pero debió de ser una sorpresa sumamente desagradable para Joliffe. Lo que no entiendo es por qué anda detrás de la señora Babbacombe.

Eliminarla no les beneficiaría. Joliffe tiene mucha experiencia y sin duda sabe que la heredera de la señora Babbacombe es su pariente más cercano. O sea, una tía muy anciana. Sin embargo, vigilan sin cesar a la señora Babbacombe... y no parece que con buenas intenciones.

Harry se puso rígido.

—¿La están vigilando?

—Y mi gente les está vigilando a ellos. Muy de cerca.

Harry se relajó. Un poco. Luego frunció el ceño.

—Estamos pasando algo por alto.

—Eso mismo pienso yo —Salter sacudió la cabeza—. Los tipos como Joliffe no suelen cometer muchos errores. Después del chasco que se llevó con Babbacombe, no habría permanecido a su lado si no barruntara una oportunidad de llenarse bien los bolsillos.

—Hay dinero, ciertamente —dijo Harry—. Pero procede del negocio. Y, como usted sabe, el señor Babbacombe se lo dejó en testamento a su viuda y su hija.

Salter frunció el ceño.

—Ah, sí..., la hija. Una muchachita de apenas diecisiete años —frunció aún más el ceño—. Por lo que he podido ver, la señora Babbacombe no es una presa fácil. ¿Por qué fijarse en ella en lugar de en su hija?

Harry miró a Salter con cierto estupor.

—Heather... —dijo con tono extrañamente plano. Al cabo de un momento, exhaló un largo suspiro y se irguió—. Tiene que ser eso.

—¿El qué?

Harry tensó los labios.

—Me han acusado a menudo de tener una mente retorcida, pero puede que por una vez me sirva de algo. Escúcheme bien —su mirada se tornó distante; agarró distraídamente una pluma—. A Heather podrían utilizarla para extraer del negocio todo el dinero que quisieran, pero...

¿y si Lucinda fuera su tutora legal, además de su mentora? Joliffe y compañía tendrían que librarse de ella para acceder a Heather.

Salter asintió lentamente.

—Es posible. Pero, entonces, ¿con qué propósito enviaron a la señora Babbacombe a esa especie de palacio de la depravación?

Harry esperaba que Alfred no oyera jamás a nadie referirse a su hogar ancestral de aquella manera. Dio unos golpecitos con la pluma en el cartapacio.

—Por eso estoy tan seguro de que la tutela de Heather ha de ser la clave de este asunto. Porque, para librarse de Lucinda con tal propósito, mostrarla públicamente como una mujer incapaz de tutelar a una muchacha bastaría para que Mortimer, que es el pariente más cercano de Heather, solicitara la derogación de la custodia de Lucinda en favor de sí mismo. Una vez hecho esto, podrían sencillamente impedir todo contacto entre Heather y Lucinda... y utilizar a Heather para extraer los fondos de su mitad del negocio.

Salter asintió con la mirada perdida.

—Tiene razón, debe de ser eso. Algo retorcido, pero tiene sentido.

—Y, como no han podido manchar la reputación de la dama —dijo Dawlish—, están planeando secuestrarla y quitarla de en medio.

—Cierto —contestó Salter—. Pero mi gente sabe qué hacer.

Harry se refrenó para no preguntar quién era la «gente» de Salter.

—Aun así —prosiguió Dawlish—, no pueden vigilarla constantemente. Y tengo la impresión de que ese tal Joliffe debería estar entre rejas.

Salter asintió con la cabeza.

—Es cierto. Hay un par de suicidios sin explicación en el pasado de Joliffe a los que los jueces nunca han prestado atención.

Harry sofocó un escalofrío. La idea de que Lucinda se viera mezclada con semejantes personajes le resultaba insoportable.

—En este momento la señora Babbacombe está a salvo, pero tenemos que asegurarnos de que nuestra conjetura es cierta. Si no, podríamos estar siguiendo una pista equivocada y con consecuencias potencialmente muy serias. Se me ocurre que podría haber un segundo tutor, lo cual tiraría por tierra nuestra hipótesis.

Salter levantó una ceja.

—Si conoce usted al abogado de la señora, podría hacer algunas pesquisas con toda discreción.

—No lo conozco. Y es muy probable que esté en Yorkshire —Harry se quedó pensando un momento y luego miró a Dawlish—. La doncella y el cochero de la señora Babbacombe llevan muchos años al servicio de la familia. Puede que ellos lo sepan.

Dawlish se apartó de la puerta.

—Se lo preguntaré.

—¿No podría preguntárselo directamente a la dama? —preguntó Salter.

—No —la respuesta de Harry era inequívoca. Sus labios se tensaron en una mueca—. En este momento, lo último que quiero es preguntarle a la señora Babbacombe por sus asuntos legales. No puede ser tan difícil descubrir los términos de la tutela de Heather.

—No. Y le diré a mis hombres que den la voz de alarma en cuanto olfateen algo raro —Salter se levantó—. En cuanto sepamos qué pretenden esos chacales, encontraremos un modo de tenderles una trampa.

Harry no contestó. Le estrechó la mano a Salter, pero

pensó que, si para tenderle una trampa a Joliffe había que poner en peligro a Lucinda, tal cosa jamás sucedería.

Cuando Dawlish regresó de acompañar a la puerta al ex policía, Harry estaba de pie en el centro de la habitación, abrochándose los guantes.

—¡Bueno! —Dawlish abrió los ojos de par en par—. Ahí está, endomingado y sin ir a la fiesta. Será mejor que lo lleve.

Harry bajó la vista y miró con fastidio las calzas que, mucho tiempo atrás, había jurado no volver a ponerse. Con expresión resignada y adusta, asintió.

—Sí, será lo mejor.

Cuando llamó a la puerta de Almack's, al viejo Willis, el portero, estuvo a punto de darle un síncope.

—Jamás pensé que volvería a verlo por aquí, señor —Willis levantó sus pobladas cejas—. ¿Hay algo en el aire?

—Willis, es usted tan cotilla como cualquiera de las señoras que vienen por aquí.

El viejo sonrió tranquilamente. Harry le dio su sombrero y sus guantes y entró en el salón de baile.

Decir que su entrada causó cierto revuelo sería quedarse sumamente cortos. Causó una conmoción, un tumulto, y, en ciertas personas, una ansiedad semejante a la histeria, todo ello alimentado por la intensa curiosidad que se agitó en los pechos de las mujeres cuando cruzó, con elegancia pero lleno de determinación, el espacioso salón.

Lucinda lo vio acercarse embelesada, a pesar de que se sentía presa de un torbellino de emociones. Su corazón comenzó a latir con violencia, sus labios se curvaron… y acto seguido sus reflexiones anteriores se apoderaron de ella. Una tirantez se adueñó de sus pulmones, estrujándolos lentamente. La luz de las velas relucía sobre el cabello rubio de Harry. Con aquel atuendo anticuado, parecía menos refinado y elegante, pero más libertino que nunca, si cabía. Lucinda sintió el roce de un centenar de ojos fijos en ella y apretó los labios. Harry los estaba utilizando a todos; estaba manipulando a la alta sociedad entera de la manera más desvergonzada.

Cuando él se acercó, le tendió la mano, consciente de que Harry se apoderaría de ella aunque no se la ofreciera.

—Buenas noches, señor Lester. Qué sorpresa verlo por aquí.

Harry advirtió su leve sarcasmo. Levantó las cejas mientras se llevaba su mano a los labios y depositó un beso suave sobre la punta de sus dedos.

Lo había hecho tan a menudo que Lucinda había olvidado que aquella forma de saludar ya no estaba en boga. Se lo recordó la exclamación colectiva de sorpresa que pareció cundir por el salón. Su sonrisa permaneció en su lugar, pero sus ojos centellearon.

Harry se limitó a sonreír. Y posó la mano de Lucinda sobre su brazo.

—Vamos, querida, creo que deberíamos dar un paseo —inclinó la cabeza para pedir disculpas a los dos caballeros con los que Lucinda había estado conversando—. Gibson. Holloway.

Apenas habían dado dos pasos cuando lady Jersey se cruzó en su camino. Harry se apresuró a hacer una reverencia tan elaborada que parecía casi una burla, pero ejecutada con tanta gracia que resultaba imposible enojarse por su causa.

Sally Jersey soltó un bufido.

—Tenía la intención de preguntarle a la señora Babbacombe por usted —le informó a Harry sin pestañear siquiera—. Pero, ahora que está aquí, ya no hace falta que pregunte.

—En efecto —contestó Harry arrastrando las palabras—.

Y me conmueve profundamente, querida Rally, que se interese usted tanto por este pobre hombre.

—Usted ya no es pobre, si mal no recuerdo.

—Ah, sí. Un giro inesperado del destino.

—Un giro que le ha puesto de nuevo en el punto de mira de las señoras aquí presentes. Tenga cuidado, amigo mío, o dará un traspié y caerá en sus redes —los ojos de lady Jersey brillaban. Se volvió hacia Lucinda—. La felicitaría, querida..., pero me temo que el señor Lester es incorregible, perfectamente inalcanzable. Pero, si busca usted venganza, lo único que tiene que hacer es llevarlo lo más lejos posible de la puerta y dejarlo suelto. Y, luego, a ver cómo se defiende.

Lucinda levantó las cejas con expresión serena.

—Lo tendré en cuenta, señora.

Sally Jersey inclinó la cabeza majestuosamente y se alejó.

—No te atrevas —murmuró Harry mientras seguían paseando. Su deje cansino se había disipado de repente. Apoyó la mano sobre la de Lucinda, que descansaba sobre su brazo—. No creo que seas tan despiadada.

Lucinda levantó de nuevo las cejas y lo miró, muy seria.

—¿No?

Harry escudriñó sus ojos. Lucinda notó que los suyos se entornaban ligeramente. De pronto se sintió sin aliento, le apretó el brazo y se obligó a sonreír.

—Tú no necesitas que te proteja.

Miró hacia delante con determinación y sin dejar de sonreír, con una expresión tan serena como antes.

Siguió un corto silencio. Después, la voz de Harry resonó en su oído, bajo e inexpresiva.

—Te equivocas, querida. Te necesito... y mucho.

Lucinda no se atrevió a mirarlo. Parpadeó rápidamente

y saludó con la cabeza a lady Cowper, que le sonreía desde un sillón cercano. ¿Estaban hablando de defenderse de las casamenteras... o de otra cosa?

No tuvo ocasión de aclarar la cuestión, pues las madres, las matronas y las arpías de la alta sociedad se precipitaron sobre ellos *en masse*.

Para exasperación de Harry, su velada en Almack's resultó aún más tediosa de lo que había previsto. Su evidente obsesión por la mujer que llevaba del brazo, obsesión que había anunciado a bombo y platillo, había disipado por completo toda esperanza de que, como atravesado por un rayo, se olvidara de sus convicciones lo suficiente como para rebajarse a sonreír a una de las hijas de aquellas damas. Las señoras de la alta sociedad se habían dado por enteradas, pero, por desgracia, a todas se les había metido en la cabeza ser las primeras en felicitarlo.

La primera de aquellas felicitaciones apenas veladas llegó de manos de la infatigable lady Argyle, que aún llevaba a la zaga a su hija, una muchacha pálida e insípida.

—No sabe cuánto me alegra verlo otra vez en nuestras pequeñas veladas, señor Lester —le lanzó una mirada aviesa antes de volverse hacia Lucinda—. Debe usted asegurarse de que vuelva, querida —le dio unos golpecitos en el brazo con el abanico—. Es una lástima que los caballeros más apuestos no salgan de sus clubes. No permita usted que vuelva a las andadas.

Lady Argyle les lanzó otra mirada aviesa, batió las pestañas y se alejó con su hija, que no había abierto la boca, a la zaga. Harry se preguntó vagamente si aquella muchacha sabía hablar.

Luego bajó la mirada... y vio el rostro de Lucinda. Nadie más habría notado que le ocurría algo, pero él estaba ya muy acostumbrado a verla relajada y feliz. En ese momento, Lucinda no parecía ni una cosa ni otra; tenía el rostro tenso y a sus labios les faltaba la suavidad que solían mostrar.

Soportaron dos efusivas felicitaciones más en rápida sucesión y luego lady Cowper les salió al paso. Era ésta una mujer amable y bienintencionada a la que resultaba imposible cortar sin contemplaciones. Harry le dedicó sonrisas suaves y palabras amables..., pero en cuanto lady Cowper los dejó libres, agarró con firmeza el brazo de Lucinda y la condujo hacia el salón de los refrigerios.

—Vamos. Te traeré una copa de champán.

Lucinda levantó la mirada hacia él.

—Esto es Almack's. No sirven champán.

Harry pareció molesto.

—Lo había olvidado. Limonada, entonces —la miró—. Debes de estar sedienta.

Ella no lo negó, ni puso objeciones cuando Harry le llevó un vaso de limonada. Pero incluso en el salón de los refrigerios prosiguió la avalancha de felicitaciones que Harry había desencadenado sin pretenderlo. Harry descubrió muy pronto que no había escapatoria.

Para cuando el siguiente baile, un vals —el único de la noche—, les permitió buscar refugio en la pista de baile, Harry se había percatado ya de su error. Aprovechó la ocasión al tomar a Lucinda entre sus brazos para disculparse.

—Me temo que he cometido un error de cálculo —sonrió mirándola a los ojos... y deseó poder ver dentro de ellos. Estaban brumosos, casi empañados. Aquello le preocupó—. Había olvidado lo competitivas que son las grandes señoras —no se le ocurría ningún modo aceptable de explicar que, tratándose de un partido tan excelente como él, y no se engañaba al respecto, las señoras preferían aceptar a Lucinda, una forastera aunque fuera de su clase, que ver triunfar a una rival.

Lucinda sonrió, aparentemente tranquila, pero sus ojos no se iluminaron. Harry la atrajo hacia sí y deseó que estuvieran solos.

Cuando acabó el vals, miró su rostro sin intentar disimular su preocupación.

—Si quieres, nos vamos a buscar a Em. Estoy seguro de que estará hasta la coronilla de todo esto.

Lucinda asintió con la cabeza. Su semblante parecía rígidamente sereno.

El pronóstico de Harry resultó cierto: Em también se había visto asediada y estaba deseando marcharse.

—Esto es un poco como correr debajo del fuego —le dijo a Lucinda con fastidio cuando Harry la ayudó a subir al carruaje—. Pero lo peor es cuando empiezan a insinuar que les gustaría recibir una invitación para la boda —su bufido era más que elocuente.

Harry miró a Lucinda, que ya se había sentado en el carruaje. Un rayo de luz iluminaba su cara. Sus ojos eran enormes y sus mejillas estaban muy pálidas. Parecía cansada, agotada..., casi derrotada. Harry sintió que se le oprimía el corazón... y experimentó una congoja más intensa que cualquiera que le hubiera causado Millicent Pane.

Em le tocó el brazo.

—No olvides que mañana la cena es a las siete. Espero que llegues antes.

—Ah, sí —Harry parpadeó—. Claro —mirando por última vez a Lucinda, retrocedió y cerró la puerta—. Allí estaré.

Vio alejarse el carruaje y después, frunciendo el ceño, se encaminó a su club, que se hallaba situado a unos pocos pasos, doblando la esquina. Pero cuando llegó a la puerta iluminada se detuvo y, sin dejar de fruncir el ceño, siguió andando hacia sus habitaciones.

Una hora después, tumbada en su colchón de plumas,

Lucinda miraba el dosel de su cama. Lo ocurrido esa noche había aclarado las cosas de manera inequívoca e incontrovertible. Se había equivocado: no cabía otra explicación para el comportamiento de Harry, aparte de la obvia. Lo único que le quedaba por hacer era decidir qué iba a hacer al respecto.

Se quedó mirando los rayos de luna que cruzaban el techo. Amaneció antes de que se durmiera.

Harry no abandonó sus habitaciones a la mañana siguiente, alertado por un mensaje del señor Salter y por ciertas noticias, más bien desalentadoras, que le transmitió Dawlish.

—No lo saben —Dawlish le repitió a Salter lo mismo que le había dicho a Harry cuando a las once se reunieron los tres en la biblioteca—. Los dos están seguros de que la señora Babbacombe es la tutora legal de la señorita Heather, pero no saben si hay otro tutor.

—Hmm —Salter arrugó el ceño y miró a Harry—. He recibido cierta información de mi gente. Joliffe ha alquilado un carruaje con cuatro caballos de tiro. No habló de ningún destino en particular, ni contrató a ningún mozo. Pagó una sustanciosa fianza para llevarse el carruaje sin cochero.

Los dedos de Harry se crisparon alrededor de su pluma.

—Creo que podemos concluir que la señora Babbacombe está en peligro.

Salter hizo una mueca.

—Tal vez, pero he estado pensando en lo que dijo su criado. No se las puede vigilar constantemente. Y, si no se llevan a una, tal vez se lleven a la otra. La hijastra sigue siendo su principal objetivo.

Harry hizo una mueca, a su vez.

—Cierto —estaba decidido a proteger a Lucinda de cualquier peligro, pero sin duda era cierto que, si Joliffe se desesperaba, quizá Heather se convirtiera en su blanco.

—He estado pensando —prosiguió Salter— que seguramente este asunto del carruaje nos convenga. Significa que Joliffe está planeando dar un golpe no tardando mucho. Nosotros estamos sobre aviso, pero él no. Si logramos aclarar la cuestión de la tutela mientras vigilamos de cerca a Joliffe y sus secuaces, tal vez podamos atraparlos a todos con una orden de arresto antes de que den el próximo paso. Mis fuentes aseguran que Mortimer Babbacombe confesará enseguida. Por lo visto, está desesperado.

Harry siguió jugueteando con la pluma mientras pensaba en las siguientes veinticuatro horas.

—Si necesita la información sobre la tutela para conseguir una orden, habrá que investigar más a fondo —su mirada se posó en Dawlish—. Ve a ver a Fergus. Pregúntale si sabe dónde contactar con un tal señor Mabberly, de las posadas Babbacombe.

—No es necesario —Salter levantó un dedo—. Déjeme eso a mí. Pero ¿qué debo decirle al señor Mabberly?

Harry apretó los labios.

—Es el apoderado de la señora Babbacombe. Ella confía en él, supongo, así que puede decirle lo que sea necesario. Es muy probable que él sepa la respuesta. O, por lo menos, que conozca a alguien que la sepa.

—¿Sigue oponiéndose a preguntárselo a la dama?

Harry sacudió lentamente la cabeza.

—Si mañana por la noche no tenemos respuesta, se lo preguntaré.

Salter aceptó el plazo sin comentarios.

—¿Necesita ayuda para vigilarlas?

Harry sacudió de nuevo la cabeza.

—Hoy no saldrán de Hallows House —miró a Salter con resignación—. Mi tía va a dar una fiesta.

Era la mayor fiesta que Em había dado en años y estaba decidida a disfrutarla al máximo.

Lucinda dijo lo mismo cuando Harry y ella bajaron las escaleras hacia el salón del baile.

—Está nerviosísima. Cualquiera diría que va a hacer su debut en sociedad.

Harry sonrió. La cena selecta que Em había organizado antes de su «pequeño entretenimiento» había sido todo un éxito, y los invitados eran tan escogidos que habrían satisfecho a la anfitriona más exigente.

—Se lo ha pasado en grande estos últimos dos meses. Desde que os conoció a Heather y a ti.

Lucinda lo miró a los ojos un momento.

—Ha sido muy buena con nosotras.

—Y vuestra compañía ha sido muy buena para ella —murmuró Harry cuando llegaron a la cabecera de la escalera.

Em estaba allí, ocupando su puesto para saludar a los primeros invitados, que ya empezaban a congregarse en el vestíbulo.

—No olvides felicitarla por la decoración —le susurró Lucinda a Harry—. Se ha esforzado mucho.

Harry asintió con la cabeza. Em les hizo señas insistentemente para que Lucinda se reuniera con ella, y él inclinó la cabeza y se adentró en el salón. Éste estaba magníficamente engalanado con guirnaldas doradas y púrpuras, los colores preferidos de Em, aligeradas aquí y allá por algún toque de azul. A un lado de la estancia, sobre unas mesas, había jarrones llenos de botoncillos, y lazos azules recogían las cortinas de los grandes ventanales. Harry sonrió y se detuvo a mirar al trío apostado en la puerta: Em, con un aparatoso vestido púrpura, Heather vestida de muselina amarilla con un reborde azul en el cuello y el bajo, y Lucinda —su sirena—, deslumbrante con su vestido de seda color zafiro adornado con delicadas cintas doradas.

Harry llegó a la conclusión de que, en este caso, le resultaría fácil felicitar a su tía sinceramente. Estuvo un rato paseando por el salón, conversando con sus conocidos e incluso deteniéndose a conversar con algunos parientes ancianos a los Em había tenido a bien invitar, pero en ningún momento perdió de vista a las tres mujeres que daban la bienvenida a los invitados. Cuando por fin Em abandonó su puesto, él ya estaba junto a Lucinda.

Ella le sonrió sin afectación, con un gesto cálido y sin embargo desprovisto de... Harry escudriñó sus ojos azules, cuyo color parecía más suave que nunca, y se dio cuenta con cierto sobresalto de que lo que advertía en ellos era melancolía.

—Si sigue viniendo tanta gente, la fiesta de Em será declarada la peor aglomeración de la temporada —Lucinda puso una mano sobre su brazo y se rió—. Es muy posible que tenga que alegar cansancio desde el primer baile.

Harry le devolvió la sonrisa, pero su mirada siguió siendo afilada.

—Lady Herscult es una de las mejores amigas de Em. Me ha encargado que te lleve directamente a verla.

Con una sonrisa serena y una inclinación de cabeza, Lucinda permitió que la condujera por entre la creciente multitud.

Mientras avanzaban, la gente los paraba para charlar. Todo el mundo parecía sonriente. Descubrieron a lady Herscult en un sillón. La anciana les reprendió severamente antes de dejarles marchar. Entre tanto, Harry observaba detenidamente a Lucinda, que eludía las preguntas indiscretas con inquebrantable serenidad y una sonrisa tranquila y segura.

El primer vals interrumpió su paseo. Em había decidido avivar la velada con tres danzas, todas ellas valses.

Harry tomó a Lucinda en sus brazos sin pedir permiso y arqueó una ceja.

—Una nueva moda.

Una risa borboteante llegó a sus oídos.

—Dice —explicó Lucinda— que no ve razón para perder el tiempo con cuadrillas y cotillones cuando lo que todo el mundo quiere bailar es el vals.

Harry sonrió.

—Muy propio de Em.

Lucinda sonrió mientras giraban por el salón. Bailaba ya mucho mejor que la primera vez. Se sentía ligera en sus brazos y seguía sus pasos con fluidez y sin esfuerzo. Ni siquiera —sospechaba Harry— era consciente de que la estrechaba con fuerza. Pero seguramente lo notaría si dejaba de hacerlo.

Sus labios se curvaron; ella se dio cuenta.

—¿Por qué sonríes ahora?

Harry no pudo evitar que su sonrisa se hiciera más amplia. La miró a los ojos y sintió que podía perderse en aquel azul.

—Estaba pensando que te he enseñado a bailar el vals de maravilla.

Lucinda levantó las cejas.

—¿Ah, sí? ¿Acaso yo no tengo ningún mérito?

La sonrisa de Harry se torció un poco. La atrajo un poco más hacia sí y sus ojos brillaron.

—Has conseguido muchas cosas, querida. En la pista de baile… y fuera de ella.

Ella levantó las cejas aún más y le sostuvo la mirada. Su

expresión era serena; su sonrisa, suave y sus labios extremadamente tentadores. Luego bajó los párpados y apartó la mirada, recostando la cabeza un momento sobre su hombro.

Los músicos habían recibidos órdenes de entretener a los invitados con aires alegres y sonatas gratas al oído cuando no estuvieran tocando un vals. Mientras se paseaban entre la multitud sin separarse, trabando conservación de vez en cuando con los invitados, Harry se dio cuenta de que su sirena estaba más tranquila y parecía más dueña de sí misma que la noche anterior, en Almack's.

El alivio que sentía resultaba elocuente; de pronto comprendía que había albergado una profunda preocupación. Seguramente la noche anterior Lucinda se había sentido abrumada por aquella inesperada avalancha de felicitaciones veladas. Esa noche, en cambio, parecía encontrarse a gusto, tranquila y confiada.

Sin embargo, Harry sentía que, si podía descubrir –y erradicar– la causa del extraño atisbo de tristeza que advertía en su porte sereno, sería el hombre más feliz del mundo.

Lucinda era perfecta; era suya…, y él siempre había sentido que así sería. Lo único que quería en la vida estaba allí, con ella, al alcance de su mano. Lo único que se interponía en su camino era el tiempo.

Pero el día siguiente llegaría pronto. No era lo que había planeado al principio, pero no estaba dispuesto a esperar más. Había completado todo lo esencial. Sencillamente, Lucinda tendría que creerle.

Pasó el vals de la cena, y también la cena misma, una colección de exquisiteces preparadas por la anciana cocinera de Em, la cual –le aseguró Lucinda– había estado en pie las tres noches anteriores. Repletas de risas y conversaciones ingeniosas, las horas volaron hasta que, al fin, los compases del último vals se alzaron sobre un mar de cabezas engalanadas.

El tercer vals.

Cerca de la puerta, Harry y Ruthven se hallaban hablando animadamente sobre caballos mientras, a su lado, el señor Amberly y Lucinda debatían acerca de jardines, interés que ambos compartían. Al iniciarse la música, Harry se volvió hacia ella en el mismo instante en que Lucinda se giraba hacia él. Sus miradas se encontraron. Al cabo de un momento, los labios de Harry se tensaron, llenos de ironía.

Con los ojos fijos en ella, le ofreció no el brazo, sino la mano.

Lucinda la miró y después levantó la mirada hacia sus ojos verdes. El corazón le latía a toda prisa en la garganta.

Harry levantó lentamente las cejas.

—¿Y bien, querida?

Sin apartar los ojos de él, Lucinda respiró hondo. Con una sonrisa suave y extrañamente frágil, le dio la mano.

Los dedos de Harry se cerraron sobre los suyos. Hizo una elegante reverencia y la sonrisa de Lucinda se hizo más amplia mientras se inclinaba ante él. Harry la hizo incorporarse con una luz en la mirada que ella no había visto antes. La tomó en sus brazos y comenzó a girar por el salón con consumada pericia.

Lucinda se dejó llevar por su paso. La fuerza de Harry la envolvía; Harry era su protección y su apoyo, su amante y su maestro, su compañero y su amigo. Escudriñó sus facciones cinceladas y austeras; con él, podía ser lo que deseaba, lo que quería ser. Su mirada se suavizó, al igual que sus labios. Él lo notó y posó los ojos sobre sus labios. Luego levantó la vista y le sostuvo la mirada. El sutil cambio de sus ojos verdes hizo aflorar un suave ardor bajo la piel de Lucinda, una calidez que nada debía al gentío y sí mucho a lo que había entre ellos.

Siguieron girando a lo largo del salón con gracia natural, sin ver a nadie, ajenos a todo salvo a su existencia compartida, atrapados por el vals y por la promesa que veían el uno en brazos del otro.

Lord Ruthven y el señor Amberly los miraban con una sonrisa satisfecha en sus caras.

—Bueno..., creo que podemos congratularnos, Amberly —lord Ruthven se giró y le tendió la mano.

—En efecto —el señor Amberly sonrió y se la estrechó—. ¡Buen trabajo! —sus ojos volvieron a posarse en la pareja que giraba por el salón y su sonrisa se hizo más amplia—. No hay duda.

Lord Ruthven siguió su mirada... y sonrió.

—No, no hay duda.

Al recostarse en el brazo de Harry y dejar que la magia del momento se adueñara de ella, Lucinda comprendió que todo aquello era real. A pesar de que una pequeña parte de ella se sentía abatida, la alegría la embargaba. Harry se declararía muy pronto... y ella sabía qué iba a responder. Lo quería demasiado como para volver a rechazarlo, aunque él le denegara lo que quería. En el fondo, su convicción de que la amaba no había menguado, ni menguaría jamás, estaba segura. Podía aferrarse a aquella convicción si necesitaba fuerzas, como esperaba extraer consuelo de la certeza de su amor. Si no podía ser, no podía ser. Ella era demasiado prosaica como para luchar contra un destino tan ansiado.

Con la última nota del vals, la velada se dio por concluida.

Harry se rezagó y dejó que los demás invitados se marcharan. Gerald se encaminó por fin al piso de abajo, dejando a Harry con Lucinda. La mano de Harry buscó la de ella entre los pliegues del vestido. Entrelazando sus dedos, la hizo volverse para mirarlo. Ignoró a Em, que estaba apoyada contra la balaustrada, junto a Lucinda, y se llevó su mano a los labios para besarle los nudillos. Luego, sin apartar los ojos de los suyos, le dio un delicado beso en la parte interior de la muñeca.

Atrapada en su mirada, Lucinda sintió un delicioso estremecimiento.

Harry sonrió... y deslizó un dedo por su mejilla.

—Hablaremos mañana.

Sus palabras sonaron suaves y bajas, pero fueron derechas al corazón de Lucinda. Ella sonrió suavemente; Harry se inclinó, primero ante ella y luego ante Em. Después, sin mirar atrás, bajó las escaleras. A pesar de todo, seguía pareciendo la efigie viva de un donjuán.

Fuera de Hallows House, agazapado entre las sombras del otro lado de la calle y camuflado entre el pequeño de grupo de golfillos y curiosos que siempre se congregaba a la salida de una fiesta, Scrugthorpe mantenía los ojos clavados en el portal iluminado y mascullaba para su rebozo.

—Espera a que te ponga las manos encima, zorra. Cuando acabe contigo, ningún caballerete querrá mancillarse contigo. Serás mercancía dañada..., dañada de verdad —se rió con un cacareo suave, frotándose las manos. Sus ojos centelleaban en la oscuridad.

Un golfillo que esperaba alguna ocasión de ganar unas monedas pasó a su lado y lo miró con indiferencia. Un poco más allá, el muchacho pasó junto a un barrendero apoyado en su cepillo cuyo rostro oscurecía un sombrero blando y viejo. El golfillo sonrió al barrendero y fue a recostarse en una farola cercana. Scrugthorpe, que estaba atento a los últimos invitados que salían de Hallows Hall, no se percató de ello.

—Serás mía muy pronto —dijo—. Yo te enseñaré a no darte tantos humos con un hombre y a no andarte con tantos remilgos —su sonrisa se volvió feroz—. Yo te haré poner los pies en la tierra en un periquete.

Un silbido agudo y melodioso traspasó sus sentidos, sacándolo de sus cavilaciones. La tonada, un aire popular, continuó. Scrugthorpe se enderezó y escudriñó las sombras en busca de quien silbaba. Su mirada se posó en el golfillo. El silbido prosiguió. Scrugthorpe lo conocía bien; incluso conocía el curioso deje que el muchacho daba al final de cada estrofa.

Scrugthorpe lanzó una última mirada al portal vacío del otro lado de la calle y luego echó a andar calle abajo con aparente despreocupación.

El barrendero y el golfillo lo miraron alejarse. Luego el muchacho le hizo un gesto con la cabeza al barrendero y ambos se escabulleron entre las sombras, en pos de Scrugthorpe.

15

A la mañana siguiente, Harry estaba profundamente dormido, tumbado boca abajo en la cama abrazado a la almohada, cuando una mano de buen tamaño cayó sobre su hombro.

Su reacción fue inmediata: se incorporó con los ojos muy abiertos y los músculos tensos, apretando los puños.

—¡Bueno, bueno! —Dawlish había tomado la precaución de retirarse—. Preferiría que perdiera esa costumbre. No hay muchos maridos furiosos por aquí.

Con los ojos brillantes, Harry respiró hondo y exhaló un suspiro cargado de irritación. Se apoyó en un brazo y se apartó el pelo de los ojos.

—¿Qué hora es, demonios?

—Las nueve —contestó Dawlish, que ya se hallaba ante el ropero—. Pero tiene visita.

—¿A las nueve? —Harry se dio la vuelta y se sentó.

—Salter... y ha traído a ese tal Mabberly, el apoderado de la señora.

Harry parpadeó. Se abrazó las rodillas y se quedó mirando a Dawlish.

—Todavía no me he casado con ella.

—Yo voy practicando, por si acaso —Dawlish se apartó del ropero con una levita sobre el brazo—. ¿Ésta?

Diez minutos después, Harry bajó la estrecha escalera preguntándose si Lucinda preferiría vivir en una casa más grande cuando estuvieran en la ciudad. Esperaba que no: llevaba diez años alquilando aquellas habitaciones y se sentía a gusto en ellas, como dentro de una levita muy usada.

Abrió la puerta de su estudio y observó a sus visitantes. Salter estaba sentado junto al escritorio y Mabberly, que parecía muy incómodo, había ocupado la silla de enfrente.

Al verlo, el joven se levantó.

—Buenos días, Mabberly —Harry inclinó la cabeza y cerró la puerta—. Salter.

Salter le devolvió el saludo inclinando la cabeza, pero se abstuvo de hacer comentario alguno. Sus labios parecían comprimidos, como si estuviera conteniendo sus palabras.

Más tieso que un atizador, el señor Mabberly inclinó la cabeza levemente.

—Señor Lester. Espero que disculpe esta intromisión, pero este caballero —miró a Salter— insiste en que conteste a ciertas preguntas concernientes a los asuntos de la señora Babbacombe que sólo puedo calificar como sumamente indiscretas —Mabberly volvió a fijar su mirada en Harry con aire puntilloso—. Asegura que trabaja para usted.

—Así es —Harry le indicó con un gesto que volviera a tomar asiento y se acomodó detrás del escritorio—. Me temo que necesitamos con urgencia la información que le ha solicitado el señor Salter. Se trata de un asunto que concierne a la seguridad de la señora Babbacombe —tal y como esperaba, la mención del bienestar de Lucinda hizo detenerse a Mabberly en seco–. Es decir –prosiguió suavemente–, suponiendo que usted, en efecto, conozca las respuestas.

El señor Mabberly se removió, mirando a Harry con cierto recelo.

–Da la casualidad de que las conozco. En un puesto como el mío, en el que actúo como representante de la compañía, es absolutamente necesario conocer los intereses de la persona a la que represento –le lanzó una mirada a Salter y luego volvió a fijarla en Harry–. Pero ha mencionado usted la seguridad de la señora Babbacombe. ¿En qué sentido puede ser relevante la información que me han pedido?

Harry le puso al corriente de la situación sucintamente, esbozando apenas los detalles del presunto complot. El señor Mabberly, que conocía bien los asuntos de negocios, comprendió enseguida sus hipótesis. A medida que Harry desplegaba su relato, su semblante franco fue reflejando sorpresa, indignación y, finalmente, una férrea determinación.

–¡Esos canallas! –miró a Harry, algo acalorado–. ¿Y dice usted que piensan pedir una orden de arresto contra ellos?

Fue Salter quien contestó:

–Tenemos motivos suficientes para pedirla siempre y cuando aclaremos ese asunto de la tutela. Sin eso, el móvil es incierto.

Harry fijó en Mabberly sus ojos verdes.

–Así pues, la pregunta es ¿está usted dispuesto a ayudarnos?

–Haré todo lo que pueda –prometió el señor Mabberly con fervor. Hasta él se dio cuenta. Algo azorado, se apresuró a excusarse–. La señora Babbacombe ha sido muy generosa conmigo, ¿comprende usted? Pocas personas habrían nombrado a alguien tan joven como yo para un puesto tan importante.

—Desde luego —Harry sonrió, intentando que su gesto pareciera lo menos amenazador que le era posible a esas horas de la mañana—. Y, como empleado leal de Babbacombe & Company, querrá, naturalmente, ayudarnos a preservar la seguridad personal de sus superiores.

—Por supuesto —el señor Mabberly, que parecía sentirse más cómodo, se recostó en la silla—. La señora Babbacombe es, en efecto, la única tutora legal de la señorita Babbacombe —volvió a sonrojarse ligeramente—. Estoy absolutamente seguro porque, cuando me hice cargo del puesto que ocupo, no tenía la certeza al respecto... y pregunté. La señora Babbacombe es sumamente minuciosa en los negocios... y se empeñó en que viera la escritura legal de la tutela.

Salter se irguió. Su semblante parecía haberse aclarado.

—Entonces, no sólo sabe que es la única tutora legal... ¿también puede jurarlo?

El señor Mabberly asintió con la cabeza, girándose para mirar a Salter.

—Desde luego. Naturalmente, me sentí obligado a leer el documento y verificar el sello. Era indudablemente auténtico.

—¡Excelente! —Harry miró a Salter. Su cara parecía haberse iluminado de pronto y todo su cuerpo vibraba, lleno de energía apenas contenida—. Entonces, ¿podemos conseguir esa orden sin más tardanza?

—Si el señor Mabberly me acompaña al juzgado y jura acerca de la tutela de la señora Babbacombe, no creo que haya ningún inconveniente. Tengo amigos en el cuerpo que ya están sobre aviso. Serán ellos los que efectúen el arresto, pero yo, al menos, quiero estar presente cuando detengan a Joliffe.

—Estoy dispuesto a acompañarlo inmediatamente, señor —el señor Mabberly se levantó—. Por lo que parece, cuanto antes se convierta ese tal Joliffe en huésped del gobierno de Su Majestad, tanto mejor.

—No podría estar más de acuerdo —Harry se puso en pie y le ofreció la mano al joven—. Y mientras ustedes se ocupan de Joliffe y sus secuaces, yo mantendré vigilada a la señora Babbacombe.

—Sí, será lo más sensato —Salter le estrechó la mano y todos se volvieron hacia la puerta—. Joliffe parece desesperado. Conviene no perder de vista a la señora…, hasta que ese individuo esté a la sombra. Le avisaré en cuanto estén detenidos, señor.

—Envíeme recado a Hallows House —le dijo Harry.

Tras acompañar a sus invitados al vestíbulo, Harry regresó a su estudio y echó un rápido vistazo a su correspondencia. Levantó la vista cuando Dawlish entró con una taza de café.

—Aquí tiene —Dawlish dejó la taza sobre el cartapacio—. Entonces, ¿qué hay de nuevo?

Harry se lo contó.

—Hmm… Así que ese chupatintas no es del todo inútil, a fin de cuentas.

Harry bebió un sorbo de café.

—Nunca he dicho que lo fuera. Dije que era un memo. Pero estoy dispuesto a aceptar que tal vez me haya equivocado al juzgarlo.

Dawlish asintió con la cabeza.

—¡Bien! Entonces, hoy por fin va a acabarse este embrollo. Lo cual no puedo decir que me entristezca.

Harry soltó un bufido.

—A mí tampoco.

—Voy a servir el desayuno —Dawlish miró el reloj que

había en un rincón–. Todavía tenemos una hora antes de ir a Hallows House.

Harry dejó su taza.

–Será mejor que la aprovechemos para dejarlo todo recogido aquí. Quiero partir hacia Lester Hall esta misma tarde.

Dawlish lo miró desde la puerta levantando las cejas.

–¡Oh, oh! Por fin va a dar el gran salto, ¿eh? Ya era hora, si quiere mi opinión. Sólo que no hubiera creído que eligiera una picnic familiar para celebrarlo. Pero, a fin de cuentas, es su funeral.

Harry levantó la cabeza y se quedó mirando con enojo la puerta, ya cerrada.

Esa tarde, Harry recordó con resignación el comentario de Dawlish. Ni en sus fantasías más atrevidas habría imaginado representar la escena más importante de su vida en semejante escenario.

Estaban sentados sobre unas mantas de colores, en una suave y herbosa pendiente que descendía hacia el sinuoso río Lea. Algunas millas al norte de Islington y no muy lejos de Stamford Hill, los bosques y prados cercanos al río procuraban un grato paraje para todos aquéllos que buscaran un remanso de paz. A pesar de que se hallaban casi al pie de una loma de escasa altura, su posición les permitía ver sin obstáculos el valle del río, los prados que daban paso al páramo y las aguas que relucían al sol. Los caminos que conducían a Walthamstow, más allá del valle, discurrían zigzagueando entre las breñas. Los robles y las hayas que crecían a su espalda les cobijaban del sol; la neblina de un hermoso atardecer les envolvía. Las abejas zumbaban, volando entre los campos y los setos en flor. En el cielo zureaban las palomas.

Harry respiró hondo... y le lanzó una mirada pensativa a Lucinda, tumbada junto a él. Más allá de ella se había echado Em, con el sombrero sobre la cara. En otra manta se hallaban sentados Heather y Gerald, enfrascados en una animada conversación. Más lejos, a una distancia conveniente, se habían sentado en torno a unos troncos caídos Agatha y el cochero de Em, Dawlish, Joshua, Sim y Amy, la joven doncella. Con sus trajes negros, parecían una bandada de cuervos.

Harry hizo una mueca y apartó la mirada. El destino había elegido un buen momento para tornarse caprichoso.

Nada más darse cuenta de que era la tutela de Heather lo que perseguían Joliffe y Mortimer Babbacombe, había decidido interponerse entre aquellos truhanes y Lucinda con la mayor premura. Casándose con ella, asumiría la responsabilidad legal de todos aquellos asuntos, automáticamente y sin sombra de duda. Aquél era el único modo eficaz de protegerla, de salvaguardarla de las maquinaciones de aquellos canallas.

El día anterior, sin embargo, había pasado en medio de los preparativos de la fiesta, y en la casa había reinado la confusión. Harry no se había hecho ilusiones de encontrar un momento tranquilo, y menos aún un lugar apacible, para declararse.

En cuanto a ese día, habían organizado aquella excursión hacía una semana para alejarse unas horas de Londres después del ajetreo de la fiesta. Habían ido en dos carruajes, el de Em y el de Lucinda, con los sirvientes montados arriba. Agatha y Amy habían compartido el carruaje de Lucinda con sus señoras y él mismo. Habían comido rodeados de sol y de paz. Ahora, Em parecía decidida a dormir la siesta, y probablemente pasaría al menos una hora antes de que el hambre volviera a apoderarse de Heather y Gerald.

Así pues, desde que había tenido noticia del peligro que corría Lucinda, aquélla era la primera ocasión que tenía de apartarla definitivamente de él. Disimulando su propósito tras una expresión desenfadada, Harry se puso en pie. Lucinda levantó la vista y se hizo sombra en los ojos con la mano. Harry le sonrió cariñosamente antes de levantar la mirada hacia sus sirvientes. Con un leve movimiento de cabeza llamó a Dawlish y echó luego a andar tranquilamente hacia los árboles. Cuando estuvo fuera del alcance del oído de su futura esposa y su tía, se detuvo y aguardó a que Dawlish lo alcanzara.

—¿Ocurre algo?

Harry sonrió amablemente.

—No, pero se me ha ocurrido avisar de que, cuando dentro de un momento me lleve a la señora Babbacombe a dar un paseo, no necesitaremos escolta —al ver que Dawlish achicaba los ojos como si se dispusiera a llevarle la contraria, Harry prosiguió con más dureza—: Estará perfectamente a salvo conmigo.

Dawlish soltó un bufido.

—No se lo reprocho. A cualquiera le daría vergüenza tener que hincarse de rodillas en público.

Harry levantó los ojos al cielo en un silencioso gesto de súplica.

—Se lo diré a los demás.

Harry bajó rápidamente la mirada, pero Dawlish ya había echado a andar con paso decidido por entre los árboles. Él masculló una maldición e hizo lo mismo, volviendo a las mantas extendidas sobre la hierba.

—Vamos a dar un paseo.

Lucinda levantó la mirada al oír sus palabras suaves...,

que encubrían lo que parecía una orden. A su lado, Em roncaba suavemente. Heather y Gerald estaban en su mundo propio. Lucinda lo miró a los ojos, muy verdes; él levantó una ceja y le tendió la mano. Lucinda se quedó mirándola un instante, saboreando el hormigueo de emoción que la atravesaba, y luego, con estudiada calma, puso los dedos sobre su palma.

Harry la ayudó a ponerse en pie. Puso la mano sobre su brazo y se volvió hacia el frondoso bosque.

El bosque no era extenso. Estaba formado por pequeñas arboledas que separaban campos de labor y prados. Caminaron sin hablar, dejando a los otros atrás, hasta que llegaron junto a un campo de grandes proporciones dejado en barbecho. Las hierbas y las flores se habían adueñado de él; la tierra estaba cubierta de un mar de capullos de vivos colores.

Lucinda suspiró.

—Qué bonito —sonrió mirando a Harry.

Él, que estaba enfrascado observando los alrededores, se volvió hacia ella a tiempo de devolverle la sonrisa. Los árboles les ocultaban de sus compañeros y de cualquier otra persona que paseara por la orilla del río. No estaban aislados, pero sí lo más solos que, dadas las circunstancias, les convenía estar. Harry hizo un gesto indicando hacia delante y por acuerdo tácito se encaminaron hacia el centro del campo, donde una peña grande y lisa ofrecía un asiento natural.

Lucinda se sentó con un revuelo de sus faldas de muselina azul. Harry notó que su vestido hacía juego con los botoncillos dispersos por entre la hierba. Ella se había puesto un sombrero nuevo, pero lo había dejado caer a la espalda, sujeto por las cintas, de modo que su cara aparecía despejada. Levantó la cabeza y se encontró con la mirada de Harry.

El silencio los envolvió; luego, las delicadas cejas de Lucinda se enarcaron inquisitivamente.

Harry contempló su rostro y respiró hondo.

—¡Ejem!

Ambos se giraron y vieron a Dawlish cruzando el campo. Harry masculló una maldición.

—¿Qué pasa ahora?

Dawlish le lanzó una mirada compasiva.

—Ha llegado un mensaje..., sobre el asunto de esta mañana.

—¿Ahora? —gruñó Harry.

Dawlish lo miró a los ojos.

—He pensado que querría dejar ese asunto bien atado antes de... distraerse.

Harry hizo una mueca. Dawlish tenía razón.

—Está empeñado en hablar con usted personalmente. Dice que son sus órdenes —Dawlish señaló con la cabeza hacia los árboles—. Está esperando junto a un portillo que hay por allí.

Harry sofocó su irritación y le lanzó una mirada calculadora a Lucinda. Ella respondió con una sonrisa afectuosa. Dedicar cinco minutos a asegurarse de que Joliffe había dejado de ser una amenaza lo dejaría libre para concentrarse en ella por completo y sin reservas. Sin nuevas interrupciones. Harry miró a Dawlish.

—¿Qué portillo?

—Está siguiendo la cerca, un poco más allá.

—No hemos pasado por ninguna cerca.

Dawlish frunció el ceño y observó la arboleda por la que había llegado.

—Está por ahí..., torciendo a la izquierda, creo —se rascó la cabeza—. ¿O es a la derecha?

—¿Por qué no le enseña el camino al señor Lester?

Harry se volvió al oír a Lucinda. Ella había recogido unas flores y las estaba trenzando. Harry frunció el ceño.

—Ya encontraré la cerca. Dawlish se queda aquí, contigo.

Lucinda soltó un bufido.

—¡Tonterías! Tardarás el doble —tomó un botoncillo de su regazo y ladeó la cara para mirar a Harry levantando una ceja—. Cuanto antes llegues allí, antes volverás.

Harry dudó y luego negó con la cabeza. Joliffe podía estar ya entre rejas, pero su instinto aún le empujaba a protegerla.

—No, yo...

—¡No seas absurdo! Soy perfectamente capaz de quedarme sola al sol sentada en una roca unos minutos —Lucinda levantó los brazos para señalar a su alrededor—. ¿Qué crees que podría pasarme en este vergel?

Harry la miró un instante, consciente de que muy probablemente no corría ningún peligro. Escudriñó los árboles con los brazos en jarras. Lucinda estaba rodeada por completo por un espacio abierto. Nadie podía acercarse a ella hurtadillas y sorprenderla. Era una mujer madura y prudente; gritaría si le ocurría algo. Y estaban todos lo bastante cerca como para oírla.

Y, cuanto antes se encontrara con el mensajero de Salter, antes podría concentrarse en ella, en ellos, en su futuro.

—Muy bien —la señaló con un dedo, muy serio—. Pero quédate aquí y no te muevas.

Lucinda esbozó una sonrisa cariñosa, pero condescendiente.

Harry se dio la vuelta y atravesó con paso vivo el campo; la confianza en sí misma de Lucinda era contagiosa.

Como cualquier campesino, Dawlish podía volver sobre sus pasos hasta cualquier parte, pero era incapaz de describir el camino. Él iba delante; al cabo de unos minutos, encontraron la cerca. La siguieron hasta un pequeño claro en el que se abría un portillo con escalones…, rodeado por un pequeño ejército.

Harry se paró en seco.

—¿Qué demonios…?

Salter se abrió paso entre el gentío. Harry vislumbró a Mabberly y a tres oficiales de Bow Street entre un variopinto grupo de mozos, palafreneros y caballerizos, recaderos, cocheros, golfillos callejeros, barrenderos y todo tipo de menesterosos de los que podían encontrarse en las calles de Londres. Obviamente, aquélla era la «gente» de Salter.

Éste se plantó delante de él con expresión severa.

—Tenemos la orden, pero cuando fuimos a ejecutarla, Joliffe y su banda se habían largado.

Harry se puso rígido.

—Creía que estaban vigilándolos.

—Y así es —el semblante de Salter se ensombreció—. Pero alguien debe de habernos descubierto. Esta mañana encontramos a dos de nuestros hombres inconscientes de un golpe en la cabeza… y no hay ni rastro de nuestras palomas.

Harry pensó a toda prisa. Unos dedos helados parecían cerrarse sobre sus tripas.

—¿Se han llevado algún coche?

—Sí —contestó uno de los palafreneros—. Parece que se fueron sobre las diez, justo antes de que llegara el capitán con la orden.

El señor Mabberly se adelantó.

—Se nos ocurrió avisarle de que vigilara muy de cerca de la señora Babbacombe hasta que metamos a ese villano entre rejas.

Harry apenas lo oyó. Su semblante se había quedado en blanco. «¡Oh, Dios mío!»

Dio media vuelta y echó a correr por donde había venido, con Dawlish pisándole los talones. Los demás, alertados por el miedo de Harry, los siguieron.

Harry salió de entre los árboles y escudriñó el campo; luego se paró en seco.

Delante de él, la hierba se mecía empujada por la brisa. Todo era paz y silencio. El campo se solazaba al calor del día y el sol caía a plomo sobre la roca de su centro, ahora vacía.

Harry se quedó mirándola. Cuando echó de nuevo a andar, su rostro parecía de pedernal. Una corta trenza de botoncillos azules había quedado sobre la roca como si alguien la hubiera dejado allí delicadamente. Las flores no estaban troncadas, ni aplastadas. Con las manos en las caderas y la respiración agitada, Harry levantó la cabeza y miró a su alrededor.

—¿Lucinda?

Su voz se perdió entre los árboles. Nadie respondió.

Harry soltó una maldición.

—La tienen —las palabras le ardieron en la garganta.

—No pueden haber ido muy lejos —Salter hizo una seña a su gente—. Es la señora a la que estamos protegiendo. Alta y morena. Muchos de vosotros la habéis visto. Se llama señora Babbacombe.

Unos segundos después estaban peinando la zona rápidamente y con eficacia. Mientras buscaban entre la maleza, la llamaban a gritos. Harry se dirigió hacia el río, con Dawlish a su lado. Ya tenía la voz ronca. Su imaginación era un obstáculo: evocaba visiones con excesiva nitidez. Tenía que encontrarla. Sencillamente, tenía que encontrarla.

Sola en la paz del prado, Lucinda se sonrió y después se puso a hacer una guirnalda con los botoncillos que crecían en abundancia alrededor de la roca. Bajo su aparente calma se hallaba impaciente, pero confiaba en que Harry volviera pronto.

Su sonrisa se intensificó. Alargó la mano para cortar un diente de león que poner en la guirnalda.

—¡Señora Babbacombe! Quiero decir... tía Lucinda.

Lucinda se giró, sobresaltada. Escrutó las sombras de debajo de los árboles y vio a un caballero delgado y bajo que la saludaba con el brazo.

—¡Cielo santo! ¿Qué querrá éste? —dejó a un lado la guirnalda y se acercó a los árboles—. ¿Mortimer? —pasó bajo una rama agachando la cabeza y se internó entre la sombra fresca—. ¿Qué estás haciendo aquí?

—Esperándote, zorra —respondió una voz ronca.

Lucinda dio un respingo. Una inmensa zarpa le rodeó el brazo. Sus ojos se agrandaron, llenos de estupor, al ver al dueño de aquella mano.

—¡Scrugthorpe! ¿Qué demonios cree que está haciendo?

—La estoy agarrando —le espetó Scrugthorpe, y empezó a arrastrarla hacia el interior de la arboleda—. Vamos. El carruaje espera.

—¿Qué carruaje? ¡Oh, por el amor de Dios! —Lucinda estaba punto de ponerse a forcejear cuando Mortimer la agarró del codo.

—Todo esto es sumamente embarazoso, pero si nos escuchas... No tienen nada que ver contigo, en realidad, ¿comprendes? Se trata simplemente de enmendar un error..., de corregir un desliz..., esas cosas —el joven parecía colgarse de su brazo, más que ayudar a arrastrarla. Sus ojos, de un azul desvaído, le imploraban comprensión.

Lucinda frunció el ceño.

—¿Se puede saber qué está pasando aquí?

Mortimer se lo explicó con frases entrecortadas y titubeos. Lucinda, que estaba absorta intentando comprender su relato, hacía caso omiso de Scrugthorpe, que seguía avanzando tenazmente. Lucinda dejaba que la arrastrara, distraída, y sólo desvió su atención un instante para subirse las faldas al pasar por encima de un tronco.

−¡Maldita relamida! −Scrugthorpe le dio una patada a sus faldas−. Cuando la agarre a solas, voy a…

−Y luego está el dinero que se le debe a Joliffe, ¿comprendes?... Hay que pagarlo… Jugar y pagar… El honor y todo eso…

−Y, después, la ataré y…

−El caso es que al final era mucho… No imposible, pero… tenía que encontrarlo, ¿sabes?... Pensé que tendría bastante cuando muriera el tío Charles…, pero no estaba allí… el dinero, digo…, y ya me lo había gastado… lo debía… tenía que encontrar algún modo de…

−La haré pagar por su lengua afilada, sí, señor. Cuando acabe, estará…

Lucinda hizo oídos sordos a los gruñidos de Scrugthorpe y se concentró en los balbuceos de Mortimer. Se quedó boquiabierta cuando éste le reveló su propósito; pero aún más asombroso era su plan para lograrlo. Mortimer concluyó por fin diciendo:

−Así que, ya ves, es todo bastante sencillo. Si me cedes la custodia, todo arreglado…, lo entiendes, ¿no?

Habían llegado a la orilla del río. Delante de ellos se alzaba un estrecho puente. Lucinda se paró de golpe, resistiéndose a los tirones de Scrugthorpe, y fijó en Mortimer una mirada cargada de repugnancia.

−¡Serás cretino! −su tono lo decía todo−. ¿De veras crees que sólo porque seas tan débil y estúpidos que hayas…? −le faltaron momentáneamente las palabras; se desasió de un tirón de la mano y Mortimer y comenzó a hacer aspavientos−… caído en las garras de un estafador... —sus ojos centelleaban mientras miraba a Mortimer; éste permanecía clavado en el sitio, abriendo y cerrando la boca sin decir nada, como un conejo asustado... voy a entregarte de buen grado la fortuna de mi hijastra para que puedas llenarle los bolsillos a algún canalla sin escrúpulos? —había levantado la voz—. ¡Tiene usted la cabeza llena de piedras, señor mío!

—Eh, oiga —Scrugthorpe, algo aturdido por su vehemencia, la sacudió del brazo—, ¡ya está bien!

Mortimer estaba sumamente pálido.

—Pero el tío Charles me debía...

—¡Tonterías! ¡El tío Charles no te debía nada! En realidad, te llevaste más de lo que merecías. Lo que tienes que hacer, Mortimer —Lucinda le clavó un dedo en el pecho— es volver a Yorkshire y poner en orden tus asuntos. Habla con el señor Wilson, de Scarborough, él te echará una mano. Arréglatelas por ti mismo, Mortimer. Créeme, es la única manera —de pronto preguntó—: Por cierto, ¿cómo está la señora Finnigan, la cocinera? Cuando nos fuimos tenía una úlcera, la pobrecilla. ¿Se encuentra mejor?

Mortimer se quedó mirándola, pasmado.

—¡Ya basta, mujer! —Scrugthorpe, que tenía la cara congestionada, la hizo girarse. Optando por la acción en vez de por las palabras, la agarró de los hombros y la atrajo hacia sí. Lucinda dejó escapar un leve grito y agachó la cabeza justo a tiempo para evitar los labios carnosos de Scrugthorpe. Éste soltó un bufido; ella sintió que le apretaba los hombros, lastimándole la piel. Forcejeó, tambaleándose para hacerle perder el equilibrio. Bajó la mirada, vio sus pies, que, enfundados en zapatos de piel fina, se arrastraban para ganar estabilidad. Lucinda levantó la rodilla y sin querer le golpeó en la entrepierna. Oyó que él inhalaba una súbita bocanada de aire... y le clavó el tacón de la bota con todas sus fuerzas en el empeine.

—¡Au! ¡Zorra! —aulló Scrugthorpe, dolorido.

Lucinda levantó la cabeza bruscamente y su coronilla golpeó la barbilla de Scrugthorpe, que hizo *crac*. Scrugthorpe comenzó a bramar. Se llevó una mano al pie y la otra a la barbilla. Lucinda quedó libre. Se apartó de él... pero Mortimer la agarró.

Furiosa, ella comenzó a darle golpes en la cara y las manos. Mortimer no era Scrugthorpe, y pronto se halló libre de nuevo, tras empujar a su sobrino entre los matorrales. Recogiéndose las faldas, respiró todo lo hondo que pudo y echó a correr hacia el puente. Tras ella, Scrugthorpe blasfemaba, furioso, mientras la perseguía cojeando.

Lucinda lanzó una mirada atrás... y apretó el paso.

Miró hacia delante y vio a un caballero al otro lado del puente. Iba pulcramente vestido con calzas de montar, levita y botas de hebilla. Lucinda dio gracias al cielo y comenzó a agitar el brazo.

—¡Señor! —sin duda aquel caballero podría ayudarla.

Para su sorpresa, el hombre se detuvo con los pies separados, bloqueándole la salida del puente. Lucinda parpadeó, y aminoró el paso. Se detuvo en el centro del puente.

El hombre llevaba en la mano una pistola.

Lucinda pensó que era una de esas pistolas de cañón largo que los caballeros usaban en los duelos. El sol brillaba en sus cachas plateadas. Bajo ella, el río borboteaba en su marcha hacia el mar. Arriba, en el ancho cielo, las alondras trinaban y se lanzaban en picado. Oyó a lo lejos que alguien gritaba su nombre, pero los gritos eran demasiado débiles para romper la red en la que había caído.

Un escalofrío recorrió su piel.

La pistola se levantó lentamente, hasta que el cañón estuvo al nivel de su pecho.

Con la boca seca y el corazón atronándole los oídos, Lucinda miró a la cara a aquel hombre. Era un semblante inexpresivo. Vio que sus dedos se movían y oyó un chasquido.

Cien metros río abajo, Harry salió de entre los árboles y llegó al sendero del río. Jadeando, miró a su alrededor. Luego levantó la mirada hacia el puente. Y se quedó paralizado.

Pasaron dos segundos mientras veía su futuro, su vida, su amor —lo que siempre había querido— afrontar una muerte segura. Salter y algunos de sus hombres estaban en la otra orilla y se acercaban rápidamente, pero no alcanzarían a Joliffe a tiempo. Otros llegaban corriendo por ese lado del puente. Harry vio levantarse la pistola, vio la leve inclinación hacia arriba necesaria para afinar la puntería.

—¡Lucinda!

El grito surgió de él, lleno de desesperación y rabia... y de algo mucho más poderoso que aquellas dos emociones, y atravesó la neblina que envolvía a Lucinda.

Ésta se giró, con la mano sobre la barandilla de madera del puente... y vio a Harry en la orilla, no muy lejos de allí. Parpadeó. Con Harry estaba a salvo. La barandilla era una sencilla estructura de madera sujeta por postes. Delante de ella, la zona que se abría bajo el travesaño de la barandilla estaba vacía, abierta. Apoyó ambas manos en la barandilla y se dejó caer por el hueco.

Cayó al río en el momento en que sonaba un disparo.

Harry la vio caer. Ignoraba si estaba herida o no. Lucinda se sumergió en el río levantando el agua y, cuando se disiparon las ondas, no había ni rastro de ella.

Harry comenzó a maldecir y echó a correr, escudriñando el agua. ¿Sabía nadar Lucinda? Alcanzó la orilla a pocos metros del puente y se agachó. Estaba quitándose una bota cuando Lucinda salió a la superficie y, apartándose el pelo de los ojos, miró a su alrededor y lo vio. Entonces le saludó con la mano, como si todos los días fuera a nadar al río y avanzó con calma hacia la orilla.

Harry se quedó mirándola, estupefacto. Luego su expresión se endureció y volvió a ponerse la bota. Se levantó y se acercó al borde del río. Sus emociones chocaban con violencia, oscilando entre la euforia y la rabia con tal intensidad que se sentía aturdido. Se quedó parado en la orilla y esperó a que Lucinda llegara hasta él.

Había perdido a Dawlish en los bosques. Los hombres de Salter que lo vieron allí, esperando, decidieron aguardar. Harry era vagamente consciente de que a ambos lados del río se había desatado un revuelo, pero no miró ni una sola vez. Más tarde descubriría que el señor Mabberly se había distinguido al reducir a Mortimer Babbacombe mientras Dawlish dejaba inconsciente de un puñetazo a Scrugthorpe.

Lucinda llegó a la orilla, se quedó parada y miró el puente. Vio con satisfacción que sus asaltantes estaban recibiendo el trato que merecían, echó los brazos hacia atrás y agarró su sombrero empapado. Se desató las cintas que llevaba alrededor del cuello y se quedó mirando, desalentada, el sombrero.

—¡Se ha estropeado! —gimió.

Luego bajó la mirada.

—¡Y mi vestido!

Harry no pudo soportarlo más. Aquella endiablada mujer había estado a punto de morir y sólo se preocupaba por la suerte de su sombrero. Se metió en el agua y se cernió sobre ella.

Lucinda, que seguía lamentándose, señaló su sombrero.

—No tiene remedio —levantó la mirada hacia Harry... y vio que sus ojos centelleaban.

Harry le dio un azote en el trasero tan fuerte que le escoció la mano.

Lucinda dio un salto y gritó:

—¡Eh! —luego lo miró fijamente, atónita.

—La próxima vez que te diga que no te muevas, harás exactamente eso... ¿te ha quedado claro? —Harry miraba con enojo sus ojos, que incluso en ese momento tenían una expresión desafiante. Luego fijó la atención en sus pechos y parpadeó—. ¡Cielo santo! ¡Tu vestido! —enseguida se quitó la levita.

Lucinda soltó un bufido.

—Lo que yo decía —aceptó dignamente la levita que Harry le puso sobre los hombros y hasta le permitió que le abrochara los botones.

—Vamos, voy a llevarte a casa inmediatamente —Harry la agarró del brazo y la ayudó a subir a la orilla—. Estás empapada. Lo último que me hace falta es que pilles un resfriado.

Lucinda intentó mirar hacia el puente.

—Ése de ahí era Mortimer, ¿sabes?

—Sí, lo sé —Harry la condujo hacia la arboleda.

—¿Ah, sí? —ella parpadeó—. Tenía la extraña idea de que Charles le había despojado injustamente de la herencia que le correspondía, ¿sabes?, y...

Harry dejó que le contara las explicaciones que le había dado Mortimer para justificar sus actos mientras la conducía por entre los árboles. Resultaba maravillosamente reconfortante oír su voz. Su miedo a que sufriera los efectos retardados de la conmoción se disipó, sofocado por la calma y el aplomo que mostraba Lucinda al hablar. Por fin tuvo que reconocer, a su pesar, que aquel calvario había dejado perfectamente impertérrita a Lucinda. Él, en cambio, tenía los nervios destrozados. La condujo directamente a los carruajes.

Lucinda parpadeó cuando los vio aparecer ante ellos.

—Pero ¿y los otros?

Harry abrió la puerta de su coche mientras Joshua y Dawlish aparecían a todo correr.

—Podemos dejarles un mensaje a Em y a Heather. Mabberly se lo explicará todo.

—¿El señor Mabberly? —Lucinda estaba pasmada—. ¿Es que está aquí?

Harry maldijo su lengua.

—Sí. Ahora, entra —no esperó a que ella montara: la levantó y la montó en el coche. Joshua había trepado al pescante; Harry se volvió hacia Dawlish—. Vuelve y explícaselo todo a Em y a la señorita Babbacombe. Y diles que la señora Babbacombe no ha sufrido ningún daño, aparte del chapuzón.

Dentro del carruaje se oyó un bufido. Harry sintió un cosquilleo en la mano. Puso un pie en el peldaño del carruaje.

—Voy a llevarla a Hallows House. Esperaremos a los demás allí.

Dawlish asintió con la cabeza.

—Todo lo demás está arreglado.

Harry asintió. Se volvió hacia el carruaje, recordó recoger su gabán, que había dejado en la rejilla del techo, y entró agachando la cabeza. Dawlish cerró la portezuela tras él y dio una palmada en el costado del carruaje. Éste se puso en marcha. Harry dejó escapar un profundo suspiro, se recostó en el asiento y cerró los ojos.

Se quedó así un minuto; Lucinda lo observaba con cierto recelo. Luego él abrió los ojos, arrojó su gabán al asiento de enfrente y fue cerrando sistemáticamente las persianas. El sol siguió entrando por el fino cuero, bañando el interior del coche en un resplandor dorado.

—Eh... —antes de que Lucinda pudiera decidir qué decir, Harry se reclinó, alargó los brazos hacia ella y la sentó en su regazo.

Lucinda abrió los labios para protestar sin ganas, pero él los atrapó en un beso largo y abrasador. Sus labios, duros y exigentes, hicieron zozobrar los sentidos de Lucinda hasta que sus pensamientos se disiparon, llevándose con ellos su capacidad de razonar. Le devolvió el beso con idéntico fervor, dispuesta a tomar todo lo que Harry le ofreciera.

Cuando él finalmente alzó la cabeza, ella estaba recostada contra su pecho y lo miraba con aturdimiento, embelesada.

Aquella visión produjo en Harry cierta satisfacción. Dejó escapar un gruñido de complacencia, cerró los ojos y apoyó la cabeza en el cojín del asiento.

—Si vuelves a hacer algo así, será mejor que te prepares para comer de pie el resto de la semana. Por lo menos.

Lucinda le lanzó una mirada sombría y se llevó la mano al trasero.

—Todavía me duele.

Harry levantó los labios y abrió los párpados lo justo para mirarla.

—Quizá debería darle un beso para que se mejore.

Ella abrió los ojos de par en par... y luego pareció intrigada.

Harry contuvo el aliento.

—Puede que sea mejor que lo dejemos para luego.

Lucinda levantó una ceja. Le sostuvo la mirada, se encogió de hombros y se acurrucó contra él.

—No tenía intención de caer en una trampa, ¿sabes? ¿Y quién era toda esa gente, por cierto?

—Da igual —Harry la hizo girarse hasta que quedó sentada en sus rodillas, mirándolo a la cara—. Hay algo que quiero decirte... y sólo voy a decirlo una vez —la miró a los ojos—. ¿Me estás escuchando?

Lucinda contuvo el aliento... y no puedo dejarlo salir. Con el corazón en la boca, asintió con la cabeza.

—Te quiero.

El rostro de Lucinda se iluminó. Se inclinó hacia él con los labios entreabiertos..., pero Harry la detuvo levantando una mano.

—No, espera. No he acabado —la refrenó con la mirada. Luego sus labios se tensaron—. Tales palabras no pueden convencer a nadie viniendo de un hombre como yo. Tú sabes que las he dicho antes... muchas veces. Y no eran ciertas... entonces —la tomó de las manos, que descansaban sobre su pecho, y se las llevó a los labios—. Antes de conocerte, no conocía su significado. Ahora, sí. Pero no podía esperar que te parecieran convincentes, si no me lo parecían a mí mismo. Así que te he dado todas las pruebas que he podido. Te he llevado a conocer a mi padre, te he enseñado el hogar de mis antepasados —Lucinda parpadeó. Harry prosiguió con su lista—. Has visto la cuadra y te he enseñado la casa que espero será nuestro hogar —hizo una pausa; sus ojos brillaron y las comisuras de sus labios se curvaron cuando miró a Lucinda a los ojos—. Y lo de los seis hijos era una broma. Con cuatro bastará.

Aturdida, sin aliento, embriagada de felicidad, Lucinda puso unos ojos como platos.

—¿Sólo cuatro? —dejó caer los párpados—. Me decepciona usted, señor.

Harry se removió.

—Quizá podamos conformarnos con cuatro para empezar. A fin de cuentas, no quisiera defraudarte.

El extraño hoyuelo de Lucinda apareció en su mejilla. Harry frunció el ceño.

—¿Por dónde iba? Ah, sí: las pruebas de mi amor. Te acompañé a Londres y he paseado contigo por el parque, he bailado contigo todos los bailes posibles... y hasta me enfrenté a los peligros de Almack's —le sostuvo la mirada—. Todo por ti.

—¿Por eso lo hiciste..., para convencerme de que me querías? —Lucinda tenía la impresión de que iba a estallarle el corazón. Sólo tenía que mirarlo a los ojos para descubrir la verdad.

Los ojos de Harry se curvaron en una sonrisa burlona.

—¿Por qué iba a ser, si no? —hizo un amplio ademán—. ¿Qué otra cosa podía impulsarme a postrarme a tus pies? —miró sus pies y frunció el ceño—. Que, por cierto, están empapados —se inclinó y le quitó los botines mojados. Hecho esto, le subió las faldas empapadas y empezó a quitarle las ligas.

Lucinda sonrió.

—Y bailaste tres valses conmigo, ¿recuerdas?

—¿Cómo iba a olvidarlo? —contestó él mientras le bajaba las medias—. No alcanzo a imaginar una declaración más obvia a ojos de todo el mundo.

Lucinda se echó a reír y se frotó los pies helados.

Harry se incorporó y la miró a los ojos.

—Bueno, señora Babbacombe..., tras todos estos esfuerzos... ¿me crees cuando te digo que te quiero?

La sonrisa de Lucinda iluminó sus ojos. Levantó ambas manos y le tocó la cara.

—Tonto, sólo tenías que decirlo —le besó suavemente los labios.

Cuando se apartó, Harry soltó un bufido incrédulo.

—¿Y me habrías creído? ¿Incluso después de mi paso en falso la tarde que me sedujiste?

La sonrisa de Lucinda era suave.

—Oh, sí —su hoyuelo volvió a aparecer—. Incluso entonces.

Harry decidió dejarlo así.

—Entonces, ¿estás de acuerdo en casarte conmigo sin más alboroto? —Lucinda asintió una vez con determinación—. Gracias al cielo —Harry la estrechó entre sus brazos—. Nos casamos dentro de dos días en Lester Hall. Está todo arreglado. Tengo la licencia en el bolsillo —bajó la mirada y vio las manchas mojadas de su levita. Frunció el ceño y la hizo incorporarse hasta que quedó sentada de nuevo sobre sus rodillas—. Espero que no se haya mojado y se haya corrido la tinta —desabrochó los botones de la levita y le quitó la prenda a Lucinda.

Ella se echó a reír. Se sentía tan feliz que no pudo contener la risa. Alargó los brazos, atrajo la cabeza de Harry hacia sí y lo besó apasionadamente. El beso se hizo más intenso y después Harry se apartó.

—Estás muy mojada. Deberías quitarte estas cosas.

Lucinda levantó las cejas como una sirena y se giró obedientemente para que le desatara los lazos del corsé. Harry la despojó del vestido, que cayó al suelo con un suave ruido de chapoteo.

Su camisa, empapada y casi transparente, se le ceñía como una segunda piel. Bajo ella se adivinaba un suave rubor. Lucinda dejó que los párpados velaran sus ojos mientras, por debajo de las pestañas, miraba cómo Harry iba despegando la delicada tela de la camisa.

Harry sintió el ardor que se avivaba dentro de ella y oyó su repentina inhalación al despojarla de su último velo. Ella se estremeció…, pero Harry no pensó que fuera a causa del frío. Lucinda respiró hondo y levantó la vista hacia él.

Miró sus ojos verdes y luminosos, velados por las densas pestañas. Nada podía ocultar el deseo que ardía en sus profundidades.

Lucinda quedó desnuda sobre su regazo. Harry deslizó las manos suavemente sobre su espalda y sus brazos, acariciándola. Se inclinó hacia delante y besó las magulladuras que Scrugthorpe había dejado en sus hombros. Lucinda se estremeció. De pronto, una conversación olvidada hacía tiempo se coló en su memoria y se echó a reír con un brillo en la mirada.

Harry miraba con ansia a la sirena que lo había arrastrado hacia su destino. Intentando aferrarse a la cordura, levantó una ceja inquisitivamente, fingiendo languidez.

Lucinda se echó a reír. Lo miró a los ojos e, inclinándose hacia él, entornó los párpados.

—Em me dijo una vez —murmuró— que tenía que conseguir ponerte de rodillas —levantó los ojos fugazmente y sus labios se curvaron con suavidad—. No creo que se refiriera a esto.

Sentía bajo ella el cuerpo de Harry rígido, duro, poderoso y contenido.

—Ah, sí. Una anciana sumamente sagaz, mi tía —Harry la levantó suavemente y la colocó a horcajadas sobre su regazo, con las rodillas apoyadas sobre el asiento, a ambos lados de él—. Pero suele olvidar que, a veces, es muy difícil que un libertino cambie de... hábitos.

Lucinda tenía sus dudas respecto a aquel cambio de postura.

—Eh, Harry...

—¿Hmm? —a él no le apetecía seguir hablando.

Lucinda se dio cuenta cuando la atrajo hacia sí y sus labios se cerraron suavemente, pero con firmeza, alrededor de uno de sus pezones. Se quedó sin aliento.

—Harry... estamos en un carruaje —dijo, jadeante.

Harry separó los labios de ella, sacó la lengua y lamió

la carne sensibilizada. Lucinda se estremeció y cerró los ojos; Harry la sujetaba con las manos sobre sus caderas. Cada vez que ella recobraba el aliento, él volvía a robárselo.

—No puedes hablar en serio —logró musitar ella. Hizo una pausa y aspiró rápidamente—. ¿Aquí? ¿En un carruaje en marcha?

Harry respondió con una risa que sonó diabólica.

—Es perfectamente posible, te lo aseguro —sus manos se movieron—. El balanceo forma parte de la diversión..., ya lo verás.

Lucinda intentó desprender su razón de la telaraña sensual que Harry había tejido tan hábilmente a su alrededor.

—Sí, pero... —abrió los ojos bruscamente—. ¡Cielo santo! —tras un momento de estupor, bajó los párpados y musitó suavemente—: Harry...

Siguió un largo momento de jadeante silencio, y luego suspiró:

—¡Oh, Harry!

Una hora después, cuando el carruaje avanzaba lentamente por las frondosas calles de Myfair, Harry bajó la mirada hacia la mujer que yacía en su regazo. Lucinda se había arrebujado en su gabán, seco y caliente. Harry habría jurado que ningún frío habría sobrevivido al fuego que, un rato antes, se había apoderado de ellos. Las ropas de Lucinda yacían en un montón empapado, en el suelo del carruaje. Su levita y sus calzas tendrían a Dawlish ocupado durante horas. A Harry no le importaba. Tenía lo que más ansiaba en la vida.

Miró hacia abajo... y depositó un beso sobre los rizos de Lucinda.

Se había resistido con uñas y dientes, pero estaba dispuesto a admitir que le había conquistado por entero.

Ladeando la cabeza, contempló el rostro de su sirena, apaciblemente dormida.

Ella se removió y luego se acurrucó un poco más contra él, con una mano en su pecho, sobre su corazón.

Harry sonrió, cerró los ojos... y la estrechó entre sus brazos.

Títulos publicados en Top Novel

¿Por qué a Jane...? – Erica Spindler
Atrapado por sus besos – Stephanie Laurens
Corazones heridos – Diana Palmer
Sin aliento – Alex Kava
La noche del mirlo – Heather Graham
Escándalo – Candace Camp
Placeres furtivos – Linda Howard
Fruta prohibida – Erica Spindler
Escándalo y pasión – Stephanie Laurens
Juego sin nombre – Nora Roberts
Cazador de almas – Alex Kava
La huérfana – Stella Cameron
Un velo de misterio – Candace Camp
Emma y yo – Elisabeth Flock
Nunca duermas con extraños – Heather Graham
Pasiones culpables – Linda Howard
Sombras en el desierto – Shannon Drake
Reencuentro – Nora Roberts
Mentiras en el paraíso – Jayne Ann Krentz

www.ingramcontent.com/pod-product-compliance
Lightning Source LLC
LaVergne TN
LVHW030338070526
838199LV00067B/6332